HEYNE BÜCHER

SCIENCE FICTION

Herausgegeben
von Wolfgang Jeschke

Von Randall Garrett & Vicki Ann Heydron
erschienen in der Reihe
HEYNE SCIENCE FICTION & FANTASY:

Der GANDALARA-ZYKLUS:

Der Stahl von Raithskar · 06/4500
Das Glas von Dyskornis · 06/4501
Die Bronze von Eddarta · 06/4502
Der Quell der Dunkelheit · 06/4503
Die Suche nach Kä · 06/4504
Die Rückkehr nach Eddarta · 06/4505
Der heilige Stein · 06/4506

RANDALL GARRETT
&
VICKI ANN HEYDRON

DIE SUCHE NACH KÄ

Fünfter Roman des
GANDALARA-ZYKLUS

Deutsche Erstausgabe

Science Fiction

WILHELM HEYNE VERLAG
MÜNCHEN

HEYNE SCIENCE FICTION & FANTASY
Band 06/4504

Titel der amerikanischen Originalausgabe
THE SEARCH FOR KÄ
Deutsche Übersetzung von Christian Jentzsch
Das Umschlagbild schuf Jim Burns
Die Karte auf den Seiten 6/7 zeichnete Christine Göbel

Redaktion: Wolfgang Jeschke

Printed in Germany 1988
Umschlaggestaltung: Atelier Ingrid Schütz, München
Satz: Schaber, Wels
Druck und Bindung: Elsnerdruck, Berlin

ISBN 3-453-02784-1

DIE BRONZE VON EDDARTA

Ich grüße Dich im Namen des neuen Königreichs.

Aus Chaos schufen wir Ordnung.
Aus Hader ermöglichten wir Frieden.
Aus Habgier ermutigten wir Teilhabe.

Nicht ich allein, sondern die Sharith vollbrachten dies.
Nicht wir allein, sondern der Ra'ira vollbrachte dies.

Dies sind die Waffen
die ich dir
mahnend überantworte:

Die Sharith sind unsere sichtbare Stärke ...

Entbiete ihnen Respekt ...
Erweise Dich immer als ihrer Treue wert.

Der Ra'ira ist unsere geheime Weisheit –

Suche nach den Unzufriedenen:
Und gib ihnen Antworten, strafe sie nicht.

Dies ist die oberste Pflicht,
die ich dir auferlege:

Wie Du liest im Wissen des Gelehrten
Und in der Kenntnis des Handarbeiters,
So lies in Dir selbst
Deine Verpflichtung und Bestimmung

Zu leiten
Zu führen
Zu lernen
Zu schützen

Und verspürst du nicht den Drang,
Das Leben der Menschen zu verbessern,
Dann wende Dich jetzt ab.
Denn Du wärst dem Königreich verderblich.

Ich grüße Dich im Namen des neuen Königreichs,
Und ich verpflichte Dich: hege es wohl!

Ich bin Zanek,
König von Gandalara

EINLEITENDE MASSNAHMEN: EINGABE-SITZUNG FÜNF

– Es war nicht meine Absicht, dich zu erschrecken, Aufnehmerin.

– Verzeih meine Überraschung. Ich höre, daß die Feier noch im Gange ist. Ist deine Teilnahme nicht erforderlich?

– Sie war es, aber nun ist meine Aufgabe dabei beendet, und ich hatte kein Interesse, den Rest zu sehen.

– Höre ich einen verärgerten Unterton in deiner Stimme?

– Weniger Ärger, glaube ich, als Verbitterung. Die Geschichte ist wieder geändert worden. Nur ein wenig mehr als letztes Jahr, aber um diese Kleinigkeit ist sie nun weniger wahr.

– Die Leute werden immer der Version den Vorzug geben, die sie von ihren Freunden hören, nicht der, die dem All-Geist von einer Aufnehmerin entnommen werden muß. Und eine Erzählung verändert sich durch das Erzähltwerden. Das ist der Vorgang, durch den Geschichte zur Legende wird.

– Das ist mir klar. Aufnehmerin, und ich könnte ebensogut versuchen, einen wütenden Sha'um aufzuhalten, als diesen Vorgang umzukehren. Aber ihn tatsächlich mitzuerleben hat mich daran erinnert, daß ich die mir selbstgestellte Aufgabe vernachlässigt habe, die Wahrheit, wie ich sie kenne, im All-Geist zu verankern. Wenn es dir recht ist, würde ich jetzt gerne mit der Aufzeichnung fortfahren.

– Natürlich. Bitte mach es dir bequem.

– Was ist mit dir, Aufnehmerin? Warum feierst du nicht mit den anderen draußen?

– Ich habe an deiner Wahrheit teilgehabt. Wie du verspüre ich nicht das Bedürfnis, sie als Legende nacherzählt zu hören. Ich denke auch, daß lediglich der Zeitpunkt deiner

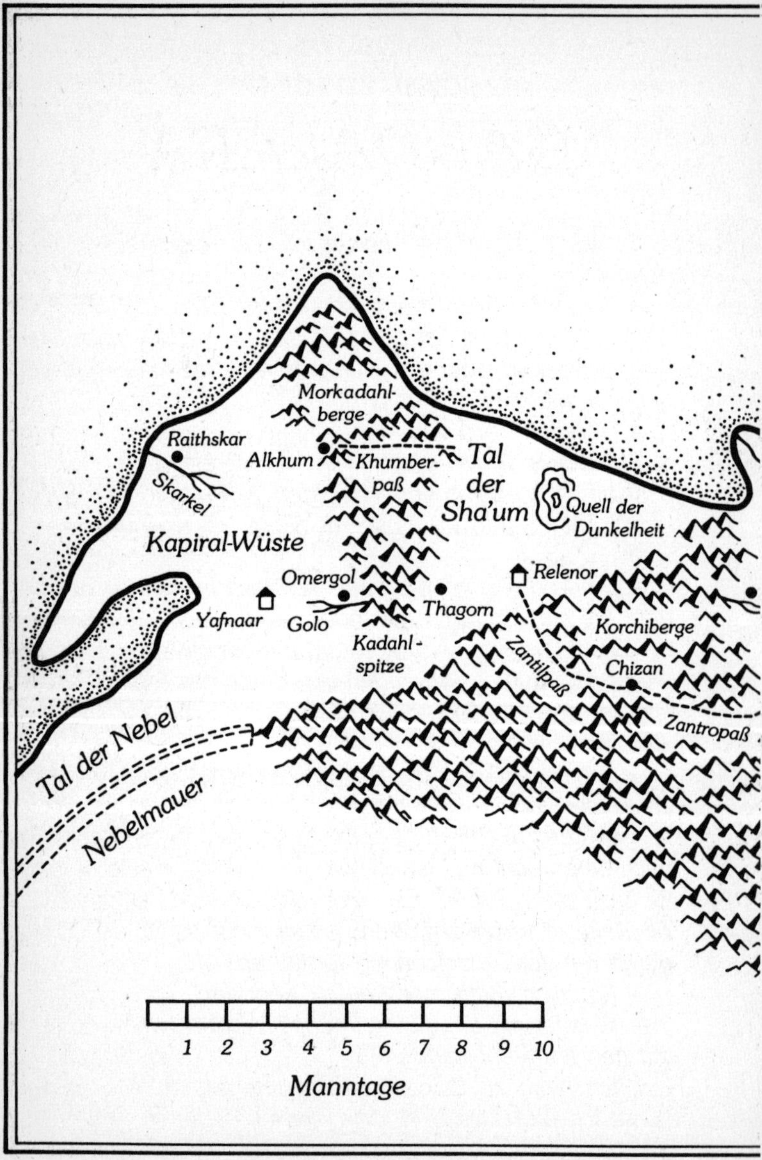
Morkadahl-
berge
Raithskar
Alkhum
Khumber-
paß
Tal
der
Sha'um
Skarkel
Quell der
Dunkelheit
Kapiral-Wüste
Omergol
Relenor
Yafnaar
Golo
Thagorn
Korchiberge
Kadahl-
spitze
Zantilpaß
Chizan
Zantropaß
Tal der Nebel
Nebelmauer
1 2 3 4 5 6 7 8 9 10
Manntage

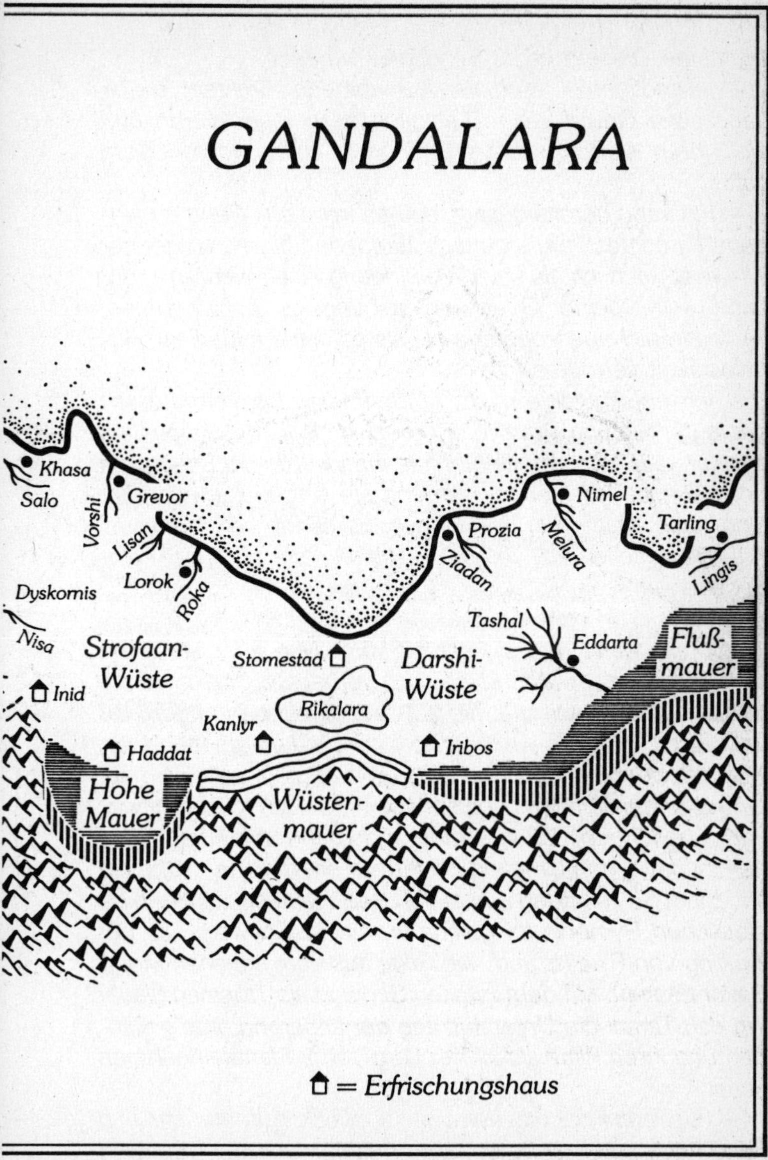
GANDALARA
Khasa
Salo
Vorshi
Grevor
Lisan
Lorok
Roka
Dyskornis
Nisa
Strofaan-
Wüste
Inid
Haddat
Hohe
Mauer
Kanlyr
Stomestad
Rikalara
Wüsten-
mauer
Darshi-
Wüste
Iribos
Prozia
Ziadan
Nimel
Melura
Tashal
Eddarta
Tarling
Lingis
Fluß-
mauer
= Erfrischungshaus

Ankunft eine Überraschung war. Ich hatte das Gefühl, daß du meine Dienste heute benötigen würdest.

– »Benötigen?« Niemals. Aufnehmerin. Erbitten, ja. Ich habe allen Grund, deine Fähigkeiten zu respektieren und weiß ihren Wert zu schätzen. Wenn es dir im Moment nicht paßt …

– Ich habe bereits gesagt, daß es mir paßt. Wenn du eingeben möchtest, mußt du dich zuerst beruhigen. Weder der All-Geist noch ich als seine Verbindung zu dir werden in der Lage sein, deine Gedanken reibungslos aufzunehmen, wenn sie nicht geordneter sind, als es deine äußerliche Ruhelosigkeit vermuten läßt.

– Ich entschuldige mich, Aufnehmerin. Ich vermute, ich greife der Sitzung vor. Die erforderliche Konzentration ist so absolut, daß man das Gefühl hat, man würde die Erlebnisse noch einmal durchleben, während sie eingegeben werden. Und eben dieser Akt des Eingebens erinnert mich an …

– Du sprichst jetzt von der Erzählung, die noch nicht eingegeben ist?

– Ja.

– Dann warte, bis sie erzählt wird. Nun aber entspann dich und hör zu, während ich mich vorbereite, indem ich die Szene wieder wachrufe, die zuletzt eingegeben wurde. Du und Tarani wart ein weiteres Mal aus Eddarta geflohen. Ihr wart gezwungen, den Ra'ira zurückzulassen, aber ihr habt Grund zu der Annahme, daß er vor Mißbrauch sicher ist, weil Tarani berichtete, daß ihr Bruder Indomel wenig Erfolg dabei gehabt hatte, den Umgang mit ihm zu erlernen. Ihr plant, die alte Stadt Kä zu finden und in den Besitz eines mächtigen historischen Symbols zu gelangen, einem Schwert, das der Zwilling von Rika ist und, wie Rika, aus dem seltenen Metall Rakor besteht. Mit dem zweiten Schwert als Talisman glaubt ihr, daß Tarani die Unterstützung der anderen Lords gewinnen und ihren Platz als Hoher Lord von Eddarta einnehmen kann.

– Für Tarani war das der einzige Zweck, Aufnehmerin. Ich hatte noch einen anderen Grund dafür, nach dem Schwert

zu suchen. Ich wußte, daß Tarani, wie ich, eine Mischung aus einem Menschen und einem Gandalarer war, mit dem Unterschied, daß in ihrem Fall beide Persönlichkeiten aktiv waren. Ich glaubte, daß bei Tarani, die sich der Anwesenheit von Antonia nicht bewußt zu sein schien, durch dieselbe Art von Medium eine Verschmelzung stattfinden würde, die mich zu dem Mischwesen Rikardon gemacht hat. Rika war mein Katalysator gewesen; ich glaubte, daß das andere Schwert für Tarani wirken würde.

– Aber sie wußte nichts von diesem anderen Zweck.

– Nein. Es ihr zu sagen, hätte bedeutet zu enthüllen, was ich für eine Art Verrat meinerseits hielt, einen Mangel an völliger Aufrichtigkeit zwischen uns. Wir hatten eine physische und emotionale Nähe erreicht, die ich mehr als alles andere hochschätzte.

– Also fahren wir nun an der Stelle fort, wo du und Tarani das Tal der Sha'um mit Keeshah und seiner Gefährtin verlassen, welche gegen alle bisherige Geschichte und alle Instinkte verstößt, indem sie das Tal verläßt. Erinnere dich an all deine Gefühle und Gedanken zu jenem Zeitpunkt ... gut. Nun laß deinen Geist mit dem meinen eins werden, wie ich den meinen mit dem All-Geist habe eins werden lassen ...

... WIR FAHREN FORT ...

1

»Du hattest recht«, räumte Tarani ein, als wir aus dem Tal der Sha'um herausgeritten waren. »Wie es scheint, wollte Worfit nicht auf uns warten.«

»Genauer gesagt, seine *Männer* haben aufgegeben«, sagte ich. »Ich bezweifle, daß Worfit seine Jagd auf mich abgeblasen hat oder es je tun wird.«

Tarani reckte sich nach vorn, um das Fell unter Yayshahs Kinn zu kraulen. Das graubraun gestreifte Sha'um-Weibchen rieb ihre Wange an Taranis Hand.

Ich sah, wie sich das Auge der Katze schloß und sich der Gesichtsausdruck des Mädchens veränderte, als sie eine Gedankenverbindung herstellten. Für Keeshah und mich, die wir unsere Verbindung geformt hatten, als der große, ockerfarbene Kater ein einjähriges Junges und der gandalarische Körper, in dem ich mich befand, zwölf Jahre alt gewesen war, war der telepathische Gedankenaustausch fast zur zweiten Natur geworden. Tarani und Yayshah, die beide völlig erwachsen waren, hatten ihre Verbindung erst kürzlich gebildet. Für sie beide bedurfte die Unterhaltung einer besonderen, bewußten Anstrengung – aber ich konnte erkennen, daß es ihnen bereits leichter fiel.

Taranis Gesicht verlor den verwirrten Ausdruck, und sie lächelte mich etwas verlegen an. »Verzeih mir«, sagte sie. »Es ist nur so, daß Yayshah – wenn wir uns unterhalten ...«

Die Sha'um ließen sich Zeit und bewegten sich im Schrittempo, weil dies sowohl ihrer gegenwärtigen Laune als auch meinen Anweisungen entsprach, so daß Tarani und ich in einer aufrechteren Stellung als gewöhnlich ritten, einer, die mehr einer konventionellen

Sitzposition entsprach. Ich griff zu Tarani hinüber und nahm ihre Hand in meine.

»Wenn du mit Yayshah sprichst, wie ist das?« fragte ich.

»Es unterscheidet sich sehr von der Art, wie Lonna und ich in Verbindung standen.«

Bei der Erwähnung von Lonna zog ein Schatten über ihr Gesicht. Der große weiße Vogel hatte uns über einige Schwierigkeiten hinweggeholfen und mich anscheinend aufrichtig gemocht. Aber ich *vermißte* Lonna nur: Tarani hatte sie *verloren.* Der Vogel war seit Jahren ihr Freund und Begleiter gewesen, der Anlaß für Taranis Traum, eine eigene Gauklertruppe aufzubauen, und einer ihrer Stars. Nicht einmal der Zauber der Freundschaft eines Sha'um konnte ersetzen, was Tarani und Lonna geteilt hatten.

»Lonna hat mir Bilder übermittelt«, fuhr Tarani fort, »Yayshah spricht in *Eindrücken* – verstehst du, was ich meine?«

»Ich denke schon. Nicht nur ein Bild, sondern was sie dabei empfindet – Angst oder Zufriedenheit oder was auch immer?«

»Genau. Und sie benutzt – nun, nicht *Worte* ...«

»Ein Gespräch«, half ich aus, »ist der bewußte Versuch, Vorstellungen zu übermitteln – der anspruchsvollste Gebrauch der Sprache. Sprache ist nur eine Verschlüsselung; man kann sich ein Wort auch als eine *Informationseinheit* vorstellen. Die direkte Verbindung mit dem Sha'um macht die Verschlüsselung überflüssig. Keeshah und Yayshah benutzen *Bedeutungseinheiten.*«

Tarani sah mich groß an, und ihre dunklen Augen wirkten in ihrem blassen und feingezeichneten Gesicht, das durch den Verlust jedes unnötigen Gramms an Gewicht hagerer geworden war, riesig. Ich fragte mich flüchtig, ob die vergangenen Wochen permanenter körperlicher Anstrengung auch so deutliche Spuren auf meinen Körper hinterlassen hatten.

»Du überraschst mich noch immer, Rikardon«, sagte Tarani. »Die Art, wie du von der Verbindung mit den Sha'um redest ...«

»Ist sie anders bei dir und Yayshah?«

»Absolut nicht. Deine Beschreibung ist präzise – aber nicht, und das glaube ich ganz gewiß, das Produkt einer plötzlichen Eingebung. Du hast viel über die Natur der Kommunikation nachgedacht, nicht wahr? Zu welchem Zweck?«

Was habe ich da getan? fuhr es mir durch den Kopf, wobei ich versuchte, mich geistig wachzurütteln. *Sie hat Rikardon eine Frage gestellt, und Ricardo, der Sprachwissenschaftler, hat ihr geantwortet. Ich bin geradewegs in meinen alten Vorlesungshabitus geschlüpft, ein Gehabe, das Markasset, und bis jetzt auch Rikardon, völlig fremd war.*

»Mit einem Sha'um zu reden ist auch für mich etwas absolut Neues«, sagte ich, »und das, obwohl Markasset es schon viele Jahre getan hat, bevor ich hier ankam. Ich habe es nie als eine Selbstverständlichkeit betrachten können – ich habe eine Menge darüber nachgedacht, das ist alles«, fügte ich lahm hinzu.

»Ich vergesse immer, daß du ein Besucher bist«, sagte Tarani, wobei sie sich auf die Situation bezog, in der eine überlebende Persönlichkeit vom gandalarischen All-Geist in den Körper einer lebenden Person zurückkehrte. Anscheinend war dies ein seltenes, aber belegtes Vorkommnis in der gandalarischen Geschichte gewesen, und ich hatte zugelassen, daß meine Freunde glaubten, ich sei ein derartiger Fall. »Du hast mir wenig von deinem früheren Leben erzählt – kannst du dich klar daran erinnern?«

»Ja«, antwortete ich und stöhnte dann innerlich.

Die falsche Antwort, dachte ich. *Jetzt wird sie neugierig sein, und ich muß mich um die Wahrheit herumdrücken – daß ich von einer Welt komme, die von dieser absolut verschieden ist. Ich kann es vielleicht vor ihr verheimlichen, ohne tatsächlich zu lügen, aber sie wird durch die Art und Weise hellhörig geworden sein, in der ich versucht habe, den »Professor« zu vertuschen, den sie in mir aufgespürt hat. Und wenn ich rundweg lüge, muß ich mich immer daran erinnern, was ich für Lügen erzählt habe – ich darf mich erst gar nicht darauf einlassen.*

Das Unbehagen muß mir auf dem Gesicht gestanden haben, denn Tarani sagte: »Ich werde jetzt keine Fragen über die Vergangenheit stellen. Eines Tages, vielleicht.«

Ich nickte. Sie lächelte und drückte leicht meine Hand, bevor sie sie losließ und sich nach vorn beugte und über Yashahs Rücken legte, um den geistigen Kontakt mit dem Sha'um wieder aufzunehmen.

Ich fühlte mich schrecklich, so als hätte ich die Lieblingsvase meiner Mutter zerbrochen und dann die Scherben im Müll verborgen, in der Hoffnung, sie werde es nicht bemerken.

Ich wünschte, ich könnte ihr einfach sagen, wer und was ich wirklich bin, dachte ich. *Aber ich weiß eben nicht, wie sie es aufnehmen würde. Ich bin an eine Szene aus* Anna und der König *erinnert, in der ein Aufruhr entsteht, weil ein gebildeter Lehrer den Kindern des Königs eine Landkarte zeigt, auf der Siam in seiner wahren Größe in bezug auf den Rest der Welt dargestellt ist. Tarani weiß nicht einmal, daß es in ihrer Welt noch mehr gibt, ganz zu schweigen davon, daß noch andere Welten existieren. Die gandalarische Wolkendecke hat alle Spekulationen über die Natur des Universums verhindert, die in Ricardos Welt begannen, als ein Mensch zum ersten Mal die Sterne sah.*

Sie findet es schwer zu verstehen, daß jemand Sprachen studieren möchte – weil ihre fast homogen ist, eine ebensolche Selbstverständlichkeit ihres Lebens wie die unpassierbaren Berge, die sie »Mauer« nennt. Wieviel schwerer muß es für sie sein, die Vorstellung zu akzeptieren, daß Gandalara – das mir aus zwei Tälern zu bestehen scheint, die aneinandergelegt eine Länge von nicht mehr als zweitausendfünfhundert Kilometern haben – nur ein kleiner Teil der Landmasse dieses Planeten sein kann?

Aber der »Kulturschock« ist nicht der einzige Grund, warum ich mich dagegen sträube, gestand ich mir selbst ein.

Tarani hatte ihre Wange genau unter der Schulter der Katze gegen Yayshahs Rücken gepreßt. Ihre Augen waren geschlossen, und der Ausdruck der Verwirrung verflüchtigte sich, als sich ihre Gesichtsmuskeln entspannten, da sie einnickte. Im wachen Zustand war Tarani eine beachtliche Frau, stark und tüchtig. Im Schlaf sah sie sogar noch jünger als die zwanzig Jahre aus, die sie war, mehr dünn als schlank, ergreifend verletzlich.

Unsere Beziehung besteht auf vielen Ebenen, dachte ich. *Wir haben gegen dieselben Feinde gekämpft und miteinander geschlafen, haben Kampf, Leidenschaft und das, was wir für unsere Bestimmung halten, geteilt. Das einzige, das wir nicht im gleichen Maße geteilt haben, ist die Wahrheit über unsere Vergangenheit.*

Tarani hat mir unter Zwang von ihrem »Arrangement« mit Molik erzählt, bevor sie mich wirklich kannte, aber die Tatsache bleibt bestehen, daß ich weiß, wie sie das Geld verdient hat, um ihre Show zusammenzustellen. Sie hat gedacht, daß ihr nichts je mehr bedeuten wird als ihr Tanz, und daß er es wert ist, ihre Illusionskräfte einzusetzen, um die perversen Gelüste des Unterweltführers zu befriedigen. Aber diese frühere Beziehung hat sie immer noch beschäftigt, als ich ihr begegnet bin. Erst, als wir Molik gegenübergestanden haben und sie sich eingestanden hat, daß die Schande mehr in ihrer Vorstellung als in Wirklichkeit existierte, ist sie in der Lage gewesen, ihm und sich selbst zu vergeben und frei zu sein.

Frei von der Schande, korrigierte ich mich, *aber nicht von der Erinnerung.*

Zu der Zeit ist sie voller Sorge wegen Volitar gewesen, dem Mann, den sie als ihren Onkel gekannt hat, und den Molik entführt hatte – um Tarani dazu zu zwingen, zwei Meuchelmördern zu helfen, die er auf den Statthalter der Sharith angesetzt hatte. Als sowohl Molik (dank Thymas) und Volitar (dank Gharlas) als auch Taranis Show (ihr eigener Entschluß) gestorben sind, hat sie immer noch ihre Vergangenheit mit sich herumgetragen.

Ich glaube, daß ein Teil von Taranis Gefühl einer »Bestimmung« auf ihr Bedürfnis zurückzuführen ist, ihrem Leben eine neue Richtung zu geben. Sie ist unter anderem auch deswegen mit mir gekommen, um die Vergangenheit hinter sich zu lassen.

Das ist der Grund, warum ich mich nicht dazu überwinden kann, ihr die Wahrheit über Ricardo und Markasset zu sagen, wurde mir klar. *Es ist nicht nur, daß sie mir vertraut und ich ihr immer dann die Wahrheit vorenthalten habe, wenn wir über meine »doppelte« Natur diskutiert haben. Wenn ich ihr von Ricardo erzähle, sehe ich keinen Weg, ihr nicht auch von Antonia zu erzählen – und dann wird jene unangenehme Periode, die sich um Molik gedreht hat, wieder in den Mittelpunkt der Aufmerksamkeit rücken, nur unter einem leicht veränderten Blickwinkel.*

Antonio Alderuccio war mit Ricardo Carillo auf dem Deck jenes Kreuzfahrtschiffes gewesen, als der Meteor – oder was es sonst war – uns getroffen hatte. Sie war eine Bekanntschaft jüngeren Datums gewesen, und ich war in Gandalara derart in Anspruch genommen worden, daß ich ihr kaum einen Gedanken gewidmet hatte, außer vielleicht den, zu bedauern, daß ich jemanden, der so reizend und bezaubernd war, verloren hatte. Es war mir nicht in den Sinn gekommen, daß sie möglicherweise auch nach Gandalara gekommen sein könnte – bis ich Tarani in einem Moment aufgewühlter Leidenschaft meinen Namen als »Ricardo« hatte aussprechen hören. Ein Männername ohne Konsonantenendung ist für Taranis Kultur etwas völlig Fremdartiges. Da war mir klargeworden, daß Antonia nach objektiver Zeit vier Jahre früher und auf eine andere Art und Weise auf dieser Welt angekommen sein mußte.

Ich hatte von einem Körper Besitz ergriffen, dessen gandalarische Persönlichkeit kürzlich gestorben war; Antonia war gezwungen gewesen, ihren »Wirtskörper« mit einer lebenden, einheimischen Persönlichkeit zu teilen.

Ich bin absolut davon überzeugt, daß es Antonia war, die einem reizenden, sechzehn Jahre alten Mädchen die Macht ihres Körpers bewußt gemacht und ihr gezeigt hat, wie sie sie benutzen muß. Ich bin ebenfalls sicher, daß Antonia dem sexuell mißbrauchten gandalarischen Mädchen nur helfen wollte. Abgesehen davon, daß sie den Konflikt zwischen Kontrolle und Hilflosigkeit, den alle Heranwachsenden durchmachen, intensiviert haben, sind Antonias Erfahrung und Reife im allgemeinen wertvoll für Tarani gewesen. Die menschliche Anwesenheit hat Tarani denselben Schutz vor Gandalaras Geistesmacht zuteil werden lassen, den ich genieße – eine Doppelgeistigkeit, die keiner ausschließlich gandalarischen Kraft unterworfen ist. Aber Antonias unbemerkter Einfluß hat eine ganze Menge Verwirrung und Kummer in Taranis Leben gebracht.

Tarani und ich haben uns über die Tatsache unterhalten, daß zwei Menschen wie wir nötig sind, genau hier und genau jetzt, um jedermann – nicht zuletzt ihren grausamen Bruder Indomel – davon abzuhalten, die Kraft des Ra'ira als telepathischen Verstärker zu benutzen, um Gandalara zu tyrannisieren und letztendlich zu zerstören. Wie es scheint, sind Ricardo und Antonia gleichermaßen Teil dieser Bestimmung. Ich komme nicht an der Befürchtung vorbei, daß ich mit der Vergangenheit, der Tarani entkommen will, untrennbar verbunden sein werde, wenn sie erst einmal die Wahrheit kennt, und – ein Schauder überlief mich – *und sie vor mir davonlaufen wird, ganz genau so, wie sie jetzt vor ihrer Vergangenheit davonläuft.*

Ich würde sie verlieren, dachte ich. *Beide. Tarani und Antonia. Ich liebe beide, mit einer Leidenschaft und Achtung, mit einer Zärtlichkeit und Bescheidenheit, mit einem Bestreben, sie zu beschützen, von einem Ausmaß, wie es weder Ricardo noch Markasset je erlebt haben.*

Wenn wir das Schwert finden – bitte, lieber Gott, laß dieses Schwert ihre Vereinigung bewirken.

Mir fiel auf, daß ich tatsächlich und aufrichtig betete – zum ersten Mal seit langer Zeit. Und ich war ziemlich verlegen, als mir klar wurde, daß ich *in Wirklichkeit* darum betete, um das herumzukommen, was Ricardo »das dicke Ende« genannt hätte.

Ich will die Vereinigung von Tarani und Antonia, damit ich keine Erklärungen abgeben muß. Ich will, daß Tarani begreift und verzeiht, und all das in einem einzigen Augenblick blitzartiger Einsicht.

Ich seufzte.

Es wäre schön, mit Tarani reden zu können, ohne irgend etwas verbergen zu müssen. Im Moment weiß niemand die Wahrheit –

Ich weiß.

Ich fuhr auf, als Keeshas Gedanke meinen Geist berührte. Das Gefühl seines Fells unter meinen Händen und seines Körpers zwischen meinen Beinen brachte mich auf lebhafte Weise zurück in die Realität.

Wie kommt es, Keeshah, fragte ich, als ich mich von dem Schock erholt hatte, **daß du meinen Gedanken folgen kannst, ohne daß ich davon weiß, während ich dich* fragen *muß, woran du denkst?**

Ich bezog mich auf unsere bewußte Unterhaltung, nicht auf die seltenen Augenblicke, in denen er und ich so vollständig miteinander verschmolzen, daß wir gegenseitig an der sinnlichen Wahrnehmung des anderen teilhaben konnten.

Du denkst mehr.

Ich lachte lauthals, dachte aber gerade noch rechtzeitig daran, das Geräusch zu dämpfen, so daß ich Tarani nicht weckte. Yayshah sah mit zu Schlitzen zusammengezogenen Augen und wachsam angelegten Ohren zu mir um und wandte ihre Aufmerksamkeit dann wieder dem Weg zu, den wir eingeschlagen hatten.

Wir hatten das dicke, wirre Grün hinter uns gelassen, das charakteristisch für das Tal der Sha'um war – obwohl das Gebiet genaugenommen weniger ein Tal war, sondern vielmehr aus den grünen Ausläufern zweier Bergketten bestand, die dort zusammentrafen. Die Morkdahlberge verliefen ungefähr in Nord-Süd-Richtung, und eine weitere Kette hoher Berge, die einen Teil davon bildeten, was die Gandalarer die Große Mauer nannten, verlief ungefähr in Ost-West-Richtung. Ich vermutete, daß es ein Netz kleinerer Bäche geben mußte, die aus den höheren Lagen herabplätscherten, und wahrscheinlich eine Art von unterirdischem Deltaeffekt, der die üppige Fruchtbarkeit des Tales bewirkte.

Wir waren in südlicher Richtung unterwegs und folgten dem Ostrand der Morkdahlberge. Die Landschaft war hier größtenteils genau so wie die auf der Westseite der Bergkette – gewundene und gekräuselte Dakathrenilbäume, gemischt mit Unmengen verschiedener Buscharten. Anders als der hoch aufragende Wald, der die Heimat der Sha'um markierte, wurden wenige dieser Pflanzen größer als zwei Meter. Sie zogen es vor, nah am wasserspendenden Erdboden zu bleiben und ihm ihrerseits dafür Schatten zu spenden, wobei sie einer Vielzahl kleinerer Tiere, Insekten und Vögel ein Heim boten und sich den Platz mit ihnen teilten.

Sich auf diesem überwachsenen Gelände zu bewegen, hätte für die Sha'um, die das viel höhere, dichtere und gelegentlich stachelige Unterholz des Tales gewöhnt waren, kein Problem darstellen sollen. Aber ich konnte erkennen, daß Yayshah sich mit übertriebener Vorsicht bewegte und sorgfältig darauf achtete, wohin sie trat.

Für sie ist es beschwerlicher als für dich, Keeshah, sagte ich. **Ist es wegen ihrer Jungen? Tut es ihr weh, zu laufen?**

Weiß nicht, erwiderte der Kater.

Es war ein Unterton der Sorge in Keeshahs Geist und noch etwas mehr. Ich empfand ein plötzliches Gefühl der Unruhe.

Was beunruhigt dich? fragte ich ihn.

Weibchen hier wegen mir. Junge. Angst. Will nicht schaden.

Nimm nicht die ganze Schuld auf dich, sagte ich sanft. *Yayshah ist auch wegen Tarani mitgekommen – weil sie sich* *mit Tarani auf dieselbe Weise unterhalten kann wie du dich mit mir.**

Ich empfing ein Gefühl der Zustimmung von ihm. **Frau weiß, was Weibchen braucht. Ich nicht.**

Es lag Niedergeschlagenheit und Schuldbewußtsein in dem Gedanken, Schuldbewußtsein, das ich gezwungen war, mitzutragen. Keeshah war tief von einem Abschnitt seines Lebens verzaubert gewesen, der mich ausschloß, einer Zeit, in der er vollständig in das biologische Bedürfnis der Paarung und Fortpflanzung vertieft gewesen war. Um mit diesen Bedürfnissen in perfekten Einklang zu gelangen, hatte er instinktiv den bewußt funktionierenden Teil unserer Geistesverbindung durchtrennt. Er war ausschließlich Gatte und Vater gewesen und Yayshah absolut ergeben.

Tarani und ich hatten nahe dem giftgefüllten vulkanischen Krater, den die Gandalarer Quell der Dunkelheit nennen, in der Klemme gesteckt. Verzweifelt hatte ich Keeshah gerufen. Nichts weniger als mir unmittelbar drohende körperliche Gefahr hätte die instinktive Blokkade durchbrechen können, da war ich sicher – aber Keeshahs Anhänglichkeit mir gegenüber hatte ihn unsere Bewußtseinsverbindung wiederherstellen lassen, und er war zu uns gekommen. Seine Anwesenheit hatte unser Leben gerettet.

Nun, da er einmal aus dem Einklang mit der Natur ausgebrochen war, war Keeshah nicht mehr in der Lage gewesen, ihn wiederherzustellen. Doch die Treue zu seiner Familie war nach wie vor fest in ihm verankert und bewirkte, daß er sich selbstsüchtig vorkam und sich Sorgen darüber machte, daß seine Vorliebe für mich sich nicht mit ihrem Wohlergehen vertragen könnte.

Ich weiß, es quält dich, daß du dich nicht so um Yayshah kümmern kannst, wie du es für nötig hältst, sagte ich zu Keeshah. **Aber betrachte es mal von dieser Seite – jetzt sind wir drei, die sie lieben. Wir würden es nicht zulassen, daß ihr oder den Jungen irgend etwas zustößt.**

2

Als Tarani erwachte, fragte ich sie wegen Yayshahs Vorsicht.

»Sie bewegt sich mühelos«, sagte Tarani, nachdem sie eine schnelle Verbindung mit dem Sha'um-Weibchen eingegangen war. »Und ich spüre nur ein leichtes Unbehagen wegen der Jungen. Aber ihre Augen scheinen sie zu schmerzen – ich glaube, das Licht tut ihren Augen weh.«

»Natürlich«, sagte ich. »Das Tal ist schattig und relativ kühl – sie wird unter dem vielen Licht und der Hitze leiden.« Ich sah zum Himmel hinauf, der wie üblich rauchig grau und mit der Wolkendecke verhangen war. Ich mußte mich nicht an der Position des helleren Flecks, der die Sonne darstellte, orientieren, um sagen zu können, daß es Mittnachmittag war; meine gandalarische innere Bewußtheit arbeitete wie eine immerwährende Uhr.

»Laßt uns hier haltmachen und rasten«, schlug ich vor. »Wir können nach Einbruch der Dunkelheit weiterziehen, wenn uns danach ist – es wird dann für Yayshah leichter sein.«

Wir fanden einen Platz zwischen zwei hohen Felsblöcken, der relativ schattig war. Yayshah legte sich behaglich nieder, bis sie sich sowohl *auf* als auch *in* den buschigen Gewächsen zu ihren Füßen befand, und schlief prompt ein.

Jagen, sagte mir Keeshah und lief in Richtung auf die höheren Berge davon.

»Keeshah ist wegen Yayshah besorgt«, erzählte ich Tarani, während wir uns an der Vegetation zu schaffen machten, um einen bequemen Rastplatz neben einem der großen Felsblöcke zu gestalten. »Kannst du mir sagen, wie lange es noch dauert, bis die Jungen geboren werden?«

Tarani öffnete ihren Rucksack und holte zwei Händevoll Beeren heraus, von denen sie mir die Hälfte abgab, dann schüttelte sie den Kopf.

»Ich weiß es wirklich nicht, Rikardon. Wenn Yayshah noch im Tal wäre, würde *sie* es wissen, wahrscheinlich auf die Minute genau. Es würde ... *natürlich* für sie sein.«

Natürlich? überlegte ich. *Vom Instinkt her? Oder einfach durch dieselbe Art innerer Bewußtheit, die die Leute hier haben? Das würde bedeuten, daß die Sha'um ihr eigenes Äquivalent zum All-Geist haben. Nicht weiter überraschend,* dachte ich. *Die Tatsache, daß die Sha'um sich mit Menschen verbinden und rational verständigen können, ist ein Beweis für ihre Intelligenz.*

Aber warum sollte es notwendigerweise ihr eigener sein? Sie könnten auch an unserem teilhaben. Keeshah und Yayshah begreifen sich ebensosehr als eigenständige Einzelpersönlichkeiten, wie Tarani und ich es tun – mehr noch, korrigierte ich gequält, *wenn man bedenkt, daß die Frage »Wer bist du?« für Tarani und mich eine Multiple-Choice-Aufgabe ist.*

»Du sagst, im Tal würde sie es gewußt haben. Meinst du damit, sie weiß es jetzt nicht?«

»Ich glaube, sie weiß es, zumindest ungefähr. Aber sie kann es mir nicht mitteilen. Sie denkt nicht in ›Tagen‹, so wie wir. Wenn ich sie frage, sagt sie nur: ›Bald‹.«

Ich schaute hinüber auf die Silhouette des schlafenden Weibchens. So, wie sie auf der Seite lag, wölbte sich die Schwellung, in der sich die Jungen – sie hatte uns gesagt, es seien drei – befanden, höher als die Hüften der Katze und hob und senkte sich mit Yayshahs Atmung.

»Wir werden in zwei Tagen in Thagorn sein«, sagte ich. »Bis dahin werden die Jungen noch nicht geboren sein, oder?«

»Wenn die Geburt so nahe wäre«, versicherte Tarani ohne zu zögern, »hätte sie das Tal nicht verlassen können. In den letzten ein oder zwei Tagen wird sie zu massig und zu schwach sein, um noch viel herumlaufen zu können.«

Tarani beendete ihre Beerenmahlzeit und legte den Rucksack zur Seite. Ich lehnte mich gegen den Felsblock. Tarani kam zu mir und bettete ihren Kopf an meine Schulter. Ich legte meinen Arm um sie und zog sie an meine Brust.

»Ich vermisse das Gefühl deines Körpers an meinem Rücken, wenn ich reite«, sagte ich, wobei meine Lippen leicht ihren dunklen Kopfpelz streiften. »Wenn Yayshah deiner je überdrüssig wird ...«

Sie versetzte mir einen Schlag in die Seite, und für ein paar Sekunden rangen wir spielerisch miteinander. Sie machte sich frei und kniete einen halben Meter entfernt, keuchend von der Anstrengung, aber lachend.

Als ihr Blick auf Yayshah fiel, verspürte ich einen Stich der Eifersucht bei der Zärtlichkeit, die auf ihrem Gesicht erschien. Nur einen Stich.

»Ich halte es für gut, daß wir nicht weiter als nach Thagorn reisen«, sagte Tarani. »Erinnerst du dich noch daran, was du gesagt hast, als ich dich gefragt habe, ob es den Jungen nicht schaden würde, wenn ich, wie sie es wünschte, auf ihr reiten würde?«

»Daß sie das am besten beurteilen kann.«

»Vielleicht kann sie das eben nicht«, sagte Tarani ernst. »Sie ist die erste ihrer Art, die Junge außerhalb des Tales zur Welt bringt, und sie kann sich auf ihren Instinkt nur bis zu einem bestimmten Grad verlassen. Sie wird natürlich wissen, wann die Jungen gefährdet *sind,* aber ich bin nicht sicher, daß sie im voraus beurteilen kann, was sie gefährden *wird.* Verstehst du?«

»Ich verstehe«, versicherte ich ihr. »Aber bedenke, daß die Umgebung für sie in Thagorn so natürlich sein wird, wie eben möglich – bewaldete Hügel, frei umherstreifendes Wild, die Gesellschaft anderer Sha'um. Bitte mach' dir keine Sorgen, Tarani.« Mir war bewußt, daß ich wiederholte, was ich Keeshah gesagt hatte. »Yayshah wird durch nichts, was wir tun, zu Schaden kommen.«

»Ich hoffe es, Rikardon. Ich ... ich könnte es nicht ertragen. Volitar ist wegen mir gestorben, und Lonna ...« Ihre Stimme versagte. Ich verspürte ein seltsames Gefühl, wie das Kribbeln eines elektrischen Schlages meinen Arm hinauf. Nur, daß das hier *nicht* körperlich war. Es prickelte in meinem Geist. Und es schien stärker zu werden.

Bewirkt Tarani das? fragte ich mich. *Oder tut ihr das irgend jemand an?*

Was immer es war, es zog Tarani ganz gewiß in Mitleidenschaft. Sie kniete auf dem Boden, ihre Hände – lang, feinknochig, anmutig – spannten sich auf ihren Oberschenkeln, und ihr ganzer Körper wurde starr. Sie stieß keuchende Laute hervor.

Yayshah erwachte ruckartig und sah Tarani an.

»Verzeih mir Yayshah«, keuchte sie. »Ich würde es kontrollieren, aber ich kann nicht ...« *Sie tut es selbst,* wurde mir klar. *Sie tut es sich selbst an.*

»Tarani«, flüsterte ich und kroch das kurze Stück zu ihr hinüber, um ihren wie eine Feder gespannten Körper mit meinen Armen zu umschlingen.

Sie sträubte sich dagegen und stieß nach mir, jedoch beinahe kraftlos, so als seien ihre Hände eingeschlafen, und sie könne nicht richtig beurteilen, wo sie seien. »Rikardon, bitte laß mich los!« ächzte sie.

Mit einiger Schwierigkeit hielt ich ihren sich windenden Körper weiter fest. Die Haare auf dem Pelz in meinem Nacken und auf meinen Händen standen mir zu Berge. Ladung baute sich in Tarani auf, eine Art reiner Gedankenenergie, die um sich zu greifen schien, um meinen Geist zu berühren, der davor zurückschreckte, als sei er versengt worden. Aus dem Augenwinkel sah ich, wie Yayshah mit verstörtem Blick und gekräuseltem Nackenfell auf die Beine kam.

»Geh weg!« sagte Tarani, deren Stimme an meiner Schulter gedämpft klang. Ihre Versuche, sich zu befreien, verstärkten sich. »Bitte, Liebster, geh weg, *geh weg von mir! Ich will dir nicht weh tun!*«

»Nein«, sagte – schrie ich eher, da die Empfindung, die ich verspürte, physisch vorhandenem Lärm entsprach. »Ich werde dich nicht loslassen. Was immer das hier auch ist, wir werden es gemeinsam besiegen.«

In einer plötzlichen Sinneswandlung schlang Tarani ihre Arme um mich und klammerte sich verzweifelt fest. Sie zitterte am ganzen Körper; ich konnte ihre Angst beinahe in meinen Fingerspitzen spüren. Durch die Verlagerung des Gleichgewichts wurden wir umgeworfen. Meine Schulter prallte auf dem Boden auf, und genau in dem Augenblick brach die Hölle los.

Tarani schrie, und der Laut war sowohl Ausdruck der sengenden, rohen Gefühlsaufwallung, die aus ihr herausbrach, als auch Reaktion darauf. Es war, als sei alles, was sie in den vergangenen fünf Jahren durchlebt hatte, zusammengeballt und zu einer Essenz der Erfahrung, großzügig vermischt mit Taranis Illusionskräften, destilliert und in Form eines gigantischen Rückkopplungsgeheuls abgestrahlt worden.

Angst Freude Schuld Liebe Einsamkeit Enttäuschung Scham Frustration Ärger Beklemmung Stolz Triumph Liebe Gram Zorn Trauer Befriedigung Stolz Scham Entsetzen Zorn Liebe Schuld Wut Angst ...

Es war alles gleichzeitig.

Es war verheerend.

Ich verlor das Bewußtsein.

Keeshah weckte mich, indem er meine Schulter mit seiner pelzigen Wange rieb und besorgte Fragen an meinen Geist richtete. Mein Kopf schmerzte. Irgend etwas ... irgend etwas war geschehen – aber was?

In Ordnung? Rikardon? In Ordnung?

Äh ... ja, Keeshah, ich bin okay, glaube ich.

Ich öffnete die Augen und sah seinen Kopf über mir aufragen, die grauen, silbergesprenkelten Augen fixierten mich. Ich wußte, er würde nicht eher glauben, daß wirklich alles mit mir in Ordnung war, bis ich ihn berührt hatte – aber als ich versuchte, den Arm zu heben, bemerkte ich, daß er verkrampft und angespannt war und Taranis reglose Gestalt umklammert hielt.

Erinnerung.

Panik.

Ich kämpfte sie nieder, befreite eine Hand, berührte ihre Kehle. Atmete auf, als ich den langsamen, starken Puls dort schlagen fühlte. Ich bemerkte jetzt, daß sie mühelos atmete; ich war zu erschrocken gewesen, um die Bedeutung jenes rhythmischen Drucks an meiner Brust zu erkennen.

Ich zwang meinen steifen Körper dazu, sich zu bewegen, und hob Tarani ein wenig an, bis ich meinen anderen Arm frei bekam. Dann legte ich sie sanft auf die Bodenranken zurück, ging zu meinem Wasserbeutel und schüttete etwas von der lauwarmen Flüssigkeit auf mein Kopftuch. Wie der Rest unserer Kleidung, hatte es schon bessere Zeiten erlebt, aber das grobe Leinen sog das Wasser begierig auf. Ich kehrte wieder zurück zu Tarani und preßte das nasse Tuch auf ihre Stirn, Wangen und Kehle. Meine Hände zitterten noch immer.

Wach auf, Tarani! drängte ich sie lautlos. *Bitte, wach auf!*

Sie schlug die Augen auf, und ihr Körper spannte sich wie eine Bogensehne.

»Ruhig«, sagte ich. »Es ist vorbei. Hab keine Angst, mein Schatz.«

Die verstört blickenden Augen wandten sich mir zu, und mein Herz tat einen Sprung bei dem Ausdruck der Freude, der über ihr Gesicht glitt. Sie richtete den

Oberkörper auf und schlang die Arme um meinen Hals.

»Gott sei Dank bist du nicht verletzt, Ricardo!« sagte sie.

Auf italienisch!

Es lief mir kalt den Rücken hinunter. Ich hielt sie einen Moment lang fest, dann schob ich sie sanft von mir. Die Freude war Angst und Verwirrung gewichen.

»Rikardon«, sagte Tarani, wobei ihre Hände meine Unterarme umklammerten und wieder losließen. »Was ist passiert?«

»Weißt du es nicht?« fragte ich sie.

Sie sah mich verwirrt an, schien zum Sprechen anzusetzen und drehte dann ihr Gesicht weg. Sie zupfte ein Blatt von einer Ranke und begann damit, es in kleine Stücke zu zerreißen.

»Ich weiß nur, ich fühle mich ... friedlich.«

Ich legte meine Hand auf ihre Wange und drehte ihr Gesicht zu mir herum. Einen Moment lang forschte ich auf ihrem Gesicht nach einem Anzeichen dafür, ob sie wußte, daß sie gerade in einer für sie völlig fremden Sprache mit mir geredet hatte. Aber es war genauso, wie es bei jenem ersten Mal in Eddarta gewesen war.

Tarani hatte keine Ahnung, was sie gesagt hatte.

Was *Antonia* gesagt hatte.

Ich verdrängte den Gedanken und versuchte, Taranis Frage zu beantworten. »Du hast Kummer und Trauer aus dir herausgelassen, die sich seit langem in dir aufgestaut hatten, Tarani. Dazu hattest du bisher keine Möglichkeit – du hast zu viel durchgemacht, in zu kurzer Zeit. Was passiert ist – nun, du hast laut geschrien, das ist alles. Mit deiner Stimme ... und mit deinem Geist.«

»Meinem Geist ...«, wiederholte sie, dann erfaßte sie Panik, und sie entriß sich meinem Griff. »Yayshah!« Sie sprang auf und sah sich nach der grau gestreiften Katze um. Ein Knurren von einer Stelle zwischen den Felsblöcken verriet Yayshahs Standort, und Tarani rannte Hals über Kopf auf das Weibchen zu.

Yayshah duckte sich unbeholfen, ihr Schwanz peitschte und ihr Nackenfell erhob sich zu einer stacheligen Mähne. Sie wich zurück, als Tarani näher kam; sie fletschte die Zähne und entblößte ihre eindrucksvollen Fänge. Tarani zögerte, blieb stehen.

»Yayshah – bitte!« Tarani bewegte sich langsam vorwärts und kämpfte darum, ihre Stimme ruhig zu halten. »Hab keine Angst, es ist vorbei!«

Ich spannte mich, obwohl ich wußte, daß es albern war, daß es nichts gab, was ich tun konnte, wenn Yayshah angriff. Erst als sich das Weibchen beruhigte und Tarani ihre Hände auf den pelzigen Kopf legte, spürte ich, wie ich mich entspannte.

Aus dem Augenwinkel bemerkte ich, daß Keeshah, anscheinend unbesorgt, zusah.

Wußtest du, daß Yayshah Tarani nicht verletzen würde? fragte ich ihn.

Sag Frau soll gehen, sagte Keeshah, der sich nicht die Mühe machte, meine Frage zu beantworten. **Weibchen muß essen.**

Keeshah lief den Hang hinauf und zerrte den Kadaver eines Glith in unsere Richtung. Die Glith sind hirschgroße Tiere, die sowohl ungezähmt als auch domestiziert leben. Mich an unsere jüngste Diät aus getrockneter Nahrung und Beeren erinnernd, verspürte ich den Drang, Glith-Steaks zum Abendessen zuzubereiten. Ein Blick auf den blutigen Kadaver, dessen Kehle sauber aufgeschlitzt war, änderte meine Absicht.

Ich wollte Tarani von dem Sha'um-Weibchen wegrufen, aber das Mädchen kam schon auf mich zu. »Wie merkwürdig«, sagte sie. »Es war beinahe so, als würde Yayshah mich nicht wiedererkennen.«

Vielleicht hat sie das auch nicht, dachte ich. *Vielleicht hat sie den Moment, in dem du Antonia warst, genauso gespürt, wie Keeshah wußte, daß Ricardo ein anderer als Markasset war, als ich in der Wüste aufgewacht bin.*

Tarani beobachtete mich. »Hast du gehört, was ich gesagt habe, Rikardon?« fragte sie. Ich nickte. »Hast du eine Vermutung, warum Yayshah sich so verhalten hat?«

»Nein«, log ich und zuckte die Achseln. »Bedenke, daß deine Erfahrung mit Yayshah einzigartig ist – von meinem Verständnis von Keeshahs Verhalten kann nur sehr wenig auf Yayshah übertragen werden.«

Für einen Augenblick war sie still. »Es gibt etwas, das du mir verschweigst«, sagte sie schließlich. Bevor ich mir eine Antwort zurechtlegen konnte, lachte sie und streckte sich. »Ah, aber ich fühle mich zu wohl, zu *sauber*, um dir deine Geheimnisse zu neiden, mein Liebling.« Sie wandte sich ab, wirbelte, drehte sich – tanzte mit all der Anmut und Schönheit, die ich in ihr bewundert hatte, als ich sie bei einer Vorstellung auf der Bühne zum ersten Mal sah, den Abhang entlang. Selbst in ihrer zerrissenen Wüstentunika und ihrer Hose, mit Stiefeln aus Glith-Haut an den Füßen, die durch die steinigen Hänge des Quells der Dunkelheit verschrammt und abgetreten waren, sah sie hinreißend aus, und ich teilte ihre Freude an diesem körperlichen Ausdruck ihrer mentalen Erleichterung. Doch ich konnte sie nicht vollständig teilen.

Tarani weiß nicht einmal, daß sie mich mit ihrer psychischen Explosion bewußtlos geschlagen hat. Sie hat meinen Bericht davon, was passiert ist, ziemlich glatt aufgenommen – hat keine Fragen gestellt, nicht widersprochen, sich nicht entschuldigt. Das sieht meiner sich klar ausdrückenden, unverblümten, neugierigen Tarani überhaupt nicht ähnlich.

Sie verdrängt die Erinnerung an den Ausbruch. Kein Wunder; es muß brutal für sie gewesen sein. Aber sie verdrängt auch jenen Moment totaler Verwirrung, in dem sie aufgewacht ist – die paar Sekunden, in denen Antonia zum Vorschein gekommen ist.

Das ist jetzt das dritte Mal, daß Antonia klar und direkt mit mir geredet hat – jedesmal mit dem Ausdruck von Liebe.

Warum habe ich das Gefühl, daß ich trotz aller Komplikationen ein sehr glücklicher Mann bin?

3

Am nächsten Tag war Tarani in fröhlicher Stimmung, und ich war froh, daß sie eine Möglichkeit des Ausdrucks für ihre unterdrückten Gefühle gefunden hatte, wie erschreckend diese Erfahrung auch für uns beide gewesen war. Wir verloren kein Wort über den Vorfall; sie schien ihn zu vergessen, und das kam mir gerade recht.

Es war am Nachmittag des folgenden Tages, als Keeshah mich aus meiner durch die Gleichförmigkeit der Bewegung hervorgerufenen Benommenheit weckte und ankündigte: **Sha'um. Mann.**

Ich setzte mich aufrecht hin, da wir uns gerade auf dem höchsten Punkt einer Erhebung befanden, und sah Sha'um und Reiter am Fuß des Hügels. Das Tier stand zur Hälfte auf einer Lichtung, seine Hinterhand war immer noch im hohen Gebüsch verborgen. Kopf und Ohren waren erhoben, und seine Nase wies in unsere Richtung.

Der Reiter saß hoch hinter den Schultern des Katers und beobachtete scharf den Hang, wobei er sich so hoch reckte, wie er konnte. Der breitrandige Wüstenhut der Sharithuniform verbarg wirkungsvoll sein Gesicht, aber ich erkannte die blasse Zeichnung wieder, die sich an einer Wange des Sha'um entlangzog. Ich erinnerte mich an ihn als Borral, und das gab mir die Identität des Reiters.

»Raden!« rief ich. »Hier oben!«

Der Kopf des Jungen schnellte nach oben, und er winkte heftig. »Willkommen, Obmann!« rief er zurück. »Wir haben gewartet ...«

Tarani und Yayshah kamen neben mir heran.

Der Arm des Jungen erstarrte mitten in der Bewegung. Seine Beine verloren ihre normale Spannung an der Seite des Sha'um und baumelten unbeholfen herab; Borral bewegte sich leicht, um die Gewichtsverschiebung des Jungen auszugleichen.

Taranis Ausdruck der Müdigkeit verschwand, und an seine Stelle trat ein Ausdruck des Vergnügens. Sie strich über das dunkle Nackenfell des Weibchens. »Komm, Yayshah!« sagte sie. »Es wird Zeit, daß du unsere Freunde kennenlernst.«

Die Haltung des Jungen änderte sich nicht, als Yayshah vorsichtig und schwerfällig den sanften Abhang hinunterkam. Durch ein unbestimmtes Unbehagen aufgewühlt, wies ich Keeshah an, ihr zu folgen. Das Gefühl besserte sich nicht, als ich nahe genug an Raden heran war, um sein Gesicht deutlich im Schatten seines Hutrandes erkennen zu können. Den offenen Mund und den gaffenden Ausdruck der Überraschung hatte ich erwartet, doch seine Augen quollen aus den Höhlen, und sein Blick war mit einem Ausdruck, den ich nur als einen des schieren Entsetzens beschreiben kann, starr auf die beiden weiblichen Wesen gerichtet.

»Raden, nicht wahr?« fragte Tarani. »Ich bin Tarani, und das ist ...«

Tarani lehnte sich nach vorn und strich mit dem Rükken ihrer linken Hand über die Kinnbacken des Weibchens. Der Junge unterbrach sie.

»Obmann, würde es dir und ... ah ... der Dame Tarani etwas ausmachen ... ich meine ... ah ... wenn ihr vielleicht Lust habt, hier zu rasten – werde ich den anderen sagen, daß der Obmann und ... ah ... die Dame Tarani zurückgekommen sind – das heißt, wenn du ...«

»Wir werden hier auf euch warten, Raden«, sagte ich.

»Was?« fragte Tarani.

Der Junge warf einen flüchtigen Blick auf sie und sah dann unbewußt flehend zu mir herüber.

»Bring die Nachricht nach Thagorn, Raden!« sagte

ich. »Sag, daß Tarani und ich – *und unsere Sha'um* – den Schutz der Sharith erbitten.«

»Jawohl«, stieß er mit einem lebhaften Nicken hervor, während er auf seinem Sha'um beinahe fluchtartig davonstob.

Sobald der Junge verschwunden war, glitt ich von Keeshahs Rücken – und sah mich einem Frontalangriff von Tarani ausgesetzt.

»Habe ich den ›Obmann‹ der Sharith um Schutz bei den Leuten *bitten* gehört, die ihm Gefolgschaft schulden?«

In ihrer Stimme lag Herausforderung, die auch die angespannten Linien ihres Körpers zum Ausdruck brachten. Ich fuhr auf, konnte meinen Ärger aber noch rechtzeitig beherrschen. *Sie weiß nicht, was mit dem Akzeptieren dieser »Gefolgschaft« für mich verbunden war,* machte ich mir klar. *Die Zweifel, die ich gehabt habe, die Verantwortung, die ich mir aufgebürdet habe, das ... Totale der Gefühle bei der Zeremonie. Es ist keine Situation nach dem Motto »ich kommandiere, ihr gehorcht«; an der Sache ist mehr als das. Aber ich kann ihr das nicht alles erklären – nicht jetzt, wo jeder ihrer Gedanken und jedes ihrer Gefühle von Yayshahs Wohlergehen in Anspruch genommen wird.*

»Du hast gehört, der Obmann der Sharith hat anerkannt, daß für unsere gegenwärtige Situation kein Protokoll existiert, und daß er eine Beratung angeregt hat, eines zu erstellen.«

»Protokoll?« wiederholte sie und entspannte sich dann ein wenig. Sie lächelte sogar. »Ich glaube, ich verstehe. Der Junge war überrascht, eine Frau einen weiblichen Sha'um reiten zu sehen. Du willst den anderen eine Vorwarnung zukommen lassen. Ist es das?«

»Ja«, stimmte ich zu, indem ich ohne weiteres log und erleichtert aufatmete, als Tarani sich mit der Antwort zufriedengab und sich abwandte.

Tatsächlich hatte sie nur einen Teil der Gründe genannt, weswegen ich impulsiv unser »offizielles« Zusammentreffen mit den Sharith von den Mauern weg verlegt hatte, die das Tal schützten, in dem Thagorn lag. Tarani den Rest zu erklären, wäre weniger angenehm gewesen.

Ein Blick auf das Gesicht des Jungen hatte mich daran erinnert, daß die Sharith nicht dabei gewesen waren, als wir mit Keeshah ins Tal der Sha'um und um unser Leben geritten waren, daß sie bei Yayshahs Entscheidung, das Tal zu verlassen, nicht zugegen gewesen waren, nicht daran teilgehabt hatten, sich nicht deswegen gequält hatten. Ihre Auffassung der Situation würde zuallererst auf dem bloßen Augenschein beruhen – daß eine Frau ein Sha'um-Weibchen mit aus dem Tal gebracht hatte, ein *trächtiges* Weibchen obendrein.

Ich konnte nicht im voraus wissen, wie ihre Reaktion ausfallen würde, weil ich trotz meines Titels nicht Teil ihrer von der Tradition bestimmten Gesellschaft war. Weder Ricardo Carillo von der Erde des zwanzigsten Jahrhunderts noch Markasset von Raithskar konnte sich stark genug mit den Sharith identifizieren, um beurteilen zu können, ob sie einem weiblichen Reiter mit Respekt oder Verachtung, mit Ehrfurcht oder gewalttätig entgegentreten würden.

Meine einzige frühere Erfahrung mit ihrer Einstellung hatte ich durch Thymas gemacht, der entschlossen gewesen war, lieber die Frau, die er liebte, in einem unbequemen Transportnetz zwischen zwei Reiter geschlungen mit sich zu schleppen, als die Möglichkeit in Betracht zu ziehen, sie hinter sich auf seinem Sha'um reiten zu lassen. Doch danach war der Tag gekommen, an dem Thymas Tarani aufgefordert hätte, mit ihm zu reiten, wenn sein Sha'um in der Lage gewesen wäre, doppelte Last zu tragen. Zeit – und die Enthüllung der wirklichen Tarani – waren alles, was erforderlich gewesen war, ihn seine Einstellung überwinden zu lassen.

Genau das tue ich, dachte ich, *Zeit schinden. Wenn es eine Auseinandersetzung geben sollte, will ich, daß sie hier drau-*

ßen stattfindet, abseits des Auges der Öffentlichkeit, wo wir Zeit haben für Erklärungen, Verhandlungen und was es sonst noch bedarf, Thymas und Dharak die tatsächliche Situation begreiflich zu machen.

Ein Blick auf Tarani verriet mir, daß sie, weit davon entfernt, sich durch meine »glatte Antwort« täuschen zu lassen, einfach keine weitere Erklärung gewünscht hatte. Wenn ihr Schweigen und ihr grimmiger Gesichtsausdruck noch nicht Beweis genug dafür waren, daß ihre Logik meinem Gedankengang gefolgt war, so drückte Yayshahs Ruhelosigkeit Taranis Stimmung unmißverständlich aus.

Das Weibchen ließ sich nieder, jedoch nur, um über ihre Position mürrisch zu grollen und an einer anderen Stelle auf dem Boden zu scharren, wo sie frische Schößlinge abriß, verwelkte Blätter ausbreitete und eine schmale Furche grub, um die ausladende Wölbung ihres Bauches darin unterzubringen. Im Gegensatz dazu stand Tarani mit verschränkten Armen in der Mitte der Lichtung und wartete.

Keeshah versuchte, Yayshah bei der Anlage ihres Bettes zu helfen, und erntete für seine Mühe einen Schlag auf die Nase, jedoch mit eingezogenen Krallen. Er fletschte die Zähne und zog sich zurück, und ich, ausnahmsweise einmal gescheit, folgte ihm. Am Rande der Lichtung entdeckte ich einen halb im Unterholz begrabenen Felsblock mit einer glatten Seite und benutzte ihn als Rückenlehne. Keeshah streckte sich neben mir aus und legte den Kopf auf meine Beine. Ich kraulte ihn hinter dem Ohr, das ich erreichen konnte, und wir glitten hinüber in einen Zustand gemeinschaftlicher Zufriedenheit.

Keeshah hob plötzlich den Kopf, was mich wachrüttelte – und mir bewußt machte, daß ich eingenickt war. Die Lichtung sah unverändert aus, abgesehen davon, daß jetzt Yayshah ruhig war und Tarani auf und ab ging.

Das Sha'um-Weibchen hatte sich in das dichte Unterholz eingegraben; erst, als ich das reflektierende Schimmern ihrer Augen auffing, konnte ich die Silhouette ihres Körpers gegen das Schwarzgrün der Schatten ausmachen.

Während ich mich aufrappelte und das abklopfte, was meine Kleidung sein sollte, beendete Tarani ihr Aufundab und blickte nach Süden, wobei sie ihre Augen mit einer Hand gegen den hellen Himmel abschirmte.

»Yayshah teilte mir mit, daß sich uns ein weiterer Sha'um nähert – aber nur einer. Kann das der Kundschafter sein, der zurückkommt?«

»Er könnte es sein, aber er ist es nicht. Keeshah erkennt den Geruch wieder. Es ist Ronar.«

Tarani fuhr herum zu mir. »Thymas? Allein?«

»So sieht es aus«, stimmte ich zu, plötzlich von Unschlüssigkeit erfüllt. *Ich sollte das nicht sagen,* dachte ich und sagte es dann trotzdem: »Würdest du ... ah ... würdest du gern allein sein, wenn er ankommt?«

Sie starrte mich einige Herzschläge länger an, als ich glaubte ertragen zu können. Schließlich seufzte sie, und ein wenig von der Anspannung schien sich von ihren versteiften Schultern zu lösen. »Wenn ich mir nicht solche Sorgen um Yayshah machen würde, hätte mich diese Bemerkung vielleicht sehr verärgert – was noch eintreten kann, sollte ich irgendwann Energie und Willenskraft übrig haben. Wessen bedarf es noch, mein Liebling, daß du Thymas ebenso der Vergangenheit zuordnest wie ich?«

Ich hoffte, ich würde irgend etwas Vernünftiges als Antwort darauf gesagt haben, wie etwa eine Entschuldigung für meine Dummheit und Gefühllosigkeit – aber Bewegung in den Büschen an der Südseite fesselte unsere Aufmerksamkeit. Ein ziemlich kleiner, ockerfarbener Sha'um betrat die Lichtung, auf dem ein ziemlich kleiner, gutaussehender junger Mann saß.

Ich hatte keinerlei Schwierigkeiten, in ihm Thymas zu

erkennen, und zwar aus drei Gründen: Erstens, selbst wenn ich mich nicht selber an Ronar erinnert hätte, Keeshahs Geiststimme empfing den anderen Sha'um mit wortloser Vorsicht – die anfängliche Feindschaft zwischen Thymas und mir hatte einen dauerhaften Mangel an Vertrauen zwischen unseren Sha'um bewirkt.

Zweitens, die gewundene Spitze eines Dakathrenilzweiges verfing sich an dem breiten Rand des Uniformhutes des Jungen und zog ihn zurück, wodurch sein überraschend bleiches Kopffell enthüllt wurde, das in einem starken Kontrast zu seiner braun getönten Haut stand. Das kurze, struppige, aber weiche Kopffell der meisten Gandalarer begann irgendwo zwischen Blond und Goldbraun und wurde mit zunehmendem Alter dunkler. Die helle Farbe und die außergewöhnliche Dichte von Thymas' Kopffell war ein Familienmerkmal; es machte seine äußere Erscheinung unverkennbar.

Drittens, als sich der Zweig an dem Hut verfing, zog das mit Perlen verzierte Band, das unter dem Kinn befestigt war, den Jungen nach hinten und halb vom Rücken des Sha'um herunter – und das wütende Knurren, das wir daraufhin von diesem Sharith hörten, kennzeichnete ihn unmißverständlich als Thymas.

Ich versuchte ein Lächeln zu unterdrücken, aber Tarani gab sich in dieser Hinsicht keine Mühe. Sie lachte laut auf.

»Hallo, Thymas«, rief sie.

Einen Moment lang war der Junge regungslos, dann ließ er sich zur anderen Seite des Sha'um hinabfallen. Er krabbelte unter dem Bauch des Katers her, der eine Vorderpfote hob und ihm neugierig zusah. Sein Hut war verschwunden; er brüllte vor Vergnügen, kam auf uns zugerannt und nahm uns beide zugleich in die Arme.

Ich war von der unkontrollierten Zurschaustellung seiner Freude überrascht und gerührt und reagierte auf seine schnelle, harte Umarmung mit einer Woge der Zärtlichkeit für den Jungen.

Mann, korrigierte ich mich. *Und wo ich schon einmal dabei bin, mache ich mir am besten sofort klar, wer er ist – wahrscheinlich der nächste Führer der Sharith – und daß wir zusammen geritten sind und zusammen gekämpft haben. Es ist ihm gegenüber nicht fair, ihn nur danach zu definieren, was er Tarani einmal bedeutet hat. Aller Anfang war schwer, aber jetzt ist er auch mein Freund.*

Ich schämte mich ein wenig, daß ich mir den vertrauten Nachsatz nicht verkneifen konnte, der immer gegenwärtig war, wenn ich Thymas' Handlungen oder Motive einer Betrachtung unterzog: *glaube ich.*

Er ließ uns los und sagte: »Es hat lange genug gedauert, bis ihr zwei hierher gekommen seid. Seit ich zurück bin, lasse ich unsere Kundschafter die dreifache Strecke reiten, um nach euch Ausschau zu halten. Wenn ihr euch ausgeruht habt, müßt ihr mir erzählen ...«

Er schien uns zum ersten Mal wirklich zu betrachten. Seine Freude, uns zu begegnen, hatte seinem Gesicht einen ungewohnten Ausdruck der Offenheit und Jugend verliehen. Ich beobachtete, wie er wechselte und zu seiner normalen, aufmerksamen Ernsthaftigkeit zurückkehrte, als er die Bedeutung von Taranis Magerkeit und der zerrissenen Lumpen, die wir trugen, bewußt wahrnahm.

»Ich hätte bei euch bleiben sollen«, sagte er schließlich. »Was ist passiert?«

Es war mir nie in den Sinn gekommen, mich zu fragen, wie wohl alles verlaufen wäre, wenn Thymas tatsächlich bei uns geblieben wäre, und ich zögerte, um darüber zu spekulieren.

Ronar hätte uns nicht alle drei tragen können, selbst wenn er gewollt hätte. Und ich kann nicht entdecken, daß ich irgendwie anders gehandelt hätte, wenn er dabeigewesen wäre – ich wäre immer noch auf eine halsstarrige, zwanghafte, wahnsinnige Art gierig auf den Besitz des Ra'ira gewesen. Es ist möglich, daß Thymas und Tarani mich gemeinsam hätten überwältigen können, und daß Thymas mit dem Stein entkommen wäre. Es ist auch möglich, daß Obilin und sein Dralda uns alle drei erwischt hätten, und die Anwesenheit eines Sha'um hätte die Deckgeschichte, die ich Indomel aufgetischt habe, weniger glaubhaft gemacht, so daß wir niemals die Möglichkeit gehabt hätten, wieder zu entkommen.

Betrachtungen im Nachhinein sind ohnehin sinnlos, seufzte ich innerlich. *Thymas, Tarani und ich haben ganz genau und ausschließlich das getan, was uns zu jenem Zeitpunkt richtig erschienen ist. Der Junge braucht nicht für etwas die Verantwortung zu übernehmen, über das er gar keine Entscheidungsgewalt hatte.*

Während ich über all das nachdachte, streckte Tarani die Hand aus und drückte Thymas' Schulter. »Du hättest dich auch nur in Gefahr gebracht – womit gar nichts erreicht gewesen wäre«, versicherte sie ihm freundlich. Ihr Daumen strich sanft über die Narbe am Hals des Jungen, die von den Vineh herrührte, die uns auf dem Weg nach Eddarta angegriffen hatten.

Thymas hielt bei ihrer Berührung den Atem an und griff nach ihrer Hand. »Die Wunde war verheilt«, sagte er bitter. »Ich habe euch verlassen, weil ...«

Weil drei einer zuviel waren, beendete ich den Gedanken für ihn. *Weil du wußtest, daß Tarani sich etwas aus mir macht. Wo ich sie liebte und ihr nicht weh tun wollte und ich doch wußte, daß sich ihre Gefühle geändert hatten, hätte ich ich mich an deiner Stelle ebenso reichlich unbehaglich gefühlt.*

Tarani beendete den Gedanken laut, jedoch mit einer weniger persönlichen Antwort. »Weil es an der Zeit für dich war, uns zu verlassen. Es hat keinen Sinn und keinen Wert, die Vergangenheit zu rekonstruieren, Thymas.«

»Was *ist* passiert?« beharrte er auf seiner Frage. Er ließ Taranis Hand los, entfernte sich ein paar Schritte von uns und drehte sich wieder um, jeden Muskel angespannt. »Der Ra'ira?«

Er fragte *mich,* und ich mußte mir Taranis Worte ins Gedächtnis rufen, um das Schuldgefühl abzuwehren, das aus einem nicht allzu gut verborgenen Winkel meines Geistes hervorsprang. Trotz all meiner Anstrengung kam ich mir bei der Vorstellung, Thymas gegenüber ein Versagen zuzugeben, wie ein pflichtvergessener Schuljunge vor, und dicht auf den Fersen des Schuldgefühls folgte der Unmut darüber, daß der Junge eine derartige Macht über mich hatte.

Ich erstickte die Flut der Gefühle und schaffte es, keines davon zum Ausdruck zu bringen. Noch einmal antwortete Tarani an meiner Stelle.

»Indomel hat den Ra'ira. Aber er hatte Pech, als er lernen wollte, mit ihm umzugehen. Er wird bald wieder uns gehören.«

»Bald?« keuchte Thymas. »Was soll das heißen, ›bald‹? Wir haben den ganzen Weg durch Eddarta zurückgelegt, er *war* in unserer Hand – *was ist passiert?*«

»Rede nicht in diesem Ton mit mir!« sagte Tarani. Ruhig!

Thymas wich einen Schritt zurück.

»Es wird für uns alle leichter sein«, sagte ich, »wenn wir die Geschichte nur einmal erzählen müssen. Wird der Statthalter hierher zu uns kommen; oder sollen wir nach Thagorn reiten, und uns dort mit ihm treffen?«

Niemandem entging die Botschaft, die sich hinter diesen Worten verbarg: *Du spielst nur die zweite Geige, Junge. Bring uns zu deinem Anführer!* Thymas fuhr auf und wandte sich mir zu. Offensichtlich fühlte er sich bei der vertrauten Herausforderung, die ich darstellte, wohler.

»Mein Vater weiß nicht, daß ihr hier seid.«

»Aber Raden – sicherlich hat der Kundschafter deinem Vater berichtet ...«

»Mir hat er berichtet. So werden die Dinge hier jetzt gehandhabt. Und sein Geplapper hat überhaupt keinen Sinn ergeben. Also habe ich beschlossen, erst einmal selber nachzusehen, bevor ich Dharak belästige.«

Ich verkniff mir zu fragen, wie wichtige Nachrichten den Führer der Sharith »belästigen« konnten. Mir lagen auch ein paar Fragen bezüglich Thymas' Interpretation des »so werden die Dinge hier *jetzt* gehandhabt« auf der Zunge, aber ich hielt sie zurück. Ich bemühte mich sogar, höflich zu klingen.

»Dann wollen wir Sinn in Radens ›Geplapper‹ bringen. Tarani, würdest du so nett sein und Thymas mit unserer neuen Freundin bekanntmachen?«

»Yayshah«, rief Tarani ruhig.

Das Sha'um-Weibchen hatte sich seit der Ankunft des fremden Sha'um auf der Lichtung absolut geräuschlos verhalten. Ronar mußte der Geruch des Weibchens bewußt gewesen sein, aber er war anscheinend zu beschäftigt damit gewesen, auf Keeshah zu achten und ihn im Auge zu behalten, um seinen Reiter von ihrer Anwesenheit zu unterrichten.

Thymas zuckte zusammen, als die Büsche hinter mir raschelten und die massige Gestalt des dunkel gestreiften Weibchens aus den Schatten heraus wie aus dem Nichts auftauchte. Yayshah bewegte sich vorsichtig, ihre Grazie war durch ihre Körperfülle nur leicht beeinträchtigt, und blieb zwischen Tarani und mir stehen.

»Thymas, das ist Yayshah«, sagte Tarani, wobei sie mit ihrer Hand über die linke Seite von Yayshahs Kinn strich. »Wie du siehst, trägt sie Junge. Sie und ich erbitten den Schutz von Thagorn, so daß ihre Jungen unter ihresgleichen zur Welt kommen können.«

»Also stimmt es tatsächlich«, flüsterte Thymas und starrte mit glänzenden Augen auf das Weibchen. »Ich muß mich bei Raden entschuldigen – wie auch bei dir, Tarani, für ... für meine Zweifel«, sagte der Junge mit einer leichten, aber ehrerbietigen Verbeugung aus der Hüfte. »Darf ich Yayshah begrüßen?«

»Es ist uns eine Ehre«, sagte Tarani.

Thymas ging mit ausgestreckter Hand auf das Weibchen zu, um ihre Wange zu berühren.

Yayshah rührte sich nicht, aber ihr Nackenfell sträubte sich.

Keeshah, der immer noch hinter mir war, schritt näher heran, und aus seiner Kehle kam ein leises, warnendes Grollen.

Eine ebenso leise Antwort kam von Ronar, der sich spannte und hinter Thymas in unsere Richtung kroch.

Thymas schaute sich nach den beiden Männchen um, und die Verwirrung stand ihm deutlich ins Gesicht geschrieben.

»Yayshahs Junge sind auch Keeshahs Junge«, sagte ich. »Ich habe Keeshah gesagt, daß du seiner Gattin kein Leid zufügen wirst.« Genau das tat ich gerade über meine Geistesverbindung mit dem Sha'um, während ich mit Thymas sprach. »Keeshah hat das Tal früh verlassen; er und Yayshah werden einige Zeit benötigen, bis sie sich wohl fühlen, wenn andere Leute zugegen sind.«

»Yayshah ist Keeshahs Gattin?« fragte Thymas. Ich nickte. Der Junge seufzte. »Ich hätte es wissen müssen.« Zu meinem Erstaunen verbeugte er sich vor mir auf genau dieselbe Art und Weise, auf die er sich vor Tarani verbeugt hatte. »Es ist immer noch mein Wunsch, Yayshah zu begrüßen. Erlaubt Keeshah mir das?«

Wenn Tarani mit Nackenfell gesegnet gewesen wäre, dann hätte ich jetzt bestimmt sehen können, wie es sich aufrichtete, doch dieses eine Mal war ich ihr voraus – weil meine Reaktion auf Thymas' Frage mit ihrer identisch war. »Die Wahl liegt ganz allein bei Yayshah.«

»Yayshah wird dich jetzt bereitwillig begrüßen«, sagte Tarani, wobei sie in einer beschwichtigenden Geste über den Nacken des Weibchens strich.

Ich konnte an dem Blick, den sie mir zuwarf, erkennen, daß Tarani darum rang, ihre Gedanken im Zaum zu halten. Thymas sah mich zum Zwecke einer Bestätigung ihrer Erlaubnis an; ich war plötzlich sehr an einem Kieselstein neben meinem rechten Fuß interessiert. Aus dem Augenwinkel beobachtete ich, wie Thymas auf Yayshah zuging, zögerte, als das Weibchen einmal kurz mit dem Kopf zuckte, und schließlich über das Fell unter ihrem Kinn strich.

Nach wenigen Sekunden stellten sich die Ohren des Weibchens nach vorn, und ihre Augen schlossen sich. Alle entspannten sich. Ein wenig. Schließlich trat Thymas zurück, und sein Gesicht leuchtete vor Freude.

»Thagorn fühlt sich geehrt, daß Yayshah beschlossen hat, hierher zu kommen, damit wir ihren Jungen Schutz gewähren«, sagte Thymas. »Was die Sharith betrifft ...«

»Nur der Statthalter kann für die Sharith sprechen«, unterbrach ich ihn.

Thymas fuhr zu mir herum, kämpfte einen Moment lang gegen seinen Zorn an und gab dann auf. »Du meinst damit, *ich* habe kein Recht, für die Sharith zu sprechen«, knurrte er wütend.

»Ich meine damit, daß wir nicht ohne Dharaks Einwilligung nach Thagorn reiten, ganz egal, was du sagst.«

»Rikardon, kannst du dir vorstellen, daß Dharak uns anders behandeln würde als Thymas?« fragte Tarani.

»Nein. Ich will nur ...«

»Du willst mich nur daran erinnern, daß *du* der Anführer der Sharith bist, nicht ich. Nun, *Obmann,* warum sollte man Dharak überhaupt mit einer so unbedeutenden Angelegenheit belästigen wie dem ersten Sha'um-Weibchen, das je das Tal verlassen hat, und dem ersten weiblichen ... Reiter?«

Da es von Thymas kam, versetzte das Wort uns allen einen Schock. Tarani ging um Yayshah herum und nahm die Hände des Jungen.

»Ich bin noch nicht alles, was dieser ehrenvolle Titel umfaßt«, sagte sie. »Aber ich bin tief bewegt, daß du akzeptieren kannst ... was mit Yayshah und mir geschehen ist.«

»Aber darin liegt die Antwort, weißt du«, sagte Thymas lächelnd, während er Taranis Hände in den seinen hielt. »*Du* hast das bewirkt; darum muß es richtig sein.«

Auf die Launen dieses Burschen kann man sich genauso verlassen wie auf Stabjalousien, dachte ich. *Klick – hell. Wieder Klick – dunkel. Ein Lächeln für sie, ein Knurren für mich.*

Aber, Moment mal! Bin ich nicht gerade eben noch mit einer respektvollen Verbeugung beehrt worden? Aber das galt nicht dem ›Obmann‹ – o nein. Das galt dem Reiter des Gatten des einzigen Sha'um-Weibchens, das jemals das Tal verlassen hat, und zwar mit Tarani, die nichts Unrechtes tun kann!

Ich bemerkte, daß ich gerade dabei war, mich so richtig in die Sache hineinzusteigern, und ich hielt inne und holte dreimal tief Luft. Das Luftholen half. Was nicht half, war, daß Tarani und Thymas immer noch Hand in Hand und Auge in Auge dastanden, und keiner von ihnen meine Zurschaustellung außergewöhnlicher Selbstbeherrschung gemerkt hatte.

Was, zum Teufel, ist los mit mir? fragte ich mich. *Ist das nicht das, was wir wollten – daß Tarani und Yayshah begrüßt und als Teil der Sharith anerkannt werden?*

Das wollte ich von Dharak und dem Rest der Sharith, wurde mir klar. *Aber bei Thymas liegt der Fall anders. Mit Thymas ist eine Menge emotionaler Geschichte verbunden. Seine Beziehung zu Tarani gehört ganz sicher dazu, aber das ist noch längst nicht alles. Vielleicht zählt der Rest der Sharith gar nicht wirklich. Vielleicht will ich von ihm, daß er Tarani anerkennt, weil ich sein Obmann bin.*

Ich verschloß die Augen vor dem Anblick der Nähe zwischen Thymas und Tarani.

Du Idiot! schalt ich mich. *Du wirst die Dinge hoffnungslos durcheinanderbringen, wenn du Tarani und Thymas nicht auseinanderhältst – ihre Liebe und seinen Respekt, seine Gefühle für Tarani und seine Gefühle für dich und deine Reaktion auf beides.*

Wo du schon mal dabei bist, mach dir auch gleich klar, daß das Rikardon/Tarani-Team etwas anderes ist als die Verbindung Keeshah/Yayshah. Wegen der Natur der Verbindung zwischen Mann – Korrektur – Gandalarer und Sha'um sind die Gefühle von uns vier füreinander alle miteinander verflochten. Es wäre einfach, aber höllisch gefährlich anzunehmen, die gefühlsmäßige Verbindung zwischen den Gandalarern entspräche der zwischen den Sha'um. Yayshah und Keeshah sind auf eine natürliche, instinktive Weise aneinander gebunden. Du und Tarani habt euch jeweils den anderen ausgesucht – die »Bestimmung« einmal außer acht gelassen. So weit ich es beurteilen kann, hat uns die »Bestimmung« zusammengebracht, damit wir gemeinsam kämpfen – uns gegenseitig zu lieben, war unsere eigene Idee.

Thymas drehte sich wieder zu mir um, sein Auftreten war frostig und formell. »Ich werde schnell zurück nach Thagorn reiten, Dharak von Yayshah berichten und euer Ersuchen weiterleiten. Folgt bitte nach eurem Gutdünken.«

»Und wenn Dharak unser Ersuchen ablehnt?« fragte ich.

»Ich bezweifle«, sagte Thymas mit einem Hauch Sarkasmus, daß er *mich* mit einer derartigen Botschaft zu euch schicken würde.«

»Dharak wird uns nicht abweisen«, sagte Tarani.

Thymas lächelte sie an. »Nein, er wird euch nicht abweisen – zumindest ...«, fügte er mit einem für mich bestimmten ironischen Nicken hinzu, »glaube ich, daß euch der Statthalter persönlich ehren und willkommen heißen wird, wenn ihr in Thagorn ankommt ... – die Pause war gerade lang genug, um wahrgenommen zu werden – »und zwar euch beide. Tarani. Obmann.«

Ronar, der der mentalen Aufforderung des Jungen nachkam, ging zu Thymas und duckte sich. Seine Augen ließen nicht von Keeshah ab, und ich konnte immer noch die Vorsicht meines Sha'um dem anderen Kater gegenüber spüren. Thymas bestieg Ronar, der sich aufrichtete, umdrehte und auf den geknickten Busch zusteuerte, der die Stelle ihrer Ankunft markierte. Sie blieben lange genug stehen, um Thymas zu gestatten, sich seinen Hut von dem störrischen Zweig wiederzuholen und uns mit ihm zum Abschied zuzuwinken.

Tarani schaute lächelnd in die Richtung, in der Thymas und Ronar verschwunden waren. »Thymas' Freund zu sein, kann sehr anstrengend sein«, sagte sie. »Aber auch sehr lohnend. Es kann niemanden sonst geben, der so voller Widersprüche und Überraschungen steckt, wie er; seine Gesellschaft ist nie langweilig.«

Sie hatte Yayshah abwesend gestreichelt. Die Katze wurde unruhig und entfernte sich. Indem sie die Bewegung des Sha'um verfolgte, wurde sie meines Gesichtsausdrucks gewahr und lachte.

»Rikardon, warum weigerst du dich mir zu glauben, daß ich andere Leute objektiv beurteilen kann? Es hat dich überrascht, daß ich Zefras Wahnsinn erkannt habe, und es ist offensichtlich, daß du von mir erwartet hast, ich würde Thymas' rasch wechselnde Stimmungen ohne Verärgerung hinnehmen.«

»Ich vermute, ich neige dazu, andere Leute – und ihre Gefühle – in Schubladen einzuordnen. Thymas – tja, meine Gefühle in bezug auf Thymas sind ziemlich kompliziert.«

»Und glaubst du, meine wären das nicht?«

»Ich glaube, du liebst ihn. Man kann eine Menge verzeihen, wenn man jemanden liebt.«

»Verzeihen, ja«, stimmte Tarani zu und kam auf mich zu. »Aber nicht notwendigerweise ignorieren.«

Sie legte mir die Hände auf die Schultern, und ihr Gesicht wurde ernst. »Wir waren gerade dabei, das zu erörtern, als Thymas kam, glaube ich?«

»Das waren wir. Da habe ich noch keine Antwort auf deine Frage gehabt, aber jetzt habe ich eine. Thymas wird niemals ein Teil meiner ›Vergangenheit‹ sein, Tarani – oder ein Teil von deiner. Er ist ein Teil von uns, so wie wir jetzt sind. Ich weiß, daß du ihn immer noch liebst.« Sie wurde starr, aber ich wehrte ihre beabsichtigte Unterbrechung ab, indem ich sie an mich zog. »Ich weiß auch, daß das, was du für ihn empfindest, anders ist, weniger – besonders, als das, was wir teilen. Ich sage, ich ›weiß‹ das – mein Verstand glaubt es, aber meine Gefühle lernen nicht so schnell.«

Sie schmiegte sich an mich, die Arme um meinen Hals, und einen Moment lang standen wir so da. Ich war überwältigt von der Erkenntnis des Wertes dessen, was ich da hielt, des Verlustes, den ich empfinden würde, wenn sie mich nie wieder so berühren würde. Sie schien in derselben Stimmung zu sein, denn als sie mich schließlich sanft von sich schob, um mir anzuzeigen, ich solle sie loslassen, konnte ich ein Zittern in ihren Armen spüren.

»Es bewegt mich tief, dich geradeheraus und ehrlich davon sprechen zu hören, was du empfindest«, sagte sie. »In solchen Augenblicken kommt es mir so vor, als könnte ich dich wirklich berühren, als sei eine Schranke zwischen uns, die ich manchmal spüre, verschwunden. Nun, da du offen für mich bist, hör mir mit dem ›Gefühl‹ zu, Rikardon. Die Art Zukunft, die ein Mann und eine Frau erwarten mögen, ein Heim und Kinder und einfach zusammen zu sein, kann nicht unsere Zukunft sein, bis wir die Angelegenheit mit dem Ra'ira erledigt haben. Tatsächlich kann es sein, daß wir aus diesem Grund niemals eine derartige Zukunft erleben werden. Aber bedenke, daß, selbst während wir damit beschäftigt sind zu tun, was wir tun müssen, selbst während andere Leute und andere Dinge unsere Aufmerksamkeit und unsere Zeit in Anspruch nehmen, mein Innerstes treu und in Liebe mit deinem Innersten verknüpft ist. Wir sind miteinander verbunden, so gewiß wie du und Keeshah oder Yayshah und ich – mit dem Unterschied, den du vor ein paar Tagen erklärt hast. Du und ich können unsere Gefühle einander nicht direkt mitteilen; wir müssen uns auf Worte verlassen, und Worte können zu Mißverständnissen führen.« Sie lächelte.

Sie denkt gerade an eins der vielen Beispiele in jüngster Zeit, wo ich den Mund aufgemacht und dummes Zeug von mir gegeben habe, dachte ich. *Ich wünschte, ich könnte ein paar davon vergessen.*

»Ich bitte dich, Rikardon, rede mit mir so offen und ehrlich, wie es dir möglich ist, ich verspreche dir dasselbe.«

»Abgemacht«, preßte ich um den Klumpen in meinem Hals herum aus mir heraus. »Und was hältst du für den Anfang hiervon? Ich kann sowohl für Markasset als auch für mich selber sagen, daß wir viele Frauen gekannt und geliebt haben, in diesem Leben und ... und in meinem anderen Leben.«

Heuchler! beschuldigte ich mich. *Du verbirgst immer noch die Wahrheit. Nennst du das »offen und ehrlich« reden?*

Ich schob die schuldbewußte Stimme mit meiner Antwort beiseite: *Ja, es ist die offene und ehrliche Wahrheit, soweit meine Gefühle betroffen sind, und die sind jetzt am wichtigsten.*

»Tarani, wir – ich – habe nie jemanden gekannt und kenne auch jetzt niemanden, ob Mann oder Frau, den ich mehr bewundere, respektiere und schätze als dich.«

Sie schnappte nach Luft, und ich spürte, wie sie erschauerte. »Du hast ein Talent für Sprache, Rikardon, und du hast bemerkt, daß deine Worte Macht über mich haben. An das, was du gerade gesagt hast, werde ich mich immer bevorzugt erinnern, da es auch das ausspricht, was ich für dich empfinde.«

Ich nahm sie einen kurzen und zärtlichen Moment lang noch einmal in die Arme.

»Wie du gerade aufgezeigt hast«, sagte ich, »müssen wir uns anderen Aufgaben zuwenden – wie zum Beispiel Yayshah mit den Sharith und ihrem neuen Heim bekannt zu machen.«

4

Gut, brummte Keeshah, als er die breite Karawanenstraße betrat, die frei von Buschwerk war. *Leichter.*

Ich teilte seine Ansicht. Es war schlimm genug gewesen, sich einen Weg durch die felsigen Hänge der Ausläufer der Morkdahlberge zu bahnen, wo Gebüsch und Felsen gleichermaßen Hindernisse darstellten. Den letzten Kilometer waren wir weiter bergab gezogen, und hatten nach der Straße Ausschau gehalten, die wir gerade entdeckt hatten. Ohne den gelegentlich auftretenden nackten Felsen, auf dem der Boden frei von Unterholz war, hatten wir uns buchstäblich Bahn und durch ein Gewirr von Büschen brechen müssen und uns an natürlichen Mauern aus Kletterpflanzen vorbeigekämpft, die mit den Zweigen gewundener, wild wuchernder Dakathrenilbäume verflochten waren.

Wir hätten nur die höhergelegenen Hänge überqueren und Thagorn von der Seite betreten können, aber niemand machte einen entsprechenden Vorschlag. Das Tal enthielt fruchtbares, wasserhaltiges Land, und jenseits der bebauten Gebiete – also auf den höhergelegenen Hängen – ließ der Wildwuchs das, wodurch wir zogen, wie die Wüste Kapiral aussehen. Tarani hatte diesen Weg einmal zu Fuß genommen und trug immer noch Narben an den Händen, die von der Anstrengung zeugten, die damit verbunden gewesen war. Für die Sha'um wäre es bei ihrer größeren Körperfülle, ihrem von vier Punkten abhängigen Gleichgewicht und ihrer weniger effektiven Greiffähigkeit eine unerbittliche Qual gewesen.

Außerdem hatten wir ganz offiziell um die Erlaubnis gebeten, das Tal betreten zu dürfen, und das bedeutete nach allen Bräuchen, die Ricardo und Markasset kannten, daß man zur Vordertür – in diesem Fall zum vorderen *Tor* – hereinkam. Die Karawanenstraße kam mehr oder weniger aus Westen, vom Erfrischungshaus in Relenor, und führte mehr oder weniger nach Süden, direkt vor die Tore von Thagorn. Von da verlief sie entlang der Morkdahlberge um die südliche Spitze der Bergkette herum und führte dann nördlich nach Omergol, einem Verkehrsknotenpunkt, der für seinen reich geäderten grünen Marmor bekannt war, den ihre Einwohner in den Berghängen abbauten.

Viele gandalarische Städte, die ich gesehen hatte, waren von Mauern umgeben, aber die Mauer von Thagorn hatte nicht ihresgleichen. Sie war mehr ein Damm als eine Mauer, ihr oberer Rand erstreckte sich waagrecht entlang der engen Öffnung in ein fruchtbares, von jähen Abhängen begrenztes Tal. Ihr unterer Rand folgte der leicht gewölbten Höhenlinie des Bodens. In der Mitte ihrer dreißig Meter umfassenden Spannweite war die Mauer zehn Meter hoch, und ein Doppeltor nahm etwa die Hälfte dieser Höhe ein. Die Flügel des Tors bestanden aus dicken Lagen geschichteten Holzes und waren mit Bronzefüllungen versteift, und normalerweise waren sie geschlossen.

Als die Sha'um die Spitze des Kammes überquerten, der den Rand des Tales von Thagorn markierte, konnte ich mit Bestimmtheit sagen, daß das Tor weit offenstand – nicht weil ich die Flügel des Tors, sondern weil ich die Leute sehen konnte, die sich entlang der Straße und durch den Eingang zu Thagorns abgeschirmtem Tal hindurch zu einer Doppelreihe formierten. Die Sharith bildeten die Ränder der beiden Reihen, aber hinter ihnen drängten sich die Frauen, Kinder und »Knaben« – Jungen im Alter zwischen dreizehn und sechzehn, die bereits Sha'um-Partner hatten und zu Reitern ausgebildet wurden.

Die Doppelreihe endete ungefähr auf halbem Wege zwischen uns und dem Tor, und an ihrem Beginn warteten Dharak und Thymas, der junge Sharith einen Schritt oder zwei hinter seinem Vater, um uns zu begrüßen. Man hörte das murmelnde Geräusch, das von allen Menschenmengen ausgeht, die auf etwas warten. Der Hang hatte es von uns ferngehalten, aber wir hörten es augenblicklich, als wir den Gipfel überschritten. Ein aufbrausendes, flüsterndes Geräusch erreichte uns, als alle Augen sich in unsere Richtung wandten – die von der Menschenmenge auf dem Wall nach unten, die von der wartenden Doppelreihe nach oben. Für einen langen Moment herrschte völlige Ruhe, dann erhob sich ein tosender Lärm aus den Kehlen der Sharith.

Yayshah schreckte vor dem Geräusch zurück, legte die Ohren an, und ihr Nackenfell sträubte sich. Tarani war ebenfalls erschrocken, und mir fiel ein, daß sie bei meiner »Einsetzung« als Obmann, als ich auf diese Weise geehrt worden war, nicht dabeigewesen war.

Sie riefen meinen Namen. Es hatte mich damals bewegt, und es ergriff mich jetzt. Stolz und Demut gleichermaßen strafften meine Schultern, als ich mich zu einer sitzenden Position erhob und Keeshah zu einem langsamen und stetigen Tempo den Hügel hinab aufforderte.

Ich bemerkte, daß Yayshah und Tarani nicht mehr bei mir waren, und ich wies Keeshah an, noch langsamer zu gehen, um ihnen die Möglichkeit zu geben, zu uns aufzuschließen. Als sie nicht sofort neben mir auftauchten, wurde ich unruhig und warf schnell einen flüchtigen Blick nach hinten.

Ich habe mir darüber Gedanken gemacht, ob Yayshah von den Sharith akzeptiert werden wird. Und dabei ist es mir nie in den Sinn gekommen zu fragen, ob es auch andersherum funktionieren wird.

Doch meine Befürchtungen erwiesen sich als grundlos; Yayshah folgte mit nicht mehr äußerlichen Anzeichen der Unruhe als einem gelegentlichen Zucken ihrer Ohren. Ihre Körperfülle trug zu der ohnehin beeindrukkenden würdevollen Gangart der Sha'um nur noch bei. Als ich sie betrachtete, spürte ich die Ehrerbietung, die den Männern von Gandalara und Ricardos Welt gemeinsam war, den Sinn für das Geheimnisvolle der Mutterschaft. Hinzu kam die ausschließlich gandalarische Bewußtheit, Ehrfurcht vor der Katze und davor, was es bedeutete, sie hier zu sehen, außerhalb des Tales der Sha'um.

Ich gab Tarani ein kaum merkliches Handzeichen, um sie zu ermutigen, neben mir zu reiten, aber sie schüttelte den Kopf und hielt Yayshah einige Meter hinter Keeshah. Wir näherten uns Dharak und Thymas, also hatte ich keine Zeit, mit ihr zu diskutieren, aber ich machte mir ein wenig Sorgen, als ich mich umdrehte, um den Sharith zu begegnen.

Die dritte Wiederholung von »Rikardon und Keeshah!« verklang eben, als ich fünf Meter vor dem Ende der Empfangslinie anhielt. Dharak kam einen Schritt auf mich zu, und erst da bemerkte ich, daß außer Keeshah und Yayshah keine Sha'um zu sehen waren. Ich glitt von Keeshahs Rücken, um dem Statthalter zu Fuß gegenüberzutreten. Es spielte keine sonderlich große Rolle – beritten oder zu Fuß, ein Mann *mit* einem Sha'um hatte einen gefühlsmäßigen und körperlichen Vorteil gegenüber einem Mann *ohne* Sha'um –, aber mir war wohler dabei, dem alten Mann mit dem geraden Rücken Auge in Auge gegenüberzustehen.

»Willkommen, Obmann«, sagte Dharak strahlend vor Freude und streckte mir eine Hand entgegen. Ich schüttelte sie, tief bewegt von der Herzlichkeit seines Willkommens und der Bevorzugung meiner Begrüßungsgeste vor seiner eigenen.

»Du siehst gut aus, Statthalter. Ich freue mich zu sehen, daß dein Arm wieder gesund ist.«

Er beugte den linken Arm. »Shola hat großes Geschick darin, gebrochene Knochen zu richten«, sagte er und lachte. »Das macht die viele Übung.«

Er betrachtete mich von oben bis unten.

»Shola wird sich freuen, dich mit ihren Kochkünsten zu verwöhnen, mein Freund; du siehst aus, als könntest du eine gute Mahlzeit vertragen.«

»Ich hätte nichts gegen mehrere einzuwenden«, sagte ich, während ich an der Schulter meiner ruinierten Tunika zupfte, »*nachdem* ich mehrere Bäder genommen habe.« Shola war ganz gewiß in der Menschenmenge um uns herum, aber die Tatsache, daß Dharak von ihr sprach, als sei sie nicht da, erinnerte mich daran, daß der Statthalter und der Obmann im Augenblick mit der formellen Zeremonie des Begrüßens beschäftigt waren. »Aber ich bin nicht allein, Dharak, und ich kann deine Gastfreundschaft nur genießen, wenn sie auch all denen offensteht, die sich in meiner Gesellschaft befinden.«

»Thymas hat dein Ersuchen bereits vorgetragen, Carillo.«

Ein Zucken in Dharaks linkem Arm lenkte meine Aufmerksamkeit auf seine Hände; sie waren zu Fäusten geballt.

Also hat es den alten Herrn geärgert, daß Thymas den Bericht des Kundschafters für sich behalten hat! dachte ich.

»Da ist noch etwas anderes, das zur Sprache gebracht werden muß«, sagte Tarani, während sie vortrat und sich ohne Sha'um neben mich stellte. Dharak und ich drehten uns beide überrascht zu ihr um – Dharak, ohne Zweifel, weil sie ihn dabei unterbrochen hatte, uns das zu sagen, was er einstudiert hatte, und ich wegen des sonderbaren Untertons in ihrer Stimme. Nach einem Augenblick des Überlegens identifizierte ich ihn mit noch größerem Erstaunen als Mangel an Courage.

»Dharak, wegen mir wurdest du verletzt, und dein Obmann hätte getötet werden können. Ich bitte um Vergebung für die Rolle der Falschheit und des Verrats, die ich an jenem Tag gespielt habe. Ich bitte ebenfalls darum, nicht zuzulassen, daß Gefühle mir gegenüber deine Entscheidung bezüglich des Sha'um-Weibchens, das jetzt mit mir zieht, beeinflussen. Sie braucht dringend Ruhe. Obwohl ich während der kritischen Zeit nah bei ihr sein möchte, können wir nicht wirklich getrennt werden – und wenn du mich nicht guten Gewissens innerhalb deiner Mauern aufnehmen kannst, bin ich bereit, anderswo zu wohnen, wenn ich weiß, daß sie sich wohl fühlt.«

Dharak musterte Tarani eine Weile, die mir sehr lang vorkam – aber vielleicht wurde mein Eindruck durch die Tatsache verfälscht, daß ich den Atem anhielt. Schließlich streckte der Statthalter Tarani die Hände entgegen und sprach mit ergreifender Freundlichkeit.

»Thymas hat uns erzählt, warum das geschehen ist, Tarani, und ich hätte mit Freuden diesen gebrochenen Arm gegen das Leben des Mannes getauscht, den du versucht hast zu schützen. Vielleicht nicht mein Leben«, fügte er mit einem Lächeln hinzu, »aber einen gebrochenen Arm – ganz gewiß.«

»Du bist sehr gütig«, sagte Tarani, indem sie ihre Hände in seine legte. »Ich wünschte, ich könnte mir selbst so leicht verzeihen.«

»Du bist bei den Sharith willkommen, meine Liebe, genau wie deine Gefährtin.« Er warf mir einen flüchtigen Blick zu, zögerte und sah dann Tarani wieder offen ins Gesicht. »Darf ich sie begrüßen?«

Na ja, dachte ich, *zumindeste reden Dharak und Thymas miteinander. Ich könnte schwören, daß Dharaks erster Gedanke war, mich um Erlaubnis dafür zu bitten, Yayshah zu begrüßen, genau wie Thymas es getan hat. Der Junge muß ihn davor gewarnt haben.*

Tarani gab Dharaks Hände frei und trat einen kleinen Schritt zurück. Die graubraune Katze kam langsam nach vorn. Tarani griff mit ihrer linken Hand nach oben, um sie an der Seite ihres Kopfes zu streicheln und sagte: »Das ist Yayshah.«

Dharak ließ die Katze seine offene Hand prüfen, bis

sich ihre Ohren nach vorn stellten, und kraulte sie dann hinter dem Ohr. Ich konnte die Wellen der Zärtlichkeit und Ehrfurcht beinahe spüren, die von der zusehenden Menge ausgingen, als Yayshah die Augen schloß und den Kopf an seiner Handfläche rieb. Einen Augenblick später trat Dharak zurück in die Reihe der Reiter, und die Stimmung der Menge wurde entschiedener.

»Obmann, die Sharith sind geehrt, daß du uns die Höflichkeit erweist, um das zu ersuchen, was du verlangen könntest. Noch einmal willkommen – Rikardon und Keeshah, Tarani und Yayshah.«

Ein Geschrei erhob sich aus der Menge – keine Worte oder Namen, nur ein freudiger Laut. Ich spürte, wie sich meine Kehle unter der besonderen Mischung aus Freude und Schrecken zusammenzog, die eine Demonstration der Ehrerbietung der Sharith für mich immer mit sich brachte. Neben mir zuckte Yayshah leicht zurück, aber ich sah, wie Taranis Hand sich auf ihrem Nacken bewegte und die große Katze beruhigte.

Als der Lärm nachgelassen hatte, ergriff Dharak wieder das Wort. »Wir haben eine Bitte, Obmann. Du wirst bemerkt haben, daß unsere Sha'um nicht bei uns sind.« Ich nickte. »Ich kann für die Reiter sprechen, mein Freund, aber nicht für die Sha'um. Bis wir sicher sein können, daß Yayshah von ihren Rassegenossen akzeptiert wird, werden unsere Sha'um jenseits des Flusses bleiben, außer wenn ihre Reiter sie zu Übungszwecken oder zur Patrouille zu sich rufen. Wir bitten daher, daß Yayshah oder Keeshah sich diesseits des Flusses niederlassen, zumindest zeitweilig.«

Keeshah, sie wollen, daß du und Yayshah für eine Weile auf dieser Seite des Flusses bleibt, abseits von den anderen Sha'um. Hast du dagegen irgendwelche Einwände?

Nahrung dort?

Ich versuchte mich zu erinnern. Die Sharith hielten sich zahme Glith-Herden für den eigenen Fleischbedarf, gestatteten es aber einer großen Herde, sich frei und ungezähmt auf den Hängen ihres Tales zu bewegen, um für natürliches Wild für ihre Sha'um zu sorgen. Ich wußte, daß die zahmen Herden ausschließlich jenseits des Flusses gehalten wurden, wo sich das Hauptaufenthaltsgebiet der Sharith befand, aber ich sah keine Möglichkeit, und noch weniger den Wert, der darin gelegen hätte, den wilden Herden ähnliche Beschränkungen aufzuerlegen.

Ich denke schon, Keeshah. Wenn nicht, bin ich sicher, Dharak wird dafür sorgen, daß ihr gute Jagdmöglichkeiten haben werdet.

In Ordnung, gab Keeshah sein Einverständnis.

Der geistige Austausch bedurfte weit weniger Zeit, als für eine stimmliche Unterhaltung nötig gewesen wäre. Kaum eine Sekunde, nachdem Dharak sein Ersuchen an uns gerichtet hatte, sah ich zu Tarani hinüber, die sich Yayshah zuwandte, so daß ich sie nicken sehen konnte.

»Die Sha'um sind einverstanden«, erklärte ich dem Statthalter.

5

Wir gingen zwischen den Reihen der jubelnden Menschen nach Thagorn – Keeshah und ich vorneweg, gefolgt von Yayshah und Tarani, dann Dharak und Thymas. Der junge Mann hatte während der Begrüßungszeremonie schweigend zugesehen, und er verschwand in der Menge, sobald wir durch das Tor getreten waren.

Die Menge begann sich aufzulösen, die Reihen hinter uns zerbröckelten in kleine Gruppen, die durch den Torweg trieben, uns unsicher und aus der Entfernung zulächelten, sich um uns herum drängten und sich zur Brücke hin aufmachten, die zu den Wohnungen ihrer Familien jenseits des Flusses führte.

Wo noch vor einem Moment nur die Wärme der Freude gewesen war, spürte ich jetzt eine Kälte in mir heraufkriechen.

»Dharak ...«, begann ich, aber als ich mich umdrehte, stand Shola neben ihrem Mann, die Augen auf mich gerichtet.

»Ich entbiete dir ebenfalls mein Willkommen, Obmann«, sagte sie, die Hände ausstreckend. »Unser Heim steht euch offen – euch beiden. Wenn ihr jetzt mit mir kommen möchtet ...?«

»Vielen Dank, Shola«, sagte ich. »Wir werden zusehen, daß sich unsere Sha'um einrichten, und deine Einladung dann mit Vergnügen annehmen.«

»Vielen Dank, Shola«, sagte Tarani. Die Frau des Statthalters warf einen flüchtigen Blick auf das Mädchen, nickte ihr kurz zu und ging dann weg.

Der Moment des Schweigens, der Sholas Grobheit folgte, war peinlich. Schließlich brach Tarani das Schweigen. Ihre Stimme war flach und abgehackt, um die Betroffenheit zu verbergen, die sie empfand.

»Vielleicht wäre es besser, wenn ich ...«

Ich fiel ihr ins Wort. »Tarani und ich werden eines der unbewohnten Häuser benutzen«, sagte ich zu Dharak, wobei ich keine Anstalten machte, meinen Ärger zu verbergen. »Komm später zu uns, dann unterhalten wir uns.«

»Bitte, Rikardon«, sagte Dharak. Daß er meinen Namen, nicht meinen Titel benutzte, ließ mich aufhorchen, ebenso der flehentliche Unterton in seiner Stimme. »Wir müssen uns in der Tat später unterhalten – aber zunächst einmal, bitte glaub mir, es ist sehr wichtig, daß du und Tarani unser Heim mit uns teilt. Shola – ich werde mit ihr reden. Wenn ihr nur noch eine kleine Weile Nachsicht üben könnt, sie wird sich ändern, ich verspreche es euch.«

Versprechen? dachte ich. *Nur ein Narr – oder ein Verzweifelter – würde Versprechungen abgeben, die die Handlungen eines anderen Menschen betreffen.*

»Tarani?« fragte ich.

Sie zuckte die Achseln. »Ich habe Dharak die Wahrheit gesagt; solange sich Yayshah wohl fühlt, ist es mir egal, wo ich schlafe. Du kannst für uns beide entscheiden.«

Ich nickte Dharak zu. »Wir werden in Kürze zu dir kommen«, sagte ich und führte Keeshah von der Straße weg, ohne mich noch einmal nach dem Statthalter umzusehen.

Ich war tief beunruhigt.

Ich habe mir die Sache zu einfach gemacht, sagte ich mir, *als ich Thagorn einfach nur als einen Ort betrachtet habe, an dem man sich ausruhen kann. Es ist ein Ort mit Menschen, was bedeutet, Thagorn ist genauso geschäftig und kompliziert wie jede andere Stadt – extremer noch, würde ich meinen, wo die Sha'um noch Teil der Bürgerschaft sind.*

Als Tarani und ich im Heim des Statthalters, das das einzige Einfamilienhaus auf der torwärtigen Seite des Flusses war, angekommen waren, war es Dharak, der uns begrüßte, uns unsere Räume zeigte und uns die Benutzung seines privaten Badehauses anbot. Er und ich winkten Tarani zu, als sie durch die vorhanglose Tür meines Schlafzimmers ging; sie lachte und schlug spielerisch mit dem Ende ihres Badetuchs nach uns.

»Jetzt können wir miteinander reden«, sagte ich. »Warum ist es so wichtig, daß Tarani und ich hier wohnen? Bei meinem letzten Besuch war ich in einer Kaserne untergebracht.«

»Auf deinen Wunsch«, ergänzte Dharak. »Und nur, *bevor* du Obmann warst.« Er wandte sich von mir ab, ging zu einem Stuhl und betrachtete eingehend die Gitterkonstruktion seiner hölzernen Lehne. »Ich habe mit Shola gesprochen – mit welchem Ergebnis, das kann ich nicht sagen, muß ich gestehen. Wenn du ihre Gesellschaft unerträglich findest, Rikardon, werden sie und ich in ein leerstehendes Haus ziehen, und du und Tarani könnt dieses hier haben.«

Ich wollte ihm sagen, was ich von dieser Idee hielt, aber ich beherrschte mich. *Dharak ist ein intelligenter Mann, ein kluger Anführer,* dachte ich, *aber diese Geschichte mit dem Aufenthaltsort – er ist total angespannt und sieht mir nicht in die Augen. Irgendwas stimmt hier nicht.*

»Beantworte meine Frage, Dharak.«

Irgend etwas in meiner Stimme ließ ihn in seinen nervösen Bewegungen innehalten. Die Hand auf der Stuhllehne, und mich immer noch nicht ansehend, seufzte er und begann zu reden.

»Du erinnerst dich natürlich daran, daß ich beim letzten Mal, als du hier warst, das Gefühl hatte, daß Thymas eine Führungsposition unter den jüngeren Reitern erlangt hat?«

»Ich erinnere mich daran. Du hast gesagt, du hofftest, die Sharith würden unter meiner Führerschaft als Obmann geeinter sein. Damals war ich der Ansicht, das sei der Hauptgrund dafür gewesen, daß du mich so bestürmt hast, anzunehmen.«

Bei meinen Worten fuhr der alte Mann herum und nahm beinahe eine Habachtstellung ein. »Das war es nicht!« Er hätte noch mehr gesagt, aber ich bedeutete ihm zu schweigen.

»Ich habe dir gesagt, was ich damals glaubte. Jetzt denke ich anders darüber, ungeachtet der gegenwärtigen Situation.«

»Der gegenwärtigen Situation?« fragte Dharak.

Ich hatte mir einige Dinge zusammengereimt, und ich mochte die Schlüsse, zu denen ich kam, ganz und gar nicht. Ich ließ meinem Ärger freien Lauf.

»Ja, die gegenwärtige Situation, in der du den Obmann der Sharith im Machtkampf gegen deinen Sohn als Waffe benutzt. Warum würde es wohl sonst so wichtig sein, daß ich hier wohne, selbst wenn das mit einigem Unbehagen für Tarani verbunden sein könnte?« Ich wollte eigentlich auch noch fragen, warum Shola sich Tarani gegenüber so unfreundlich benahm, aber das schien mir im Moment nicht zur Sache zu gehören.

An Dharaks Gesichtsausdruck konnte ich Erschütterung und Schuldbewußtsein ablesen, dann verhärtete er sich voller Entschlossenheit.

»Was ich tue, ist nicht schlimmer als das, was Thymas getan hat. Seit seiner Rückkehr hat er den – ich will es mal ›Glanz‹ nennen – seiner Verbindung mit dir stärker denn je dazu benutzt, die Gefolgschaft der jungen Reiter zu gewinnen. Die Spaltung schreitet voran, Rikardon. Du hast völlig recht; ich habe gedacht, deine Anwesenheit in meinem Heim könnte als eine Bestätigung meiner Position als Anführer aufgefaßt werden. Hier geht es um mehr als einen persönlichen Konflikt zwischen Vater und Sohn, Obmann. Du weißt, daß der Kundschafter die Nachricht von deiner Ankunft gebracht hat, aber ich habe nichts davon zu hören bekommen, bis Thymas persönlich mir dein Ersuchen vorgetragen hat – nachdem er zunächst versucht hat, dich ›offiziell‹ im Namen der Sharith zu begrüßen. Nichts wäre ihm lieber gewesen, als uns alle zu überraschen, indem er neben dir und Tarani in Thagorn einreitet.«

»Dann bist du der Ansicht, er hat dir die Nachricht absichtlich vorenthalten?«

»Das bin ich. Er hat gewußt, daß ich uns alle nicht damit in Verlegenheit bringen würde, meine Billigung zu verweigern, nachdem er euch – Yayshah eingeschlossen – eingeladen hatte, bei uns zu bleiben.«

»Hatte er Grund, von deiner Seite aus *Miß*billigung zu befürchten?«

An dieser Stelle zögerte Dharak. »Nein«, antwortete er schließlich, »nicht, wenn er sich die Zeit genommen hätte, es vernünftig zu durchdenken. Aber unsere ... Unterhaltungen zeichnen sich in jüngster Zeit nicht gerade durch Vernunft aus.« Er schlug auf die Stuhlkante und murmelte im Flüsterton: »Rikardon, der Junge widersetzt sich mir auf Schritt und Tritt.«

»Vorsätzlich?«

»Ja!« schrie Dharak beinahe und fügte dann etwas ruhiger hinzu, »oder nein. Wie es scheint, haben wir einen natürlichen Hang dazu, Dinge unterschiedlich aufzufassen. Vorsätzlich oder nicht, das Endergebnis ist jedenfalls, daß wir in jeder Situation an entgegengesetzten Strängen zu ziehen scheinen.

Was deine Ankunft betrifft – er kann nicht bezweifelt haben, daß du persönlich willkommen sein würdest. Aber was Tarani und ihr Sha'um betrifft ... er könnte das Gefühl gehabt haben, ich würde sie vielleicht abweisen, einzig und allein deswegen, weil *er* will, daß sie bleiben.«

Ich schüttelte den Kopf und legte dem Statthalter die Hand auf die Schulter. »Könnte er gedacht haben, mein Freund, daß deine Handlungen vielleicht mehr durch Sholas Wünsche als durch seine eigenen beeinflußt werden?«

Dharak ergriff meinen Unterarm und gluckste in sich hinein. »Wie gut du die Menschen durchschaust, Rikardon.«

»Tarani hat einmal etwas Ähnliches zu mir gesagt, mit ebensowenig Grund. Shola hat ihre schlechten Gefühle Tarani gegenüber kaum verborgen.«

»Nicht vor Tarani vielleicht, aber vor mir – sie will überhaupt nicht darüber reden. Es ist verblüffend für mich, Rikardon. Bei der bloßen Erwähnung von Taranis Namen verwandelt sich Shola in eine Salzsäule. In all den Jahren, seitdem ich sie kenne, ist mir noch nie dieses ... dieses Stillschweigen bei ihr begegnet. Ärger, ja. Wut, gelegentlich. Stille Verzweiflung, als wir uns schließlich damit abgefunden hatten, daß unser zweiter Sohn nicht mehr aus dem Tal der Sha'um zurückkehren würde. Aber dabei waren wir immer zusammen. Sie hat ihren Ärger gegen mich gerichtet, sie hat ihren Kummer mit mir geteilt. Diese ... diese kalte, einsame Verbitterung bestürzt mich.«

»Seit wann geht das schon so?«

»Seit du und Thymas Thagorn verlassen habt, um Tarani zu verfolgen.«

Ich trennte mich von Dharak und ging zu dem unverglasten Fenster. Die Fensterläden standen offen, und so war der Blick frei auf den Fluß, die Hauptstraße und die Brücke. Ich stützte die Arme auf beide Seiten des schmalen Fensters und blickte hinaus auf die friedliche Landschaft. Ungefähr dreihundert Meter entfernt erhob sich der Talboden jäh zu einem buschbedeckten Abhang. Hoch oben auf der unregelmäßigen Böschung erhaschte ich einen flüchtigen Blick von etwas Ockerfarbenem, das sich mit erstaunlicher Geschwindigkeit bewegte und immer wieder aus meinem Blickfeld verschwand, wenn die Sicht darauf durch Hügel oder dichteres Buschwerk verdeckt wurde.

Ich tastete mit meinem Geist nach Keeshah und fand ihn geschäftig und erfreut vor, sein Hauptaugenmerk darauf gerichtet, das Glith, das er gerade erlegt hatte, zu Yayshah zu schaffen. Ich störte ihn nicht, aber der vertraute Kontakt tröstete mich in diesem Haus, das einmal offen und herzlich gewesen war, es aber nicht länger zu sein schien.

»Mit deiner Erlaubnis, Dharak«, sagte ich, »würde ich gern versuchen, mit Shola darüber zu reden.«

»Weißt du, was mit ihr los ist?« In seiner Stimme lag eine Mischung aus Bestürzung und Erleichterung.

»Ich habe da so einige Vorstellungen. Aber in der Hauptsache würde ich gerne klarstellen, daß ich eure Gastfreundschaft nicht annehmen kann, wenn Tarani hier nicht willkommen ist.« Ich sah den Statthalter über die Schulter hinweg an. »Und ich werde mich nicht darauf einlassen, daß ihr dieses Haus räumt, Dharak. Ganz egal, welche Auswirkungen du auf die Sharith als Gruppe voraussiehst, Tarani und ich werden das Haus verlassen.«

»Ich verstehe, Obmann.« Der Klang seiner Stimme überzeugte mich davon, daß er tatsächlich verstand, aber immer noch nicht sehr glücklich mit der Situation war. »Man sollte meinen, daß es für den Obmann der Sharith wichtigere Pflichten geben müßte, als Familienstreitigkeiten zu schlichten.«

»Die wird es auch geben«, sagte ich, und während die Worte aus mir herauskamen, wurde mir klar, daß sie ein Versprechen waren, das ich nicht verstand, aber an das ich glaubte.

Wieder einmal die »Bestimmung«, dachte ich.

»Der Ra'ira?« fragte Dharak.

Ich hörte Schritte auf dem Korridor näherkommen und frage mich, ob sie bedeuteten, daß Tarani mit ihrem Bad fertig war. Sofort hatte ich das überwältigende Bedürfnis, mir den Schmutz vom Körper zu waschen. Ich ergriff Dharak bei der Schulter und ging entschlossen mit ihm zur Tür.

»Ich habe Thymas gesagt, diese Geschichte muß warten, bis wir alle beisammen sind, so daß Tarani und ich sie nur einmal erzählen brauchen. Dir sage ich dasselbe.«

Tarani erschien in der Tür zum Schlafzimmer, gerade als Dharak und ich dort ankamen. Winzige Wassertröpfchen hafteten an ihrem dunklen Kopffell, die auf ihrem Kopf kleine silbrige Lichtpünktchen bildeten.

Tarani zuckte zurück und rümpfte die Nase. »Verzeih' mir, Rikardon, aber jetzt, wo ich sauber bin ...«

»Ich weiß«, versicherte ich ihr darauf lachend. »Ich gehe.«

»Dann bis zum Abendessen«, sagte Dharak. Er nickte Tarani zu, drückte leicht meinen Arm und verschwand hinter einer Biegung im Korridor.

Das private Badehaus des Statthalters war funktionell und dennoch geschmackvoll eingerichtet, dem sehr ähnlich, das ich in Thanassets Hinterhof in Raithskar benutzt hatte. Das Dach des kleinen Gebäudes war an den Rändern mit bräunlichen Kacheln umsäumt und mit Holz bedeckt und bildete ein von der Sonne erwärmtes Reservoir für Wasser aus dem nahegelegenen Fluß. Das Einlaufventil an der Zuleitung zu öffnen und den Filter des Abflußrohres zu reinigen, waren täglich zu erfüllende Aufgaben für die »arbeitenden« Gruppen älterer Kinder, obwohl sie gelegentlich als Strafarbeit an Reiter weitergegeben wurden.

Jemand muß diese Kacheln jeden Tag scheuern, dachte ich, während ich mich in die mit Kacheln eingefaßte Vertiefung gleiten ließ, die eine tiefe, schmale Badewanne bildete. *Soweit ich mich erinnern kann, war Thanassets Wanne auch so gut gepflegt – und er hat keinen turnusmäßig wechselnden Dienstplan, der diese Details regelt. Er hat nur Milda.*

Der Gedanke an Markassets Vater und an seine Tante rief Erinnerungen und Sehnsüchte wach. Es waren gute Menschen, aufrichtig und mitfühlend. Sie hatten mich als Fremden bei sich aufgenommen und sogar als sie erfahren hatten – ich hatte ihnen sofort die Wahrheit erzählt, als ich es mit Gewißheit gewußt hatte, daß Markasset tot war, hatten sie mich als Mitglied der Familie akzeptiert.

Ich rührte das wohltuend warme Wasser auf und glitt weiter nach unten, um auch meine Schultern damit zu bedecken. Der Kontakt mit dem Wasser hatte mir alle Hautabschürfungen und Muskelverkrampfungen, die ich in den vergangenen Tagen ignoriert hatte, deutlich ins Bewußtsein gerufen, dann hatte es begonnen, die Beschwerden zu lindern. Ich seufzte und schloß die Augen, und mir gingen solche Weisheiten wie »Die einfachen Genüsse sind die besten« und »Man weiß eine Sache erst zu schätzen, wenn man auf sie verzichten muß« durch den Kopf. Ich versank in ein träges Träumen und entspannte mich – entspannte mich wirklich – zum ersten Mal, seit ich Raithskar vor fast acht Wochen verlassen hatte.

Ein leichtes Frösteln durch das sich abkühlende Wasser weckte mich. Ich bearbeitete meinen Körper mit Seife und einem groben Waschlappen, öffnete den Abfluß und stieg hinaus. Erst da bemerkte ich, daß ich vergessen hatte, mir einen Bademantel oder eine frische Tunika mitzubringen. Ich trocknete mich, so gut es ging, ab, dann wickelte ich mir das grob gewebte Handtuch um die Hüfte. Ich verließ das Badehaus barfuß und mit einer Gänsehaut; die Stiefel und Lumpen, die ich angehabt hatte, hielt ich auf Armeslänge von mir, während ich sie trug.

Der Duft von gebratenem Fleisch empfing mich, und ich verließ den steingepflasterten Weg, um die Rückseite des Hauses herum zur Küchenseite zu gehen. Der Boden war mit Gras bedeckt; die großen, weichen Halme verschluckten die Geräusche meiner Schritte, als ich das Haus umrundete.

Ein Mädchen kümmerte sich um das Feuer im unteren Teil eines gewölbten Steinofens. Sie schloß die

Ofenklappe und wollte gerade in dem Moment ins Haus gehen, in dem ich in ihr Blickfeld trat. Sie kreischte, wirbelte herum, um wegzurennen, sah dann noch einmal hin, errötete und fing an zu kichern.

Ich unterdrückte meinerseits ein Lachen – selbst ein Obmann mit nacktem Hintern muß eine gewisse Würde bewahren. Glücklicherweise hatte Shola den Aufruhr mitbekommen, und kam aus der Tür gerannt, wobei sie sich die Hände an ihrer Schürze abtrocknete. Sie schaffte es mühelos, ihre Belustigung zu verbergen, als sie das Mädchen schalt.

»Yena, wo sind deine Manieren?« Sie nahm mir die Stiefel aus der Hand und reichte sie dem Mädchen. »Geh damit hinunter zum Fluß und mach sie sauber – aber denk daran, den Staub abzuklopfen, bevor du sie mit Wasser in Berührung bringst. Jetzt geh!«

Das Mädchen nahm die Stiefel, betrachtete mich noch einmal von oben bis unten und verschwand dann, immer noch kichernd. Shola griff nach meinen Kleidungsstücken, überlegte es sich dann aber anders. »Wenn du die neben dem Haus auf den Boden legen würdest, Obmann«, sagte sie, wobei sie sich die Hände an ihrer Schürze abwischte, als habe sie sie tatsächlich berührt, »werde ich dafür sorgen, daß Yena sie nach dem Abendessen verbrennt.«

Ich ließ die Kleidung fallen und kopierte unbewußt Sholas Geste, indem ich mir die Hände an meinem Handtuch abwischte – das sich plötzlich löste. Voll Schreck griff ich danach und befestigte es wieder, bevor es ganz herunterfallen konnte. Ich bemerkte, daß ich mir keine Sorgen hätte machen müssen. Shola betrachtete den Haufen zerlumpter Kleidung.

»Deine Kleider zeugen von Leiden, Obmann.« Sie sah mit einem weichen, mitfühlenden Gesichtsausdruck zu mir auf. »Sie stimmen mich dankbar dafür, daß du wieder bei uns bist.«

»Vielen Dank. Du sorgst dafür, daß ich mich in jeder Beziehung willkommen fühle – mit einer Ausnahme.«

Ihr Gesicht verschloß sich und sie wandte sich ab. »Wenn es irgend etwas gibt, was du brauchst, Obmann ...« sagte sie in formellem Tonfall. Ich berührte ihren Arm.

»Ich glaube, du weißt, was ich brauche, Shola.«

Komm schon Shola, bat ich sie lautlos. *Rede mit mir! Verschließ dich nicht vor mir!*

Einen Augenblick lang befürchtete ich, daß sie genau das tun würde, und ich befand mich am Rande eines Fehlschlags. Dann holte sie tief Luft und sagte, der Hausmauer zugewandt: »Ich gehöre nicht zu der Sorte, die vortäuschen kann, was sie nicht empfindet, Obmann.«

»Warum sagst du dann nicht, was du *wirklich* empfindest?«

Daraufhin sah sie mich mit zornig blitzenden Augen an. »Im Hause des Statthalters ist kein Platz für Grobheit.«

»Du hast daraus einen Platz dafür gemacht«, sagte ich schärfer, als ich beabsichtigt hatte.

»Bin ich nicht höflich zu ihr gewesen?«

»Ein kaltes und unaufrichtiges Geschenk, das dein Mißfallen deutlicher kundtut als jedes Wort. Du versuchst bewußt, Tarani zu verletzen. Ich will wissen, warum.«

»Das ist eine ganz persönliche Angelegenheit zwischen uns, Obmann – kaum deiner Beachtung wert.«

»Ich verstehe«, sagte ich und meinte damit, daß ich verstand, wie diese Haltung Dharak frustrieren mußte. »Tarani und ich werden nach dem Abendessen über den Fluß gehen, Shola.«

»Was? Aber ... das kannst du nicht, Obmann!« Sie verstellte mir den Weg zur Küchentür, als ich darauf zuging.

»Natürlich kann ich. Wie ich mich erinnere, gibt es

dort eine Reihe leerer Häuser; wir werden niemanden belästigen.«

»Das meine ich nicht.«

»Was könntest du sonst meinen?« Sie preßte die Lippen aufeinander, als sie die Spitze in meinen Worten bemerkte. »Meinst du vielleicht«, fragte ich etwas freundlicher, »daß manche Handlungen mehrdeutig sind für die Leute, die sie mitbekommen? Daß unser Auszug aus dem Hause des Statthalters von den anderen Sharith als das angesehen werden könnte, was er ist – eine Reaktion auf deine negativen Gefühle Tarani gegenüber –, oder als das, was er nicht ist – ein Entzug meiner Unterstützung für den Statthalter?«

»Bitte, Obmann, es steht schlimm genug zwischen Dharak und seinem Sohn; willst du es noch schlimmer machen?«

»Ich will, daß Tarani sich wohl fühlt.«

»Ist *sie* dir wichtiger als das Wohlwollen des Statthalters der Sharith?«

»Ich habe keine Angst davor, Dharaks Wohlwollen zu verlieren – oder Thymas', was das betrifft. Aber die Antwort auf deine Frage lautet – ja.«

Shola schnappte nach Luft. »Diese Frau – wird es denn nie ein Ende mit ihrer Verderbtheit nehmen?« raste sie.

»Verderbtheit?« wiederholte ich empört.

»Wie würdest du es denn nennen, Obmann, einen Jungen zu verführen, einzig und allein mit dem Zweck, seinen Vater zu ermorden? Auf jede nur erdenkliche Weise nach Macht zu streben – den Jungen wegen seines Kommandanten zu verlassen, Vater und Sohn zu entzweien, so daß keiner von beiden denjenigen zur Rede stellen kann, den sie auserwählt hat, ja so weit zu gehen, eine Sha'um-Mutter an einen für sie fremden Ort zu bringen, um sich die Anerkennung zu verschaffen, die sie nicht verdient!«

Ich wich vor dieser Tirade zurück. Ich war froh, daß

ich Shola schließlich zu einer Antwort provoziert hatte, fühlte mich aber von ihrer Vehemenz ein wenig überrumpelt.

»Was hat Thymas dir erzählt, was passiert ist, als wir Thagorn verlassen haben?«

»Nichts«, sagte Shola, offensichtlich überrascht durch den scheinbaren Trugschluß. »Er hat nichts erzählt, außer daß du erreicht hast, was du wolltest, und daß Gharlas tot ist.«

Ich nickte. Das paßte.

Ich straffte die Schultern und sah die Frau des Statthalters an. »Ich werde dir nicht sagen, daß du dich in bezug auf Tarani irrst, Shola. Dadurch würde sich deine Meinung nicht ändern. Aber frag dich einmal selbst, wieviel von deinem Zorn auf Tarani auf Fakten beruht – nebenbei bemerkt, du *hast* nicht alle Fakten – und wieviel davon auf Furcht.«

»Furcht? Du kannst nicht ernsthaft glauben, ich würde eine Frau wie sie fürchten!«

»Furcht davor, daß deine Familie zerbricht. Ist es nicht leichter, Tarani zu beschuldigen, Dharak und Thymas auseinandergebracht zu haben, als zuzugeben, daß keiner von beiden vollkommen ist und daß sie sich ihre Probleme selber schaffen?«

Ich ging um sie herum und zur Küchentür hinauf.

»Hast du noch immer die Absicht zu gehen?« fragte sie.

»Nicht heute abend.« Ich schaute sie über die Schulter hinweg an. Sie kam mir irgendwie kleiner vor, unsicher. *Vielleicht bin ich zu ihr durchgedrungen,* dachte ich. »Wenn an unserem Ausziehen die Führung der Sharith zerbrechen würde, würdest du in diesem Moment auch dafür Tarani die Schuld geben. Du hast lange Zeit gehabt, deinen Zorn aufzubauen – das wenigste, was wir tun können, ist, dir einen oder zwei Tage zu geben, um Tarani *wirklich* kennenzulernen. Ich bitte nur darum, daß du sie mit klarem Verstand betrachtest und sie als eigenständige Persönlichkeit siehst, losgelöst von mir oder Dharak oder Thymas. Wirst du das für mich tun, Shola?«

Sie zögerte. »Ich werde es ... versuchen, Obmann. Mehr kann ich nicht versprechen.«

6

Ich dachte immer noch über Shola nach, als ich den Korridor entlang ging, der zu den beiden Gästezimmern führte. Ich blieb vor meiner Tür stehen und ging dann weiter bis zu dem Wandteppich, der vor dem Privateingang von Taranis Zimmer hing. Ich wollte schon an die flache Steinschwelle klopfen, als ich die Stimme eines Mannes im Zimmer hörte. Sie sprach leise, und ich konnte die Worte nicht verstehen, aber ich erkannte die Stimme.

Ich ging zurück in mein Zimmer.

Ich saß auf dem Rand der mit Stroh bedeckten Bank, die als Bett diente, als Tarani eine halbe Stunde später an meine Tür klopfte. Ich war mit einer frischen »Uniform« bekleidet – ockerfarbener Hose und Tunika, mit einem dunkleren Ledergürtel, und Stiefel – und meine Hände waren zwischen den Knien zusammengeballt. Das Klopfen war so leise, daß ich nicht sicher war, ob ich etwas gehört hatte, bis Tarani den Türbehang beiseite schob und ins Zimmer hereinschaute.

»Rikardon? Warum hast du nicht geantwortet? Warum sitzt du hier im Dunkeln?«

»Im Dunkeln?« fragte ich und bemerkte dann, daß ich Tarani kaum sehen konnte, als sie durchs Zimmer ging. Als sie an mir vorbeiging, hörte ich einen seidigen, raschelnden Laut.

Tarani öffnete die Fensterläden. Das Licht, das hereinfiel, war bereits ein wenig von der Abenddunkelheit beeinträchtigt, aber es reichte aus, um Tarani deutlich sehen zu können. Sie trug ein langes Kleid von blaßgoldener Farbe. Der Stoff war weich und glatt und schimmerte, wenn sie sich bewegte. Es war einfach geschnitten und bedeckte die Halslinie, um dann in einer klaren, geraden Linie bis hinunter zum Boden zu fallen, und es hatte lange Ärmel, die an den Handgelenken geschnürt waren. Der Schnitt des Kleides betonte ihre ungewöhnliche Größe; seine Farbe ergänzte sich mit der Helligkeit ihres Teints und ließ die dunkle Farbe ihres Kopffells auffallender erscheinen; die Wirkung ihrer Garderobe war, daß sie ihre königliche Haltung akzentuierte. Tarani sah aus wie eine Königin.

Sie kam lächelnd auf mich zu. »Das Kleid ist ein Geschenk von Thymas. Er hat den Stoff eingetauscht und Jori darum gebeten, es für mich zu nähen. Er hat es als Ersatz für mein Tanzkostüm bezeichnet, aber auf mich macht es einen viel eleganteren Eindruck. Gefällt es dir?«

Ich stand auf und ergriff ihre Hände. »Du siehst großartig darin aus, Tarani. Wer ist Jori?«

»Thymas' Schwester, die, die Solenin geheiratet hat. Bist du ihr noch nicht begegnet?«

»Nein, obwohl ich mich jetzt an den Namen erinnere.«

»Sie ist sehr nett, kindisch vernarrt in Thymas, und ich bin ihr sehr dankbar.« Taranis Stimme wurde matt. »Shola hat mir auch ein Kleid für heute abend gegeben.«

Als sie nicht weiterredete, sagte ich: »Eines von Sholas Kleidern würde dir zu weit und zu kurz sein.«

»Ihr Kleid paßt in mehr als einer Hinsicht schlecht, Rikardon. Es war ein boshaftes und mißgünstiges Geschenk.«

»Wann hat sie es dir gegeben?«

»Sie ist mir auf dem Weg zum Badehaus begegnet und hat mir gesagt, sie würde es auf mein Zimmer bringen.« Sie drückte meine Hände. »Rikardon, selbst in diesem Kleid freue ich mich nicht auf diesen Abend.«

»Ich kann verstehen, wie du dich fühlst, Tarani. Ich möchte dich um einen Gefallen bitten.«

»Einen Gefallen?« Sie zog leicht die Stirn in Falten. »Um welchen denn?«

»Schweigen. Wenn es heute abend an der Zeit ist, über Eddarta und Gharlas und Yayshah zu berichten, möchte ich derjenige sein, der die Geschichte erzählt, und ich hätte gern, daß du mir gestattest, selbst zu beurteilen, wieviel ich erzähle.«

Sie senkte den Blick. »Tarns Keller?«

»Vielleicht. Wer du bist. Was der Ra'ira ist. Unsere Pläne. Ich werde vielleicht nicht alles erzählen, aber ich möchte das Gefühl haben, die Wahl treffen zu können, ohne befürchten zu müssen, dich zu überraschen oder zu verletzen.«

»Ich danke dir für deine Rücksichtnahme.« Sie sah wieder zu mir auf. Selbst mit dem Licht im Rücken war ein Schimmern in ihren dunklen Augen. Sie lächelte. »Ich würde gerne sagen, du hättest nicht zu fragen brauchen, aber ich fürchte, du kennst mich zu gut. Du hast mein Versprechen; ich werde dich nicht unterbrechen. Du brauchst nicht meine Zustimmung, alles zu enthüllen, was mit dem Ra'ira zu tun hat; das liegt ganz bei dir als dem Führer der Sharith. Ich gebe dir die Erlaubnis, um die du gebeten hast, dein persönliches Wissen über mich weiterzugeben.«

»Ich danke dir.« Ich fühlte mich durch ihr Vertrauen gedemütigt – und schuldig, wie üblich. »Willst du mich nicht fragen, warum?«

Sie lachte und legte mir die Hände auf die Schultern. »Das würde mir den Abend verderben. Ich bin jetzt so neugierig, daß ich mich tatsächlich auf das Abendessen freue, vor dem ich mich gerade noch gefürchtet habe.«

Ich nahm sie bei den Hüften und zog sie ein wenig näher zu mir heran. »Da ist noch etwas, das ich dir sagen muß.« Sie legte nur den Kopf ein wenig schief. »Der Grund dafür, warum es hier im Zimmer dunkel war, als du hereinkamst, war der – ich wußte, daß Thymas in deinem Zimmer war. Ich habe die Fensterläden geschlossen, um nicht zu lauschen.«

»Warum erzählst du mir das jetzt?«

»Wegen meines Versprechens – wann immer möglich, aufrichtig zu dir zu sein. Als ich hier hereingekommen bin, habe ich mit mir selbst gestritten und gegen meine Eifersucht angekämpft. Ich habe mich daran erinnert, daß ich auf dem Bauch gelandet bin, als ich das letzte Mal voreilige Schlüsse gezogen habe – als ich sah, wie du Thymas in Stomestad zum Abschied geküßt hast.«

Sie verschränkte die Hände hinter meinem Nacken. »Hättest du mir das auch erzählt, wenn ich Thymas nicht erwähnt hätte? Schließlich hätte das hübsche Kleid doch von Shola stammen *können!*«

»Ich hätte es dir auf jeden Fall erzählt. Ich kann es anscheinend nicht ändern, daß ich eifersüchtig auf Thymas bin und seinen Absichten mißtraue, wenn er in deiner Nähe ist. Ich möchte, daß du von diesen Gefühlen weißt – und daß ich *tatsächlich* lerne, sie zu beherrschen. Diesmal habe ich keine voreiligen Schlüsse gezogen.«

»O doch, das hast du«, sagte sie lächelnd. »Du nimmst doch an, daß er in meinem Zimmer war, oder nicht?« Ich nickte. »Er ist an mein Fenster gekommen.«

Das war kein sonderlich gewichtiges Argument, da Taranis Fenster meinem entsprach – es reichte von Kniehöhe bis zur Decke und war mehr als breit genug für Thymas, um in das Zimmer zu steigen, hätte er dies gewollt. Aber in Gandalara gab es, ebenso wie in der Welt, die Ricardo gekannt hatte, verschiedene Gradmesser für Zurückgezogenheit. Wenn ein Mann und eine Frau sich gut sichtbar für jeden Vorbeikommenden – ob nun gerade in dem Augenblick tatsächlich jemand vorbeikam oder nicht – unterhielten, deutete das weniger auf intime Beziehungen zwischen ihnen hin, als wenn dasselbe Paar ihre Unterhaltung abgekapselt hinter den Wänden eines Zimmers führte.

Das änderte die Sache so sehr für mich, daß ich mit dem Eingeständnis herausplatzte, diese willkommenere

Möglichkeit hätte ich überprüft. »Aber – als ich meine Fensterläden schloß, habe ich nicht gesehen ... Oh.«

»Ich sehe, du erinnerst dich daran, daß mein Zimmer in einer Ecke des Hauses liegt und *zwei* Fenster hat. Und da gibt es noch etwas anderes, das du nicht weißt. Das Kleid war nicht der eigentliche Grund für Thymas' Besuch. Er hat mir erzählt, er sei gekommen, um mit dir zu reden, aber du seist nicht in deinem Zimmer.«

»Mit mir? Hat er gesagt, worüber er reden wollte?«

»Nein. Und ich habe ihm angeboten, dir eine Botschaft zu hinterlassen. Er ist ... verändert, Rikardon. In ihm steckt viel Traurigkeit und wenig von der zwanglosen Freundschaft, die uns einmal verbunden hat. Er schien sich unbehaglich zu fühlen, während wir uns unterhielten.« Sie seufzte. »Hat sich Thagorn so sehr verändert, Obmann, oder sind wir es, die sich verändert haben?«

»Die Welt verändert sich, weißt du noch? Würde es sonst ein Sha'um-Weibchen in Thagorn geben? Wie geht es Yayshah übrigens?«

»Sie ist wohl ziemlich durcheinander, fürchte ich. Sie sucht nach einem Lager, mit dem ihre Instinkte einverstanden sind, aber bis jetzt hat sie in dieser Beziehung noch keinen Kompromiß schließen können. Das Gelände in Thagorn unterscheidet sich sehr von dem, was sie aus dem Tal kennt. Und anders als Keeshah hat sie bislang nur das Tal kennengelernt. Sie wird rechtzeitig zur Ruhe kommen.«

»Und die Jungen? Hast du irgendeine nähere Vorstellung davon, wann es soweit sein wird?«

Sie schüttelte den Kopf. »Es gibt keine Wehen, nur eine Schwere, die Tag für Tag wächst. Ich kann es nicht sagen.« Sie zog mich an sich und legte den Kopf auf meine Schulter. »Die Erleichterung, die ich darüber empfinde, hier zu sein, ist nicht nur Yayshahs, Rikardon. Ich bin des Reisens müde. Ich begrüße die Möglichkeit, mich eine Zeitlang einfach nur tatenlos auszuruhen. Ich könnte mir nichts Besseres wünschen, mit einer Ausnahme – daß wir hier als Freunde anerkannt werden, und nicht ...«

Sie brach abrupt ab.

»Das ist die Veränderung, die ich bei Thymas gespürt habe«, sagte sie mit Trauer in den Augen. »Reserviertheit. Fast Mißtrauen. Höflichkeit, mit einem Unterton von Furcht, überhaupt nicht die einfache Achtung eines Menschen für einen anderen.«

»Die Achtung eines Gefolgsmannes für einen Führer«, sagte ich sanft.

»Weil er mich jetzt als dein Eigentum betrachtet? Die Frau des Obmanns?«

Ich lachte beinahe, aber ich konnte sehen, daß Tarani verletzt war. Ich hatte dieselbe Lektion vor Wochen gelernt, als ich zwischen meiner Verpflichtung, Obmann zu werden, und dem tiefen Bedürfnis, nur ein Mitglied der Gruppe zu sein, hin und her gerissen gewesen war. Der Ausdruck auf ihrem Gesicht führte mir diesen Zwiespalt wieder vor Augen.

»Weil Yayshah mit dir aus dem Tal gekommen ist«, sagte ich. »Nur hier, unter den Sharith, kann die Ungeheuerlichkeit dieser schlichten Tat wirklich gewürdigt werden.«

»Aber das ist keine Leistung in dem Sinn, eine schwierige Aufgabe geplant und ausgeführt zu haben«, protestierte sie. »Es – es ist einfach so *passiert.*«

So, wie es »einfach passiert ist«, daß Ricardo Carillo in Markassets Körper aufgewacht ist, dachte ich.

Taranis Arme wurden starr an meiner Schulter. »Unter den Lords von Eddarta würde ich dieses ... Bekenntnis zum Anderssein begrüßen. Dort regiert die Macht über die Achtung, und nur Furcht gewährleistet Gehorsam. Unter den Sharith, Menschen, die ich achte und als meine Freunde gern habe, ist diese Reserviertheit beunruhigend, Rikardon. Ich bin – es erschreckt mich.«

»Gut«, sagte ich.
»Bitte?«
»Ich sagte ›gut‹. Du begreifst, daß, wenn die Menschen dich auf diese Weise – aufrichtig, nicht aus der Furcht geboren, wie es in Eddarta der Fall sein mag – behandeln, es bedeutet, sie glauben, daß du klüger oder stärker oder eher im Recht bist als sie. *Weil* du sie gern hast, willst du nicht, daß ihr Vertrauen in dich enttäuscht wird. Wenn dich diese Verantwortung nicht erschrecken würde, wäre ich sehr beunruhigt.«
Sie runzelte die Stirn. »Ich sehe einen Widerspruch in deinen Worten, Rikardon. Erst sagst du, daß es nicht meine Verbindung mit dir ist, die mir diese besondere Achtung zuteil werden läßt, und dann stellst du es so dar, als hätte ich eine Führerrolle unter den Sharith inne. Das habe ich nicht.«
»Noch nicht. Weil du ein Reiter bist, nimmst du einen Platz in Thagorn ein. Weil du eine Frau bist – der *erste* weibliche Reiter –, weiß niemand genau, welcher Platz das sein sollte.« Ich lächelte ihr zu. »Sei nicht zu besorgt, Liebling. Eine Sache, die wir heute abend erledigen werden, ist die, deutlich zu machen, daß du dich hier nur als Gast betrachtest, unterwegs nach Eddarta.«
»Vielleicht tritt Shola mir deswegen so feindselig gegenüber – sie befürchtet, daß ich ihr ihren Platz als Erste unter den Frauen in Thagorn streitig machen könnte. Wenn dem so ist, brauche ich ihr nur zu versichern ...«
»Du brauchst nur mir das Reden zu überlassen, wie du versprochen hast«, erinnerte ich sie.
Ihre Augen glühten, als sie zu mir aufsah. »Das ist mit ein Grund dafür, warum du um mein Schweigen gebeten hast, nicht wahr? Um mir die Last zu ersparen, Shola gegenübertreten zu müssen, um ihre Freundschaft wiederzugewinnen?«
»Es ist *mit* ein Grund dafür. Nicht der einzige. Es muß jetzt fast Zeit für das Abendessen sein.« Mir fiel auf, daß

in mir das Verlangen wuchs, die ganze Angelegenheit hinter mich zu bringen. »Wollen wir gehen?«

»Einen Moment noch.« Das Verlangen ließ nach, als sich ihre Arme um meinen Nacken legten und ihr Gesicht ganz dicht vor meinem war.

Dharak und Shola warteten, bereits sitzend, im Eßzimmer. Als wir das Zimmer betraten, stand Dharak auf und kam zur Tür, um uns mit aufrichtiger Freude und offensichtlicher Bewunderung für Tarani – offensichtlich für uns und für Shola – zu begrüßen.

Dharaks Frau trug ein ockerfarbenes, ärmelloses Kleid, das an Saum und Halsausschnitt mit Goldfäden bestickt war. Juwelen glitzerten an ihren Handgelenken und an ihrem Hals. Aus dem Anflug von Gekränktsein, der über Taranis Gesicht huschte, schloß ich, daß das Kleid, das Shola ihr gegeben hatte, keinem Vergleich mit Sholas Eleganz standgehalten hätte.

Tarani sagte nichts zu Shola, sondern drehte sich zu Thymas um, der hinter uns eintraf, um ihm noch einmal für sein Geschenk zu danken.

Dharak sah Thymas argwöhnisch an.

Shola starrte auf Tarani.

Thymas, dessen Sinn für Subtilität sich zu vergrößern schien, quittierte Taranis Dank mit einem Lächeln und verkündete dann: »Das Essen duftet wundervoll.«

Ich seufzte und drückte die Schulter des jungen Sharith, als er an mir vorbeiging.

Es ist immer heiß in Gandalara, aber an diesem Abend war es um den Eßtisch herum frostig. Das Essen war köstlich: Streifen durchgebratenen Glithfleisches mit schmackhaftem Gemüse serviert, reich gekörntes Brot mit einem cremigen Aufstrich und gewürztes Obst zum Dessert. Es zeigte die erfahrene Handschrift von Shola, keine Frage, aber es wurde von Yena und zwei anderen Mädchen serviert, die hauptsächlich auf die Teller schauten, die sie trugen, jedoch mit einem gelegentlichen Seitenblick auf Tarani.

Die Konversation beschränkte sich auf wenig mehr als aufrichtig gemeinte Komplimente für Shola wegen der hervorragenden Qualität des Essens, die sie mit Lächeln und Kopfnicken erwiderte. Es kam mir so vor, als versuchte sie, Taranis königliche, gelassene Art zu imitieren, jedoch mit wenig Erfolg. Es war klar, daß Tarani Shola selbst dann ausgestochen hätte, hätte sie das unscheinbare, schlechtsitzende Kleid getragen, und beide wußten es. Tarani bewies es, indem sie freundlich, aber zurückhaltend war und nichts von ihren Gefühlen verriet. Shola bewies es, indem sie eine Atmosphäre des Grolls und der Ablehnung um sich herum schuf.

Dharak und Thymas saßen sich an den Stirnseiten des länglichen Tisches mit gekrümmten Schultern und angespannten Nackenmuskeln gegenüber und sagten sehr wenig. Vielleicht spürten sie die unterschwelligen Spannungslinien, die quer zu ihnen über den Tisch verliefen – ich saß rechts von Dharak, Tarani neben mir und Shola mir gegenüber –, und wollten sich bewußt aus ihnen heraushalten. Vielleicht trugen sie aber auch ihren eigenen, ganz persönlichen Hader miteinander aus.

Eines ist sicher, dachte ich. *Bei dieser Gruppe ist das Essen eine glatte Verschwendung. Es würde mich nicht überraschen, wenn wir später alle eine Magenverstimmung bekämen.*

Das Essen endete schließlich, und die Mädchen begannen, die Dessertteller abzuräumen. An dieser Stelle war es normalerweise die Pflicht des Gastgebers, ein Verdauungsgläschen vorzuschlagen, und Shola hatte die Angewohnheit, sich zu verabschieden, bevor es zu dem, an einem Tag wie dem heutigen, üblichen »geschäftlichen« Teil kam. Ich hatte gedacht, daß Taranis Anwesenheit daran vielleicht etwas ändern würde, aber Shola stand auf, um den Mädchen zu helfen – ob aus Gewohnheit, oder um der Spannung im Zimmer zu entkommen, konnte ich nicht sagen. Ich stand mit ihr auf, und sie blieb verdutzt stehen.

»Bitte bleib, Shola«, sagte ich. »Ich habe einen vollständigen Rechenschaftsbericht für die Zeit nach meinem Verlassen von Thagorn versprochen. Ich weiß, daß Dharak dir später alles erzählen würde, aber ich ziehe es vor, daß du es von mir hörst.«

Sie starrte mich einen Augenblick lang an, dann senkte sie den Blick. »Wie du es wünscht, Obmann.«

Dharak räusperte sich. »Vielleicht wäre es für uns alle im Wohnzimmer gemütlicher, Obmann? Möchtest du vielleicht einen Barut?«

»Später vielleicht, Statthalter. Im Moment möchte ich lieber einen klaren Kopf behalten.«

Ich ging um den Tisch herum und bot Shola meinen Arm an. Sie nahm ihn mit einem Anflug von Überraschung. Aus dem Augenwinkel sah ich, daß Thymas seinen Arm nach Tarani ausstreckte, die lächelte, den Kopf schüttelte und uns allein folgte.

Gut für dich, dachte ich.

7

Als die anderen ihre Plätze in dem großen Zimmer eingenommen hatten – Tarani auf einer gepolsterten Bank, Shola und Dharak in freistehenden Sesseln, Thymas auf einem weichen Teppich in der Ecke – fragte ich mich, wie ich damit beginnen sollte, das zu sagen, was ich zu sagen hatte.

Ich bin der Obmann, machte ich mir klar. *Wenn ich will, daß diese Menschen hier aufrichtig miteinander reden, muß ich ihnen mit gutem Beispiel vorangehen.*

»Der Ra'ira ist mehr, als er zu sein scheint«, sagte ich.

Thymas' ganzer Körper fuhr überrascht auf, und ich wandte mich ihm zu.

»Es wird keine Geheimnisse zwischen den Menschen in diesem Raum geben, Thymas«, sagte ich. »Und es wird nur ehrliche Antworten auf Fragen geben, die ich vielleicht stellen werde. Ist das klar?«

Ich sah mich im Zimmer um, und alle nickten. Dharak schaute grimmig drein. Shola ein wenig ängstlich, Thymas wütend, aber beherrscht. Allein Tarani war völlig gelassen, weil sie etwas Ähnliches erwartet hatte.

»Thymas, ich weiß, daß du den Sharith sehr wenig über die Zeit erzählt hast, die wir gemeinsam verbracht haben – nur genug, um Tarani von jeglicher Schuld zu entlasten und ihnen zu versichern, daß wir unser Ziel erreicht haben. Ich glaube, du hast deshalb Stillschweigen bewahrt, weil du das Gefühl hattest, die Geschichte zu erzählen – und die Entscheidung darüber, wieviel von ihr – sei meine Angelegenheit. Ist das wahr?«

»Ja«, sagte Thymas.

»Außerdem glaube ich, daß du deshalb Stillschweigen bewahrt hast, weil die ganze Geschichte zu erzählen bedeutet hätte, das zu enthüllen, was du für dein persönliches Versagen und deine Schmach hältst. Ist *das* wahr?«

Thymas bewegte sich hin und her, kreuzte die Beine, setzte sich aufrechter hin und sah mich schließlich geradewegs an. »Ja, ich habe mich davor geschämt zu erzählen, weil ...«

»Dazu kommen wir noch«, fuhr ich ihm ins Wort. »Seitdem du zurück bist, versuchst du, dein Versagen wiedergutzumachen, nicht wahr, indem du deinem Vater einige seiner kolossalen Pflichten abnimmst, indem du dich besonders darum bemühst, ein Anführer zu sein?«

Thymas nickte nur. Ich fuhr zu Dharak herum, der sich auf seinem Stuhl vorbeugte.

»Das scheint dich zu überraschen, Dharak. Was hast du denn gedacht, was dein Sohn tun würde, versuchen, dir die Befehlsgewalt über die Sharith zu entreißen?«

»Nein«, rief der Statthalter. »Das ist – nicht wirklich ...«

»Nicht wirklich?« fragte ich und hob die Augenbrauen.

»Also, *ja*«, platzte er damit heraus – zu seiner Ehre muß gesagt werden, weniger zornig, denn durcheinander. »Ab und zu sind wir nicht einer Meinung, und viele Reiter sind auf seiner Seite. Ich *habe* Angst vor einer Spaltung in den Reihen der Sharith gehabt und – ja, ich habe gedacht, genau diese Spaltung würde Thymas anstreben.«

Thymas gab ein Knurren von sich und erhob sich auf die Knie, aber ich gab ihm keine Möglichkeit, etwas zu sagen.

»Wenn die Sharith sich zwischen dir und Thymas entscheiden müßten, wen, glaubst du, würden sie wählen?« fragte ich Dharak.

»Obmann!« sagte Shola. Ich beachtete sie nicht.

»Dharak? Antworte! Glaubst du, sie würden Thymas dich vorziehen?«

»Ja!« schrie der weißhaarige alte Mann. »Warum sollten sie auch nicht? Er ist jung, engagiert, stark!«

»All das, was du nicht bist?« soufflierte ich. »Er weiß, was er will, während du verwirrt bist, ist es das? Als wir über meine Ernennung zum Obmann geredet haben, hast du praktisch zugegeben, daß du Veränderungen kommen siehst, sie aber weder namentlich nennen noch ihrer Herr werden kannst, und daß dich das erschreckt. Und daß du glaubst, Thymas ist jünger, anpassungsfähiger, selbstsicherer. Schau dir doch an, was in der Nacht geschehen ist, in der Tarani getanzt hat – du bist verletzt worden, und *Thymas* hat den Mann getötet, der dich verletzt hat. Nicht wahr, das ist der Beweis, daß er der Bessere ist? Stimmt das etwa nicht?«

»Nein!« rief Thymas.

»Laß ihn antworten!« schnauzte ich.

Dharak senkte den Blick. »Es stimmt alles«, sagte er, seine Hände reibend. »Es stimmt alles.«

»Obmann«, sagte Shola. Ich drehte mich zu ihr um; sie stand gerade auf. »Du kannst mir nicht länger das Wort verbieten, Rikardon. Du hast einen guten Mann vor seinem eigenen Sohn beschämt – ich habe gedacht, niemand könnte so grausam sein.«

»Hast du gedacht, du hättest ein Monopol auf Grausamkeit?« fragte ich. Sie keuchte. »Wie sonst würdest du die Spielchen bezeichnen, die du mit Tarani gespielt hast – alles zu tun, was in deiner Macht steht, damit sie sich minderwertig und unwillkommen fühlt, während du die Höflichkeitspflichten den Buchstaben nach erfüllst?«

»Ich würde sie als die Behandlung bezeichnen, die sie verdient!« revanchierte sich Shola.

»Warum?«

»Sie hat meinen Sohn nie geliebt! Sie hat versucht, meinen Mann zu töten! Ihre Falschheit und ihr Verrat haben sie auseinandergebracht. Ich habe keinen Grund, sie mit Hochachtung zu behandeln!«

»Nicht einmal dann, wenn es den Bruch zwischen Dharak und Thymas kitten würde?« fragte ich.

Sie war für einen Moment sprachlos, dann wurden ihre Lippen schmal. »Das würde nichts nützen.«

»Du hast recht. Es würde nichts nützen, weil Tarani den Bruch gar nicht in erster Linie bewirkt hat. Dharak hat es getan, indem er als Anführer versagt hat.«

»Er ist ein guter Anführer!« rief Shola.

»Dann ist es Thymas' Schuld, weil er Pflichten seines Vaters übernommen hat.«

»Er hat nur versucht, behilflich zu sein!« protestierte Shola.

»Dann ist es *deine* Schuld, Shola. Wenn du scharfsichtiger und besorgter gewesen wärst und schneller gehandelt hättest, hättest du den Zusammenhalt deiner Familie wahren können.«

Ungefähr eine halbe Sekunde lang war es sehr still im Zimmer, während Shola mich entsetzt und schuldbewußt anstarrte. Dann brach der Lärm los. Dharak und Thymas waren aufgesprungen und schrien mich an; Shola überhäufte Tarani, die immer noch saß, aber sichtlich von dem mitgenommen war, was sich gerade ereignet hatte, mit Anschuldigungen.

»Ruhe!« rief ich. »Ich sagte: RUHE!«

Sie verstummten; Stille breitete sich aus.

»Setzt euch!« sagte ich. Ich bemerkte, daß ich es sehr barsch gesagt hatte, also fügte ich freundlicher hinzu: »Bitte setzt euch alle wieder hin.«

Als alle wieder Platz genommen hatten – keiner von ihnen ließ sich mit »entspannt« beschreiben –, sagte ich: »Habt ihr bemerkt, daß ihr jetzt alle *mich* anstarrt, anstatt euch gegenseitig?«

Thymas, für den mich anzustarren keineswegs eine neue Erfahrung war, ergriff das Wort. »Bring deine Argumente vor, Obmann – falls du welche vorzubringen hast!«

Ich seufzte und sah mich im Zimmer um. Alle vier sahen so aus, als würden sie sich außerordentlich unwohl fühlen, nur Tarani hatte sich noch etwas von ihrer Gelassenheit bewahrt, weil sie ihre Gefühle nicht zum Ausdruck gebracht hatte.

»Ich hatte gehofft, ihr würdet auch ohne Erklärungen darauf kommen«, sagte ich und wartete.

Es war Dharak, der dieses Mal das Schweigen brach. »Ich sehe, daß jeder von uns für sich selbst Schuld auf sich nimmt, aber die anderen verteidigt. Versuchst du uns zu zeigen, daß wir einander gern haben?«

»Das ist ein Teil von dem, was ich zu sagen versuche«, stimmte ich zu. »Ihr alle *wißt* das natürlich – aber wie oft habt ihr, du und Thymas, euch das in letzter Zeit gesagt?«

Weder Dharak noch Thymas, der von seinem Vater durch die ganze Länge des Raumes getrennt saß, wollte mir in die Augen sehen.

»Ich habe bemerkt«, sagte Shola, »daß die Dame Tarani nichts zu *irgend jemandes* Verteidigung gesagt hat.«

»Ich muß zugeben, ein wenig unfair gewesen zu sein, Shola«, sagte ich. »Tarani hatte eine ungefähre Vorstellung von dem, was heute hier passieren würde. Sie wußte nicht, was ich tun würde, aber sie hat versprochen, sich aus allem herauszuhalten. Was, glaubst du, hat sie empfunden, als du sie beschuldigt hast, deine Familie zerrüttet zu haben?«

Shola wollte etwas sagen, schüttelte dann aber nur den Kopf.

»Tarani«, sagte ich. »Was hast du empfunden?«

»Ich hatte Angst.« Taranis Stimme war leise, aber deutlich zu verstehen. »Ich hatte schreckliche Angst, sie könnte recht haben. Deine Andeutung, Shola würde die Verantwortung für Dharaks Halsstarrigkeit und Thymas' Selbstzweifel tragen, war zweifellos absurd. Wenn die Probleme mit Dharaks Wunde begonnen haben, trage ich tatsächlich die Schuld.«

Shola starrte Tarani an, die ihre Hände betrachtete,

die sie im Schoß ihres goldenen Kleides zusammengefaltet hatte.

»Du hast das Spiel gewonnen, Shola«, sagte ich, während ich mich in meiner Rolle als Advocatus Diaboli sehr unwohl zu fühlen begann. »Sie gibt es zu. Macht dich das nicht glücklich?«

»Ja – nein. Die angespannte Haut um ihre Augen herum kündete von Sholas Qual. »Ich entsinne mich, daß du heute nachmittag gesagt hast, ich möchte vielleicht lieber Tarani die Schuld geben als Dharak oder Thymas. Ich habe das Gefühl, dein Standpunkt ist, daß ich diejenige bin, die den Bruch zwischen Vater und Sohn verursacht hat, und lieber Tarani dafür die Schuld gegeben habe, als der traurigen Wahrheit ins Gesicht zu sehen. Bin ich ... kann ich ein so großer Feigling sein?«

Dharak erhob sich von seinem Platz und wollte etwas sagen, aber ich legte ihm die Hand auf die Schulter, ging dann an ihm vorbei und kniete mich vor Shola hin. Der Schmerz und die Furcht auf ihrem Gesicht waren schrecklich anzusehen. Ich nahm ihre Hand und preßte meine Wange dagegen.

»Ist es feige«, fragte ich sanft, »Dharak und Thymas so sehr zu lieben, daß du sie glücklich sehen willst?« Sie schüttelte den Kopf, den Blick auf unsere ineinandergelegten Hände gerichtet. »Natürlich nicht. Die Frage ist, kannst *du* sie glücklich machen? Wenn sie darin beharren, streitlustig zu sein und sich gegenseitig mißzuverstehen, ist *das* deine Schuld?«

Sholas Schultern begannen zu zittern. Gandalarer sind physisch nicht in der Lage, Tränen zu weinen – Teil des Wassererhaltungssystems in ihren Körpern –, aber sie zeigen Trauer auf eine sehr menschliche Art und Weise. Ein erstickter, wimmernder Laut kam aus Sholas Kehle, als sie zu schluchzen begann.

»Rikardon, in Zaneks Namen ...«

Dharak schob mich zur Seite und legte die Arme um seine Frau. Shola lehnte seitwärts in ihrem Stuhl und preßte ihr Gesicht an die Brust des Statthalters. Dharak streichelte das hellbraune Kopffell und gab tröstende Laute von sich.

Thymas ergriff meinen Arm und drehte mich zu sich herum.

»Deine Argumente, Obmann«, verlangte er. »Sofort!«

Ich spürte eine freundlichere Hand auf meiner Schulter und sah mich um. Tarani stand neben mir.

»Ich weiß, ich habe versprochen, nichts zu sagen, wenn ich nicht gefragt werde, Rikardon, aber ich glaube, deine Argumente sind auch für mich bestimmt?«

Ich legte meine Hand auf ihre und lächelte ihr zu. Sholas Gefühlsausbruch war vorüber, und sie und Dharak beobachteten sie, aneinandergeschmiegt, erwartungsvoll.

»Ich glaube, Rikardon hat versucht uns zu zeigen, daß wir uns nicht selbst Fehler verzeihen können, die völlig auf anderen beruhen, und daß wir das Versagen oder das Elend derjenigen, die wir gern haben, auf eigene Fehler zurückführen.«

»Und daß wir«, fügte ich hinzu, »jeder von uns, immer bereit sind zu glauben, *wir* hätten versagt.« Ich sah Thymas direkt ins Gesicht. »Du glaubst immer noch, wir hätten Gharlas in Dyskornis erwischt, wenn Ronar und du nicht gewesen wärt, nicht wahr?«

Der junge Sharith nickte, seine Kiefermuskeln verkrampften und entspannten sich wieder.

»Um also zu vermeiden, deinem Vater von deinem angeblichen Versagen zu erzählen, erzählst du ihm überhaupt nichts – ein Schweigen, das er als bewußte Absicht und Gegnerschaft interpretiert. Er vertraut dir und bewundert dich, also nimmt er an, du hast einen guten Grund dafür, ihm nicht zu vertrauen – folglich muß er irgendwie versagt haben. Währenddessen erkennt Shola, daß ihre Familie auseinanderfällt, und glaubt, es sei ihre Schuld.« Ich schritt durch das Zimmer, und meine Stimme hob sich in echter Wut und

Unduldsamkeit. »Alles, was ihr zu tun habt, ist, um Himmels willen, miteinander zu *reden!*«

Ich blieb in der Ecke des Zimmers stehen, nahm, ohne hinzusehen, die Tonfigur eines Sha'um und drehte sie in meinen Händen. »Ihr fragt euch vielleicht, warum ich so viel über diese Dinge weiß. Ich kann selbstauferlegte Schuld deshalb so gut erkennen, weil ich in Eddarta diesem Problem selbst von Angesicht zu Angesicht gegenübergestanden habe.« Ich stellte das Figürchen wieder zurück und schaute die anderen an. Dharak, Tarani und Thymas standen, und Shola saß, immer noch an Dharak angelehnt. Alle sahen mir erwartungsvoll zu. Ich ging zu ihnen und streckte die Hand aus. Tarani kam mir entgegen und ergriff sie.

»Ich habe versprochen, ich würde euch erzählen, was passiert ist, nachdem Thymas und ich Thagorn auf der Suche nach Tarani verlassen hatten. Ich möchte, daß ihr alle folgendes wißt – ganz besonders du, Shola –: ein Teil der Geschichte hat für Tarani einen sehr privaten Charakter, aber sie hat mir die Erlaubnis gegeben, ihn zu erzählen.«

Tarani umarmte mich kurz, wandte sich dann zur Seite und fand einen Sitzplatz. Thymas und Dharak verstanden den Wink und setzten sich ebenfalls wieder.

»Ich habe all das in kleinen Portionen erfahren, aber ich würde es euch nicht auf dieselbe Weise erzählen wollen, selbst wenn ich es für euch rekonstruieren könnte. Die Geschichte beginnt tatsächlich über ein Jahr vor Taranis Geburt ...«

»So steht es also im Moment«, sagte ich. »Nachdem Yayshah ihre Jungen hat, ist der nächste Schritt, Kä und das andere Schwert zu finden. Irgendwelche Vorschläge?«

Es war beinahe Mitternacht. Meine Stimme war nach den Stunden des Erzählens rauh geworden, und ich fühlte mich wie ausgewrungen. Die anderen hatten mehr oder weniger ruhig zugehört. Thymas hatte in aufrichtigem Mitgefühl ein oder zwei Worte zu Tarani gesagt, als ich Lonnas plötzlichen Tod durch die Hände Obilins beschrieben hatte. Zu Beginn der Geschichte hatte es Spannungen im Raum gegeben, aber jetzt waren sie verschwunden. Die Körperhaltung eines jeden verriet entspannte Müdigkeit. Dharak und Shola hielten sich über ihre Armsessel hinweg bei den Händen. Thymas saß mit gekreuzten Beinen auf dem Fußboden. Tarani lag halb auf der steinernen Bank unter den Fenstern. Ich rekelte mich in einem Armsessel.

»Dharak«, sagte ich, als niemand antwortete, »als du mir die Uniform des Obmanns gegeben hast, hast du gesagt, die Machart der Stiefel und die Stickerei auf der Schärpe seien überliefert und seit den Zeiten des Königreiches sorgfältig kopiert worden. Ich hatte gehofft, die Sharith könnten sich das Wissen darüber, wo Kä zu finden ist, bewahrt haben.«

Dharak schüttelte den Kopf. »Du mußt bedenken, Obmann, daß die Treue der Sharith Serkajon gehört, nicht den Königen. Das ist der einzige Grund, den ich dir nennen kann, warum wir über dieses andere Schwert aus Rakor, das Königsschwert, nichts wissen – bist du *sicher,* daß es existiert?«

»Ich bin sicher. Wo Rika in der Nähe und heute absolut einzigartig ist, ist es nicht verwunderlich, daß die Erinnerung an das andere Schwert vergangen ist. Nur in Eddarta, wo die Lords ein seltenes Talent dafür haben, einen Groll auf alles und jeden zu hegen, ist das Schwert zu einem Symbol des Verrats geworden, wichtig genug, um sich nach all den Jahren noch daran zu erinnern.«

»Nach all den Jahren – Kä«, murmelte Dharak. »Rikardon, ist dir klar, daß es vielleicht nicht möglich ist?«

»Es ist möglich.« Ich reckte die Arme, um den Schauer des Zweifels zu verbergen, der mich nach dieser optimistisch klingenden Aussage überlief. »Wenn die Sharith keine weiteren Informationen über Kä haben, gibt es nur eine Möglichkeit – ich muß eine Aufnehmerin aufsuchen.«

Dharak rieb sich die Augen. Die Stunde war fortgeschritten. Gandalarische Laternen standen im ganzen Zimmer auf Regalen und kleinen Tischen – geschliffene Glaszylinder, die aus dem Licht der Kerzen in ihnen das Beste machten. Die Kerzen waren nur noch Stummel; eine flackerte und erlosch, während Dharak redete.

»In Omergol gibt es eine«, sagte der Statthalter und unterdrückte ein Gähnen, »aber ich weiß nichts über ihre Fähigkeiten.«

»Ihre Fähigkeiten? Verzeih mir meine Unwissenheit, aber ich dachte, alle Aufnehmerinnen tun – was Aufnehmerinnen eben tun.«

»Alle, die noch nie eine gebraucht haben, denken wie du, Obmann. In meiner Jugend hat es einmal einen Anlaß gegeben, bei dem mein Vater eine Aufnehmerin aufgesucht hat, und da habe ich erfahren, daß es unter ihnen Abstufungen gibt, was Fähigkeiten und besondere Interessen anbelangt. Du wirst eine mit großen Fähigkeiten brauchen, die Erfahrung mit der Zeit des Königreichs hat.«

Vielleicht hat sich Tarani deshalb geweigert, ihre Ausbildung als Aufnehmerin zu benutzen, um herauszufinden, ob das Schwert existiert, dachte ich. *Sie könnte sich der Aufgabe nicht gewachsen gefühlt haben.*

»Wer ist Aufnehmerin in Omergol?« fragte Tarani Dharak.

»Ein Mann. Sein Name ist Somil.« Der Statthalter lachte. »Der Karawanenmeister, der ihn erwähnt hat – das ist erst ein paar Tage her –, war von der geschäftlichen Seite her nicht sonderlich von ihm angetan. Es scheint, daß dieser Somil zäh um den Preis feilscht und rücksichtslos seinen Vorteil wahrnimmt.«

»Ich habe von Somil gehört«, sagte Tarani, und die Ehrfurcht in ihrer Stimme bewirkte, daß wir sie alle ansahen. »Auf der Aufnehmerschule war nur gerüchteweise von ihm die Rede, er sei sehr alt und äußerst fähig, aber ein wenig skandalumwittert. Zu dieser Zeit hat er in – in Sulis gelebt, glaube ich. Ich frage mich, was ihn nach Omergol verschlagen hat?«

»Ich werde ihn fragen«, sagte ich, stand auf und reckte mich. »Übermorgen.«

»Du kannst Keeshah nicht befehlen, Yayshah jetzt allein zu lassen!« protestierte Tarani.

»Mach ich einen *derart* unsensiblen Eindruck?« fragte ich lächelnd. Sie lächelte zurück. »Es klingt, als ob Somil uns helfen könnte, und wenn er viel unterwegs ist, ist es sinnvoll zu versuchen, ihn zu treffen, während er in Omergol ist. Es gibt nur ein Problem – ich bin nicht sicher, ob Keeshah mir erlauben wird, hinten auf Ronar zu reiten.«

Thymas setzte sich aufrechter. »Du willst, daß *ich* mit dir komme?«

»Wenn Ronar und Keeshah nichts dagegen haben.«

Thymas lächelte traurig. »Ich verstehe; es ist ein Test. Ronars Reaktion auf diesen Vorschlag wird dir sagen, ob ich dich wirklich für den Obmann der Sharith halte.«

»Das stimmt«, sagte ich, »aber wo du schon dabei bist, nach Gründen zu suchen, will ich dir gerne helfen. Vielleicht will ich Dharak die Möglichkeit geben, seine Befehlsgewalt zu stabilisieren, die ja durch dich erschüttert worden ist. Vielleicht will ich für eine gewisse räumliche Entfernung zwischen euch beiden sorgen, damit ihr Zeit zum Nachdenken habt. Vielleicht habe ich Vorbehalte – wie albern und beleidigend sie auch sein mögen –, dich mit Tarani über Nacht in Thagorn allein zu lassen. Vielleicht suche ich nach einer Möglichkeit, dich besser kennenzulernen, und zwar ohne die mit Tarani verbundene Rivalität und ohne die Spannungen im Hinterkopf, die mit Dharak und Thagorn verbunden sind.«

Meine Stimme war lauter geworden. Ich holte tief

Luft und versuchte ruhig zu sein, anstatt ärgerlich und unduldsam.

»Vielleicht muß ich einfach nur nach Omergol und wünsche deine Gesellschaft«, sagte ich.

Thymas stand auf. »Morgen? Um welche Uhrzeit?«

»Nach dem Mittagessen?« Er nickte. »Und keine Uniform.«

8

Thymas hatte in einem Punkt recht: ich versuchte ihn anhand des Verhaltens seines Sha'um zu durchschauen. Als Ronar vor Dharaks Haus stehenblieb und sich duckte, um mich aufsteigen zu lassen, war ich einigermaßen überrascht und mehr als erfreut.

Ronar war etwas kleiner als Keeshah, aber breit und kräftig. Ich schwang ein Bein über das Hinterteil des Katers, drückte die Knie in die Höhlung, die von Thymas angewinkelten Knien gebildet wurde, und preßte sie gegen Ronars Flanken, um die Last meines Gewichts auf seinem Becken zu verringern.

Tarani und Dharak waren mit mir hinausgegangen, aber Shola ließ sich nicht sehen, doch dann kam sie zur Vordertür des Hauses heraus. Sie trug Lederbeutel, die mit Schnüren zusammengebunden waren. Bei den Sharith hießen sie Reisebündel; für mich persönlich nannte ich sie Satteltaschen. Sie gab sie Thymas, der sich die Schnüre über die Oberschenkel legte und lachte.

»Diese Vorräte hier würden auch bis nach Eddarta reichen«, sagte er und umfing seine Mutter in einer herzlichen Umarmung. Es dauerte einen Moment, bis sie reagierte, dann erwiderte sie die Umarmung. Als sie schließlich zurücktrat, stand ein Leuchten auf ihrem Gesicht, und sie warf mir einen kurzen, dankbaren Blick zu, der etwas von dem Leuchten übertrug.

Dharak kam zu uns und legte Thymas und mir die Hände auf die Schulter. »Die Sharith wünschen euch eine gute und erfolgreiche Reise. Ihr werdet uns allen sehr fehlen.«

Ich drückte Dharaks Arm. »Fünf Tage – höchstens sechs«, versprach ich.

Thymas ergriff Dharaks Schulter und sagte: »Vater, wenn ich zurückkomme ...«

»Werden wir tun, was der Obmann vorgeschlagen hat, mein Sohn«, sagte Dharak weich. »Wir beide werden miteinander reden.«

Wir ließen Dharak los, und Tarani kam und nahm seine Stelle ein. Tarani und ich hatten uns bereits in der Nacht voneinander verabschiedet. Jetzt legte sie mir die Hände auf die Schultern und küßte mich leicht auf die Wange, dann wiederholte sie diese Geste bei Thymas – der die Hände ausbreitete, als wolle er sie in die Arme nehmen, sie aber wieder sinken ließ, ohne sie zu berühren.

Tarani schritt um Ronar herum, wobei sie Furchen durch sein fleckiges Fell zog. »Seine Wunden sind gut verheilt«, sagte sie und streichelte die Wange des Katers. »Paß gut auf die beiden auf, Ronar!« Dann trat sie zurück.

Auf Thymas' lautlosen Befehl hin erhob sich Ronar. Thymas und ich schwankten in der wogenden Vorwärtsbewegung und paßten unsere Positionen dann zu unserer eigenen Bequemlichkeit und der des Katers der neuen Situation an. Ich fühlte mich ein wenig betreten, daß ich an Ronars noch nicht lange zurückliegende Verletzungen nicht einmal gedacht hatte, auch deshalb, weil einige von ihnen durch Keeshahs Zähne und Krallen verursacht worden waren. Aber der Sha'um bewegte sich mühelos – obschon vorsichtig –, während er sich im Schrittempo in Richtung Thagorns Stadttor auf den Weg machte. Thymas und ich winkten der kleinen Gruppe vor dem Haus des Statthalters zu und richteten dann unseren Blick nach vorn.

Thagorn war, wie üblich, sehr geschäftig. Reparaturmannschaften arbeiteten an der Mauer einer Kaserne, die die Hauptstraße an einer Seite säumte. Wachen schritten im oberen Bereich der Mauer auf und ab. Hinter uns, jenseits des Flusses, konnten wir den Lärm spielender Kinder und die lauten Befehle der Knaben hören, die ihre Sha'um und sich selbst trainierten. Eine Menge Menschen waren unterwegs, kamen von ihren Dienststellen und gingen zum Mittagessen.

Die Aussprache letzte Nacht hat auch mir gutgetan, dachte ich, während ich den Menschen, an denen wir vorbeikamen, bei ihren Aktivitäten zusah. *Jetzt, wo ich mir keine Sorgen mehr darüber zu machen brauche, wer welchen Teil der Geschichte kennt, fühle ich mich wohler, und ich denke, es stimmt, daß Geständnisse gut für das seelische Wohlbefinden sind. Als ich Dharak und Thymas gegenüber schließlich zugegeben habe, daß wir den Ra'ira durch meine Schuld wieder verloren haben, habe ich mich nicht mehr so schuldig wegen der Vergangenheit gefühlt und mich wieder nach vorn orientiert. Ich habe zwar immer noch niemandem die Wahrheit über ihren »Besucher« gesagt, aber zumindest stehe ich jetzt nur noch bei einer Lüge – einer, die niemandem weh tut, hoffe ich.*

Während Thymas und ich auf das Tor zuritten, empfand ich wieder etwas von jenem Zugehörigkeitsgefühl, das ich am Tag zuvor vermißt hatte. Indem ich mich mehr und mehr auf die Aktivitäten des Tages einstimmte, hatte ich plötzlich den Eindruck, daß irgend etwas nicht ganz in Ordnung war, und forschte in der Umgebung nach der Ursache dieses merkwürdigen Gefühls. Ich entdeckte sie keine sechs Meter vom Straßenrand entfernt – ein Mann, der mit dem Gesicht nach oben auf dem Boden lag. Die Menschen gingen um ihn herum, ohne ihn zu beachten.

»Thymas, halt an!« gebot ich.

Der Junge schaute kurz in die betreffende Richtung und lehnte sich dann nach vorn. Ronar begann schneller zu laufen.

»Was machst du denn?« Ich lehnte mich ebenfalls nach vorn, um das Gleichgewicht nicht zu verlieren, beobachtete aber weiterhin den Mann.

Ich fand es schwer zu glauben, daß die Sharith, die gegenüber ihresgleichen sonst eine geradezu fanatische

Treue und Fürsorge an den Tag legten, an jemandem, der vielleicht im Sterben lag, vorbeigingen, ohne einen zweiten Blick auf ihn zu verschwenden. Als wir an der Stelle vorüberkamen, sah ich erleichtert, daß der Mann den Kopf bewegte und mir ein fahles, zerfurchtes Gesicht zudrehte. Eine Wunde hob sich dunkel auf seiner rechten Wange ab.

»Thymas, es ist Liden! Er ist verletzt. *Halt an!*« Ich zerrte an seiner Taille. Anstatt Ronar zu befehlen anzuhalten, drängte Thymas seinen Sha'um zu einer noch schnelleren Gangart und ergriff mit einer Hand fest meinen Arm – womit er meinem halb fertigen Plan, loszulassen und einfach nach hinten abzuspringen, wirkungsvoll zuvorkam.

Ronars plötzliche Temposteigerung überraschte die Torwachen. Obwohl sie ihre Anstrengungen verstärkten, die großen Doppelflügel aufzuschieben, war die Öffnung kaum groß genug, um uns hindurchzulassen, als Ronar aus Thagorn hinausjagte.

Ich wehrte mich gegen Thymas' Griff, wodurch ich uns beinahe beide abwarf. »Hör auf, Obmann!« rief er über die Schulter. »Liden würde deine Hilfe nicht sonderlich begrüßen.«

»Aber er ist verletzt! Warum hilft ihm denn niemand?«

»Seine Krankheit heißt zu viel Barut.« Ronar wurde langsamer, und ich hatte aufgehört, mich zu wehren – nicht jedoch zu streiten.

»Das ist unmöglich.« Ich erinnerte mich an die Male, wo ich mich hatte betrinken *wollen* und nicht gekonnt hatte. »Sein Körper würde ihm das gar nicht erlauben.«

Für einen Moment schwieg Thymas, während Ronar ganz stehenblieb. Es lag Trauer in seiner Stimme, als er sagte: »Cheral hat sich in der Nacht auf den Weg ins Tal gemacht. Lidens Geist ist – du verstehst wahrscheinlich besser als ich, was er durchmacht. Er leidet, bestimmt sogar sehr stark. Niemand wird ihm helfen, bis er darum bittet – morgen oder so. Der Schock hat für einen Augenblick seine Instinkte übermannt, aber sie werden nicht zulassen, daß er sich völlig zerstört.«

Bei meinem letzten Besuch in Thagorn waren mir ein paar »vorübergehend suspendierte« Reiter begegnet – Männer, deren Sha'um ins Tal gegangen waren und die für dieses Jahr bei den Arbeitsmannschaften wohnten und deren Pflichten teilten. Sie waren sehr bekümmert gewesen, von der Angste geplagt, daß ihre Sha'um nicht zurückkehren könnten. Ich stellte mir Liden vor – zäh und rauflustig, stolz und immer für einen Scherz zu haben –, wie er mit dieser Verzweiflung rang, und ein Schauder überlief mich.

Wie seltsam, daß ich mich an diese Männer nicht erinnert habe, als ich in Eddarta und Lingis war und mit denselben Gefühlen zu kämpfen hatte, dachte ich. *Ich schätze, ich habe mehr von mir erwartet – vielleicht habe ich Glück gehabt, daß für mich wirklich die Notwendigkeit bestand, etwas zu tun, so daß ich mich aus dieser emotionalen Klemme befreien konnte.*

Als könne er meinen Gedanken folgen, berührte Thymas leicht mein Knie und sagte: »Du verstehst nun, daß kein Reiter dir dafür Vorwürfe machen würde, was in der Wüste Darshi geschehen ist.«

»Ja, ich verstehe. Und ich bin jetzt wirklich bereit aufzubrechen.«

Er nickte nur. Wir lehnten uns wieder nach vorn, Thymas, indem er sich mit dem ganzen Körper an Ronars Rücken schmiegte, ich, indem ich den Kater mit den Knien und Thymas mit den Armen umfaßte. Ronar setzte sich in Bewegung, nahm Geschwindigkeit auf und schnürte die Karawanenstraße entlang, die um den Gipfel der Morkdahlberge herum und dann in nördlicher Richtung nach Omergol führte.

Die Reise dauerte anderthalb Tage mit gelegentlichen Pausen, um auszuruhen und die Positionen zu tauschen, und eine Nacht, in der wir unter Gandalaras wolkenverhangenem Nachthimmel schliefen. Während das Mondlicht durch die dünne Wolkendecke sickerte, verblaßte die farbenprächtige Landschaft zu Grau und Schwarz und Silber; der mondlose Teil der Nacht war beinahe pechschwarz. Dann und wann tastete ich nach Keeshah, einfach, um unsere Verbindung zu bestätigen, aber ich bat ihn nicht um eine Unterhaltung. Jetzt, wo sie in Thagorn zur Ruhe gekommen waren, erlebten die beiden Sha'um ein Wiederaufleben dessen, was sie im Tal bereits kennengelernt hatten. Der größte Teil von Keeshahs bewußten Gedanken beschäftigte sich mit seiner Gattin, der Höhle und der Jagd. Das alles hatte ich ihm im Tal zerstört. Ich hatte diesen neuen Anfang an dem Morgen, an dem ich Thagorn verlassen hatte, unterbrochen, weil ich seine bewußte Zustimmung dazu brauchte, auf Ronar zu reiten, die er mir widerwillig gegeben hatte. Jetzt versuchte ich mich so gut wie möglich aus seinem Leben herauszuhalten.

Thymas und ich unterhielten uns sehr viel während unserer Ruhephasen, hauptsächlich über die Reise nach Eddarta. Er fragte mich nach weiteren Einzelheiten über das Tal der Sha'um; ich erzählte ihm, was ich wußte, wenn man bedenkt, wie wenig wir, abgesehen von Keeshah und Yayshah, von anderen Sha'um gesehen hatten.

»Vielleicht hatte ich unrecht, was deine beabsichtigte Hilfe für Liden betrifft«, sagte Thymas, als wir uns für die Nacht im Freien ein Lager herrichteten.

»Was meinst du damit?«

»Du hast Keeshah aus dem Tal herausgerufen. Vielleicht könntest du Liden zeigen, wie er Cheral ruft.«

»Das glaube ich nicht. Die Umstände waren ... einmalig.«

»Und *du* bist einmalig. Ihr beide seid einmalig, du und Tarani.«

Ich betrachtete ihn in dem rasch schwindenden Licht, und es beunruhigte mich vage, daß er meinem Blick nicht begegnen wollte.

»Ich bin nicht länger dein Rivale, Rikardon.«

»Und ich war niemals deiner. Weder, was Dharak, noch was Tarani anbelangt. Nicht bewußt.«

»Ich glaube dir. Gute Nacht.«

Wir erreichten den Stadtrand von Omergol gerade bei Einbruch der Dämmerung. Da wir Ronar zur Jagd geschickt und ihm gesagt hatten, er solle sich außer Sicht halten, gingen Thymas und ich wie zwei unauffällige, staubbdeckte Reisende durch das geöffnete Tor der am Hang gelegenen Stadt. Thymas' dichter Schopf bleichen Kopffells erregte einige Aufmerksamkeit – besonders bei den Frauen –, als wir die Treppe vom älteren, weniger ehrbaren Teil der Stadt zu den höher gelegenen und neueren Bereichen hinaufstiegen.

Das in Omergol in erster Linie benutzte Baumaterial war auch sein Hauptexportartikel – hellgrüner Marmor, der in den Steinbrüchen im Norden der Stadt herausgehauen wurde. Seine Schönheit war im Licht der Dämmerung verblaßt, würde aber bald zurückkehren, wenn das reflektierte Licht der Laternen die Straßen in einen hellgrünen Schimmer tauchen würde. Zu beiden Seiten des Eingangs vom Gasthaus Zum Grünen Sha'um brannten bereits Laternen. Der Grüne Sha'um befand sich zu unserer Linken, ungefähr auf der Hälfte des Weges den Hang hinauf.

»Du sagst, du kennst dieses Haus hier?« fragte Thymas, als wir den Eingang des lärmerfüllten Raumes passierten, der Bar und Restaurant zugleich war, und uns dem Tisch neben der Treppe näherten.

»Ich kenne den Besitzer. Und der ist eine gute Informationsquelle.«

Ich fragte den Mann hinter dem Tisch nach einem Zimmer; er nannte den Preis, und ich bezahlte. Ohne daß es deswegen einer Übereinkunft bedurft hätte, steuerten Thymas und ich auf die Bar zu.

»Hier sind mir Bareff und Liden zum ersten Mal begegnet«, sagte ich, »und sie waren keineswegs liebenswürdig. *Mein* Freund kann *deine* Freunde nicht sonderlich leiden; es wird am besten sein, wenn er nicht herausfindet, daß du ... daß wir Sharith sind.«

Wir gingen durch den offenen Eingang und waren augenblicklich in den Lärm eingehüllt. Der Raum war vollgestopft mit Menschen, und die meisten von ihnen waren mehr mit Trinken als mit Essen beschäftigt. »Das verstehe ich nicht«, schrie ich Thymas ins Ohr. »Früher ist es hier nie so überfüllt gewesen.«

»War *sie* früher hier?« schrie Thymas zurück, indem er auf das entfernte Ende des Raums deutete.

Der chaotische Lärm verlief sich zu einem Gemurmel und erstarb dann ganz, als eine junge Frau durch den Eingang am Ende der langen, dicht an der Wand errichteten Bar trat – ein Eingang, der bei meinem letzten Besuch noch nicht dagewesen war. In dem Maße, in dem sich der Lärm gelegt hatte, hatten sich die Menschen hingesetzt, die vorher gestanden hatten oder durch den Raum geschlendert waren, und plötzlich fiel mir ein kleiner Tisch an der Wand gegenüber der Bar ins Auge. Thymas und ich steuerten darauf zu, während sich die Frau in der Mitte der kleinen Bühne auf einem Stuhl in Positur setzte und auf einem flötenähnlichen Instrument zu spielen begann.

Wir vergaßen Hunger und Durst, während sie spielte. Ihre Musik war herzzerreißend und erhebend, erschreckend und begeisternd. Markasset hatte sein ganzes Leben lang dieses Instrument gehört, aber noch niemals so wie jetzt. Thymas und ich saßen verzaubert da, bis die letzte Note verklungen war und sie aufstand und somit anzeigte, daß ihre Vorstellung beendet war. Wir fielen in die Beifallsbekundungen ein, schrien, klirrten mit dem Geschirr auf den Tisch, trampelten mit den Füßen. Als sie die Bühne verlassen hatte, sahen wir einander an, als seien wir aus einer Betäubung erwacht. Über eine halbe Stunde war vergangen.

»Hab dich reinkommen sehn, bin aber nicht durch die Menge gekommen«, sagte eine rauhe Stimme hinter mir, und im selben Moment spürte ich eine Hand auf meiner Schulter. »Herzlich willkommen!«

Ich stand auf, um Grallen, den großen, zäh aussehenden Mann, zu begrüßen, dem der Grüne Sha'um gehörte, der aber immer noch die Schürze eines Barkellners trug. Ich machte ihn mit Thymas bekannt, der nur sagen konnte: »Wer ist diese Frau?«

Grallen grinste, wobei er die Lücken in seinem Unterkiefer entblößte, in dem einige Zähne fehlten. »Sie heißt Yali – die Kusine meiner Frau. Sie hat aus einem rentablen Unternehmen den Traum jedes habgierigen Mannes gemacht. Sie wird noch einmal spielen, später – in der Zwischenzeit werden wir etwas Ruhe und Frieden haben.« Er deutete auf die Menschen, die jetzt hinausströmten – einige von ihnen ziemlich schwankend. »Was darf ich dir und deinem Freund bringen, Rikardon?«

»Abendessen und ein paar Auskünfte«, sagte ich. »Das Abendessen zuerst.«

»Schon unterwegs«, sagte Grallen, schlug mir auf die Schulter und verschwand in Richtung Küche.

Wenige Minuten später erschien Grallen wieder und brachte uns Glith-Steaks und zwei Gläser Faen, die mehr als einmal während des Essens wieder gefüllt wurden. Thymas und ich hatten uns gerade mit jenem Gefühl der Zufriedenheit von der Marmorplatte des Tisches zurückgelehnt, das nur durch ein gutes Mahl hervorgerufen wird, als zwei Sharith den Raum betraten.

Als die Uniformen im Eingang auftauchten, standen alle, die sich noch in der Gaststube befanden, auf und traten von ihrem Tisch zurück.

Alle bis auf Thymas und mich.

»Was ...?« sagte Thymas und stand ebenfalls auf – ein paar Sekunden nach allen anderen, so daß das Geräusch, das sein Stuhl verursachte, als er über den Fußboden schabte, alle Aufmerksamkeit auf ihn lenkte. Der selbstgefällige Ausdruck auf den Gesichtern der beiden Reiter verschwand, als sie Thymas erblickten. Der Junge bewegte fast unmerklich den Kopf. Die Sharith gingen schweigend zu einem unbesetzten Tisch, legten die Hüte ab und setzten sich. Es gab ein allgemeines Seufzen der Erleichterung und einige verwirrte Blicke in unsere Richtung, als sich alle wieder setzten.

Thymas' Miene der Zufriedenheit war verschwunden; er war wütend. »Es ist strikt verboten, Städte in Uniform zu betreten«, flüsterte er grimmig. »Und an dem, was gerade hier passiert ist, kann man erkennen, daß das schon eine ganze Weile so geht. Dharak wird zu Stein werden, wenn er das erfährt.«

Ich für meinen Teil war ein wenig besorgt, daß Grallen den Vorfall mitbekommen haben könnte, und war dann erleichtert, als er, sich die Hände an einem Handtuch abtrocknend, aus der Küche kam. Ich faßte Thymas' Handgelenk, und der junge Sharith gab sich alle Mühe, sich zu beruhigen.

Grallen nahm drei Gläser Faen von der Bar und brachte sie an unseren Tisch, wobei er sich mit dem Fuß einen freien Stuhl angelte. »War das Essen in Ordnung?« fragte er, als er sich setzte.

»Ausgezeichnet«, sagte ich.

»Gut. Also dann – was willst du wissen?« Er trank von seinem Faen.

»Ich habe gehört, es gibt einen Aufnehmer namens Somil in Omergol. Das heißt, er war vor ein paar Tagen hier. Ist er immer noch hier, und weißt du, wo ich ihn finden kann?«

»Ich kenne ihn. Ich will gar nicht wissen, was du von dem alten Wüstling willst.« Er nannte uns seine Adresse.

Ich konnte ihr entnehmen, daß der alte Mann in einem der besseren Bezirke lebte. Grallen leerte sein Glas und stand auf. »Ich muß mich wieder an die Arbeit machen – die Leute für die zweite Vorstellung kommen gleich.« Er legte mir die Hand auf die Schulter. »Wegen Somil kann ich dir nur einen guten Rat geben: Zähl deine Augäpfel nach, wenn du mit ihm fertig bist!«

Wir sahen uns noch Yalis zweite Vorstellung an. Wenn Thymas' Freude durch seinen Ärger über die Reiter – die nach nur einem Glas Faen wieder gegangen waren – getrübt war, als Yali spielte, so gab es in seinem verzückten Gesichtsausdruck dafür jedenfalls keinerlei Hinweis.

Ich hatte diesen Ausdruck schon früher gesehen – als Tarani getanzt hatte.

Wir gingen zu Bett und schliefen am nächsten Morgen lange. Ich nahm Thymas mit zu Korredons Badehaus, und er war mit mir einer Meinung, daß der alte Mann magische Finger habe. Nach dem Mittagessen streiften wir durch Omergol, bis wir das Haus gefunden hatten, das Grallen uns als Somils beschrieben hatte.

Wie ich vermutet hatte, lag es im vornehmsten Teil der Stadt, hoch am Hang, mit einem kleinen, wohlriechenden Garten, der von einem mit Steinen gepflasterten Gehweg zur Vorderseite des Hauses umsäumt war. Die Tür bestand aus messingverbundenen Holzleisten, dekorativ und schwer. Nach dem zweiten Klopfen wurde sie von einem zierlichen, sehr hübschen Mädchen geöffnet. Ihr Kopf hätte mir auch dann nicht bis zu den Schultern gereicht, wenn sie sich auf Zehenspitzen gestellt hätte.

Sie musterte uns so sorgfältig von oben bis unten, daß ich mir bereits Sorgen darüber zu machen begann, sie könnte herausgefunden haben, daß ich ein Vermögen in Goldmünzen in meinem Gürtel hatte. Schließlich sprach sie, leise und deutlich: »Somil kennt euch nicht. Was wünscht ihr?«

»Ich benötige die Dienste eines Aufnehmers. Ich bin Rikardon; das ist Thymas.«

»Wollt ihr Somil beide für seine Dienste bezahlen?«

Das Mädchen hatte große Augen, und sie legte den Kopf ein wenig in den Nacken, um mich direkt anzusehen.

»Wenn er vermag, was ich von ihm wünsche, werde ich ihn bezahlen«, sagte ich.

»Dann darfst nur du eintreten.« Sie richtete ihre dunklen Augen auf Thymas. »Du mußt weggehen.«

Ich würde mir nicht getrauen, Thymas so etwas zu sagen, dachte ich, während ich beobachtete, wie sich sein Gesicht verdunkelte.

»Thymas bleibt bei mir. Die Auskunft, die Information, die ich suche, ist für ihn genauso wichtig.«

»Aber nur einer darf suchen«, sagte sie so geduldig wie ein Lehrer zu einem Kind. »Der, der bezahlt.«

Der Raum hinter dem Mädchen war die Diele, die geradewegs bis zur Rückseite des Hauses verlief und von der aus sich Zimmer und Treppen in die anderen Bereiche des Hauses öffneten. Auf einem Teil der holzvertäfelten Wand, die ich sehen konnte, bewegte sich ein Schatten.

»Dann werden wir einen anderen Aufnehmer aufsuchen«, sagte ich, indem ich Thymas mit mir und vom Eingang weg zog, »der uns hilft, Kä zu finden.«

Thymas erlitt beinahe einen Schlaganfall, aber die List funktionierte. Ein hochgewachsener, dünner, alter Mann mit vollständig kahlem Kopf riß dem Mädchen die Tür aus der Hand und trat auf die Schwelle.

Er lächelte einladend und sagte: »Kä wird euch einiges kosten.«

9

Ich griff in meinen Beutel und brachte zwei der eddartischen Goldstücke zum Vorschein, die ich bereits vorher aus meinem Gürtel herausgenommen hatte. Ich hielt sie so hoch, damit er sehen konnte, daß es zwei waren.

»Das werde ich dafür bezahlen«, sagte ich. »Kein Feilschen.«

Als der alte Mann zur Tür gekommen war, hatte ich an dem kurzen Aufblitzen der Begierde im Gesicht ganz genau erkannt, daß er es auch umsonst getan haben würde. Ricardo war mit dem Verlangen der Gebildeten nach mehr Wissen vertraut. Er war außerdem vertraut mit dem Bedürfnis des gerissenen Geschäftsmanns, seinen Ruf aufrechtzuerhalten.

»Einverstanden«, sagte Somil und streckte die Hand aus.

Ich nahm Thymas' Hand und legte die Münzen dort hinein.

»Er wird dich bezahlen – *nachdem* ich die Information habe, wegen der ich gekommen bin.«

Somil zog die Hand zurück, seine weit auseinanderstehenden Augen blitzten. »Wer hat dir gesagt, daß ich ein Dieb bin?« Seine aufrichtige Empörung verblüffte mich.

»Niemand«, sagte ich und fragte mich im gleichen Augenblick, ob Grallen nicht genau das gemeint hatte. »Aber jemand *hat* mir gesagt, daß die Aufnehmer nicht alle gleichwertig sind, was ihre Fähigkeiten anbelangt. Würdest du bei einem Töpfer, von dem du noch nie eine Arbeit gesehen hast, einen Satz Geschirr in Auftrag geben – und im voraus bezahlen?«

Er gab einen erstickten Laut von sich, dann noch einmal, und brach schließlich in Gelächter aus. Er trat zur

Seite. »Kommt herein, bitte! Es ist sehr selten, daß mir an ein und demselben Tag eine Herausforderung begegnet, und daß ich herzhaft lachen kann. Ein Töpfer«, wiederholte er immer noch lachend, als wir durch die Tür schritten. »Nicht möglich, ein *Töpfer!*«

Er führte uns durch die Diele zur letzten Tür auf der rechten Seite und überließ es dem winzigen Mädchen, die Haustür zu schließen. Das Zimmer, das wir betraten, war klein und entbehrte jeglicher Möbel, abgesehen von vier Armsesseln, die um einen kleinen Tisch mit eingelegten Kacheln gruppiert waren. An der Wand zur Vorderseite des Hauses hin, war ein zweiter Eingang zu sehen, der mit einem schweren Wandteppich verhangen war.

Wir nahmen alle drei in den Sesseln Platz, und eine weitere junge Frau, die wie die erste mit einem schmucklosen, dunklen Kleid aus einem anschmiegsamen Material bekleidet war, brachte uns etwas Kühles zu trinken, das mit Kräutern gewürzt war. Als sie sich über den Tisch beugte, um das dritte Glas vor Somil hinzustellen, strich seine Hand über ihre Hüfte und ihren Oberschenkel. Sie unterdrückte ein Kichern, sah ihn voller Bewunderung an und verließ den Raum.

Ich starrte ihr hinterher. Weder sie noch das andere Mädchen konnten älter sein als fünfzehn.

Als ich mich Somil wieder zuwandte, stellte ich fest, daß sein Blick direkt auf mich gerichtet war.

»Was immer du auch von meinem Lebensstil halten magst«, bemerkte er spitz, »ich *bin* ein Aufnehmer, und ich nehme die Arbeit in meinem Beruf genau so ernst wie jeder andere von denen, die die anmaßende Behauptung aufstellen, daß Tugend und Fähigkeit ein und dasselbe ist. Es gibt Arbeitsvorschriften, die ich nicht verletzen werde. Nur der Aufnehmer und der Sucher dürfen anwesend sein.« Eine leichte Bewegung seines Kopfes in Richtung des Eingangs, der mit dem Wandteppich verhängt war, begleitete diese Worte. »Dein

Freund kann hier draußen warten, wenn er will, solange er begreift, daß eine Unterbrechung unserer Sitzung für uns beide fatal sein könnte.«

»Was meinst du mit ›fatal‹?« wollte Thymas wissen.

»Damit meine ich tödlich. Ein Aufnehmer errichtet eine Brücke, stellt eine Verbindung zum All-Geist her und führt den Sucher hinüber. Für die Dauer der Sitzung werden wir beide drüben sein. Eine Unterbrechung zerstört die Brücke, und der All-Geist ist um zwei Persönlichkeiten gewachsen, verstehst du?«

»Ich verstehe, daß ich der Sucher sein sollte, wenn eine derart große Gefahr besteht«, sagte Thymas entschieden.

»Nein, ich muß gehen.« Ich war erstaunt, daß ich zu der Überzeugung gelangt war, diese geistige Übung sei eine körperliche Reise.

»Es gibt noch eine Bedingung«, sagte Somil. »Wenn du genau wüßtest, was du suchst, bestünde keine Notwendigkeit für dich, danach zu suchen. Folglich kannst du mir nicht *präzise* sagen, was du willst, und wenn ich das nicht weiß, kann ich für nichts garantieren. Ich werde tun, was du von mir verlangst, und ich will auf Treu und Glauben dafür bezahlt werden, daß ich *nur* das tue, was du von mir verlangst. Für etwaige Irrtümer in der Fragestellung trägst du die Verantwortung.«

»Wir sind mit deinen Bedingungen einverstanden«, sagte ich.

»Rikardon«, protestierte Thymas. »Das gefällt mir ganz und gar nicht.«

»Er ist wirklich vertrauensvoll, nicht?« sagte Somil. »Entscheide dich! Wirst du suchen?«

Bei diesen letzten drei Worten änderte sich sein Auftreten wieder. Als er zur Tür gekommen war, war er ganz Showman gewesen. Beim Betreten dieses Zimmers hatte er sich in einen Fachmann für Haarspaltereien verwandelt. Jetzt war er fast mystisch, der Hüter der Geheimnisse, der Wächter der Wahrheit.

Der All-Geist mag für die Gandalarer kein Gott sein, dachte ich, *aber die Aufnehmer nehmen einen Platz ein, der in Ricardos Welt dem des »Hohepriesters« entspricht.*

Ich spürte, wie ich auf das Gefühl des Rituellen reagierte, und aus Markassets Erinnerung kamen die Worte, die Somils Verwandlung bekräftigten. »Ich werde suchen, Aufnehmer.«

Somil erhob sich schweigend und zog den Wandteppich zurück, eine lautlose, an mich gerichtete Aufforderung, den Raum dahinter zu betreten. Thymas griff nach meinem Arm, aber ich drückte ihm beruhigend die Hand und machte mich dann los. Ich ging in den halbdunklen Raum, der in fast vollständige Dunkelheit versank, als der Wandteppich wieder an seinen Platz zurückfiel. Ich bewegte mich nicht, bis sich meine Augen daran gewöhnt hatten. Der Raum war ziemlich klein und hatte dunkel getönte Gitterfenster an einer Wand – die einzige Lichtquelle. An den Innenwänden befanden sich breite Bänke mit dicken Polstermatten. Somil saß auf einer davon; er bedeutete mir, auf einer der anderen Platz zu nehmen.

»Wonach suchst du?« fragte er.

Ich erinnerte mich an das, was er über das Stellen der richtigen Frage gesagt hatte, also dachte ich einen kurzen Augenblick lang nach, bevor ich etwas sagte. »Zeige mir, wo Kä erbaut worden ist und wo es jetzt liegt.«

»Das eine mag aus dem anderen folgen, aber sei gewarnt: der All-Geist weiß nur, was den Menschen bekannt gewesen ist. Verstehst du?«

»Ich verstehe, Aufnehmer.«

Er winkte kurz und streckte sich auf seiner Poltermatte aus. Ich folgte seinem Beispiel, gegen eine Welle der Panik ankämpfend. Ich war bis hierher gekommen, weil mir ein Instinkt gesagt hatte, daß Somil es tatsächlich schaffen könnte, aber plötzlich war ich verunsichert.

»Was beunruhigt dich?« fragte Somil, und ich zuckte zusammen.

»Woher weißt du, daß ich beunruhigt bin, Aufnehmer?«

»Deine Atmung ist flach; ich sehe, wie deine Hand sich in den Mattenrand krallt. Du mußt ruhig sein, wenn wir in den All-Geist eintreten. Sprich deine Befürchtungen aus, damit ich sie zerstreuen kann!«

Da war eine Fülle in seiner Stimme, eine Klangfarbe, die mir vertraut vorkam – ich hatte sie in Taranis Stimme wahrgenommen, während sie zu heilen versucht hatte. Sie war stark hypnotisch, und ich spürte, wie ich ruhiger wurde, während Somil sprach.

Ich könnte dem widerstehen, dachte ich, *genau wie ich Taranis Fähigkeiten widerstehen kann. Aber wenn ich mich mit meinem nicht-gandalarischen Geist dagegen wehre, mache ich es Somil vielleicht unmöglich, die Verbindung herzustellen. Ich habe mich dazu entschieden, diese gandalarische Kraft zu benutzen; ich muß ganz Gandalarer sein.*

Ich ließ Ruhe und Frieden in mir einkehren.

»Wovor fürchtest du dich?« fragte Somil darauf erneut.

»Ich fürchte mich davor, in deiner Gewalt zu sein.«

»Ich benutze meine Kräfte nur zu deinem Nutzen«, sagte er, und ich glaubte ihm. »Wovor fürchtest du dich noch?«

»Davor, daß du Geheimnisse in meinem Geist erkennst.« Mir war vage bewußt, daß meine Stimme vor Entspannung etwas lallend klang. Ein Teil von mir war verwundert, daß ich so offen redete, aber die Lethargie hatte zu sehr von mir Besitz ergriffen, als daß ich mich deswegen noch hätte beunruhigen können.

»Ich werde mit dir teilen, was ich im All-Geist sehen kann, aber ich werde nicht an deinen Gedanken teilhaben. Was ich durch deine Suche vom All-Geist erfahre, kann ich für mich behalten oder weitergeben, wie es mir beliebt. Was immer ich von dir erfahren mag, wird weiterhin dir allein gehören.« Er machte eine kurze Pause. »Du fürchtest dich immer noch. Sprich!«

»Ich befürchte, der All-Geist wird mich nicht zu sich lassen.«

»So etwas ist noch nie vorgekommen, aber darin liegt keine Gefahr. Wir würden die Suche lediglich abbrechen. Fühlst du dich jetzt ruhiger?«

»Ja, Aufnehmer.«

»Dann lasse deinen Geist mit dem meinen eins werden, wie ich den meinen mit dem All-Geist habe eins werden lassen ...«

Ich starrte auf die Dunkelheit hinter meinen geschlossenen Augenlidern und wartete. Da war ein Gefühl des Gleitens, ein reißendes Zerren, und dann schien ich mich inmitten eines funkelnden Netzwerkes zu befinden.

... *Wir beginnen!* sagte Somils Geiststimme.

Ich verspürte keinerlei Empfindung eigener Substanz. Ich befand mich lediglich an einem Ort, nein ich *war* der Ort, von dem aus ich beobachten, aber nicht handeln konnte. Das körperliche Gegenstück zu dieser Empfindung hätte mich tief beunruhigt, aber hier förderte es ein Gefühl der Sicherheit und Ruhe angesichts dieser überwältigenden Fremdartigkeit.

Ich wußte, ich *sah* nicht den All-Geist an sich, sondern eine visuelle Darstellung seiner selbst. Der Ort, der ich war und der von dem Ort, der Somil war, gewissermaßen umhüllt und beschützt wurde, begann sich entlang einer Speiche von etwas zu bewegen, das der Vorstellung eines Geometriebegeisterten entsprungen zu sein schien. Leuchtende, durchscheinende Lichtzylinder verbanden sich mit einem planlosen Muster von Punkten das sich durch eine dreidimensionale Form hindurchschlängelte, die in etwa kugelförmig war. Einige der Zylinder waren kurz, andere lang. Die einzig erkennbare Logik des Musters lag darin, daß sich die gezackten, untereinander verbundenen Lichtbündel von der Mitte der Kugel nach außen bewegten. Somil und ich schienen uns vor dem äußersten Rand der Kugel zu befinden, der durch ein diffuses Strahlen gekennzeichnet war, in dem die herausstrebenden Zylinder verschwanden. Wir begannen uns nach innen zu bewegen, auf der Suche nach dem dicht gepackten Kern des All-Geistes.

Ich fragte mich, ob der All-Geist für jeden so »aussah«, oder ob es Somils Interpretation davon war. Oder meine.

Es ist deine Vorstellung, sagte Somils Geiststimme, *und ich danke dir dafür. Ich werde es von nun an immer so sehen.*

Die leuchtenden Speichen waren überall. Sie huschten an uns vorüber, der einzige Hinweis darauf, daß wir uns bewegten. Die Speiche, der wir folgten, verband sich mit einer anderen und dann mit einer weiteren, bis wir vor einem leuchtenden dreidimensionalen Labyrinth eingehüllt waren.

Wie findest du den Weg? fragte ich Somil.

Still, warnte er, *ich muß mich konzentrieren.*

Obwohl alle meine eigenen Sinneseindrücke durch Somil übermittelt wurden, wurde mir klar, daß ich unabhängig beobachtete. In dem Versuch zu verstehen, was *er* sah, »beobachtete« ich Somil genauer, wobei ich mein Hauptaugenmerk auf seine Geiststimme richtete und mich meiner eigenen Bewußtheit der glühenden Zylinder verschloß. Ich hatte das Gefühl, als würde ich neben den Zylindern schweben, ohne sie zu »berühren«. Somil schien sie tatsächlich zu berühren; es war, als seien sie Schienen, an denen er entlang fuhr, und er hielt mich von einem direkten Kontakt mit ihnen fern.

Ich zwang mein Bewußtsein in eine engere Verbindung mit Somil und versuchte zu sehen, was *er* sah. Ich erhaschte einen flüchtigen Anblick, und mein Geist zuckte zurück, drehte sich förmlich ob der Eindrücke, die ich mit Somil geteilt hatte.

Als seien wir körperlich anwesend, zerrte meine Reaktion an Somil, weg von dem Zylinder, dem er folgte. Unsere miteinander verbundenen Bewußtseine wirbelten durch die Leere, die weder schwarz noch weiß, nicht einmal Raum war, lediglich eine Stelle *zwischen* leuchtenden Zylindern. Panik, Schuldbewußtsein und Schwindelgefühl überfielen mich, so daß ich mir Somils Geiststimme kaum bewußt war, die mit überraschender Ruhe zu mir sprach – überraschend deshalb, weil ich auch Furcht in dem Aufnehmer spüren konnte, als ich seine Stimme wahrnahm.

»*Komm wieder näher zu mir, so wie du es gerade getan hast*«, unterwies er mich. »*Verbinde dich mit mir, oder wir sind beide verloren!*«

Somils Stimme besänftigte meine Panik. Ich vollführte das geistige Äquivalent des Augenschließens und klammerte mich an ihn und unser schwindelerregendes Umherwirbeln verlangsamte sich. Ich spürte, sah aber nicht dabei zu, wie Somil nach einem Zylinder tastete, eine zarte Verbindung herstellte und uns allmählich an dieser Verbindung entlang führte. Ich wußte, wann wir nah genug waren, um den Zylinder zu berühren, und Furcht wühlte mein Innerstes erneut auf.

»*Es wird anders sein als eben*«, versicherte mir Somil. »*Wir werden nur für einen einzigen Augenblick Kontakt haben. Ich werde mich nicht weiterbewegen, bis du dich zurückgezogen hast.*«

Er wartete, bis er wußte, daß ich mich in der Gewalt hatte und bereit war, dann »landete« er auf dem Zylinder.

Ich stand am Rande eines abgeernteten Kornfeldes, trat gegen die trockene Erde und machte mir Sorgen über die Ernte des nächsten Jahres. Der Ertrag, und der damit verbundene Verdienst, war kleiner gewesen als je zuvor. Ich haßte den Wassermeister, aber ich wußte, er hatte recht damit, daß der Boden austrocknete. Wenn ich ihn für das Wasser bezahlte, würde die Ernte des nächsten Jahres besser ausfallen und mir mehr Gewinn bringen? Oder würde ich so enden wie alle anderen und ihm so viel schulden, daß dieses Stück Land, das meine Vorfahren ernährt hatte, nach und nach in seinen Besitz übergehen würde? Was konnte ich sonst tun? Wir konnten fortziehen – ich und meine Frau und unsere beiden Töchter –, aber wir konnten das Land nicht mit uns nehmen, und alles Land, das noch immer etwas abwarf, war ganz gewiß schon besetzt. Und ich hatte keine anderen Fähigkeiten. Vorstellungen von meiner Familie in Lumpen, davon, wie meine Mädchen als Hausmädchen arbeiteten oder sich auf den Feldern eines anderen abplagten, quälten mich.

Somil schob mich sanft von dem Zylinder weg, und ich löste mich von der Erinnerung, die ich mit dem namenlosen Bauern geteilt hatte. Ich erlebte einen Moment der Desorientierung, ein Aufblitzen von Zorn, ein niederschmetterndes Gefühl des Verlustes, und dann war ich wieder ganz ich selbst, und ich verstand, was geschehen war.

»Wie kannst du das ertragen?« fragte ich den Aufnehmer, während wir uns den Zylinder entlang bewegten, wie zuvor auf das Zentrum des kreisförmigen Lichtgewirrs zuhaltend.

»Ich bin dafür ausgebildet. Und es zieht mich nicht derartig in Mitleidenschaft. Was du durchlebt *hast, habe ich nur* gesehen.«

Er war dazu ausgebildet worden, Abstand zu wahren – das ergab Sinn. In dem Augenblick, als ich zurückgeschreckt war und uns damit vom Kurs abgebracht hatte, waren wir anscheinend mit außerordentlich hoher Geschwindigkeit unterwegs gewesen, und Somil war in die Zylinder »eingetaucht«, von denen jeder die Lebenserinnerungen eines einzelnen Individuums enthielt. Indem er sich diese Erinnerungen in Abständen »ansah«, behielt Somil die Orientierung, »wo« und »wann« wir uns befanden, und kurze Momente des Kontakts waren alles, was er benötigte, um sich zurechtzufinden. Ich war nicht auf das vorbereitet gewesen, was ich gesehen hatte, als ich mich ihm angeschlossen hatte, und jene kurzen Berührungen waren für mich, wie Somil sagte, eine Abfolge verschiedener Identitäten gewesen, Männer und Frauen in allen Lebensstadien mitsamt ihren Problemen, ihrer Freude, ihrem Kummer, ihrem Entsetzen – letzteres zum Teil mein eigenes, als ich den Kontakt mit mir selbst verloren und befürchtet hatte, ich würde niemals wieder zu meiner eigenen Identität zurückfinden.

»Wird es auch so sein, wenn wir Kä finden?« fragte ich. Wir bewegten uns nun sehr schnell durch den All-Geist, aber ich bemerkte, daß wir nicht länger dem Zentrum entgegenstrebten, sondern Speichenverbindungen folgten, die sich in etwa um den dichtesten Teil des All-Geistes herum zogen.

»Wir haben es gefunden. Diese Frau hat in Kä gelebt«, murmelte er, *»als Kind versklavter Eltern geboren, ist sie selbst ihr ganzes Leben lang Sklavin gewesen. Sie weiß nur, daß Kä ringsherum von Wüste umgeben ist.«* Wir kamen an einer Anschlußstelle vorbei, glitten an noch mehr Zylindern entlang. Ich spürte, daß Somil sich sehr stark konzentrierte, also blieb ich still. *»Noch mehr Sklaven«*, sagte er. *»Ah, hier ist ein Kaufmann ... er denkt, daß Raithskar und Omergol gleich weit von Kä entfernt sind. Hilft das weiter?«*

»Ein wenig. Wie *weit entfernt?«*

»Acht Karawanentage.«

»Das wird mir dabei helfen, die ungefähre Gegend zu finden, aber ich habe mir präzisere Angaben erhofft.«

Der Aufnehmer zögerte.

»Was ist?« fragte ich.

»Die Antwort auf deine frühere Frage. Es ist allgemein üblich, daß einem gestattet wird, an der Erinnerung von jemandem teilzuhaben, der weiß, was man selber wissen möchte. Doch ich habe noch niemals erlebt, daß jemand durch dieses Teilhaben so tiefgreifend in Mitleidenschaft gezogen worden ist wie du. Darin könnte eine gewisse Gefahr für dich liegen.«

»Könnte ich dadurch auch eine Menge lernen?«

Seine Geiststimme zögerte nicht. *»Es ist die nachhaltigste Art zu lernen. Wirst du auf diese Weise suchen?«*

Ich dachte darüber nach und kam zu dem Schluß, wenn ich mich schon darauf einließ, dann wollte ich es nicht zweimal tun, und ich wollte die einmalige Gelegenheit nicht ungenutzt verstreichen lassen. *»Nur, wenn ich an der Erinnerung von Zanek, dem Ersten König, teilhaben kann.«*

10

Die Präsenz des Aufnehmers zitterte vor Aufregung. *»Ich werde nach ihm suchen.«* Wir bewegten uns jetzt mit schwindelerregender Geschwindigkeit wieder mehr auf das Zentrum zu.

»Hast du Angst, ich könnte meine Meinung ändern?« fragte ich.

Der Aufnehmer reagierte auf die Worte, nicht aber auf den mit ihnen beabsichtigten Scherz. *»Ich spüre deinen festen Willen, alles über Zanek zu erfahren, und ich weiß, du spürst mein Verlangen, an dem Erfahrenen teilzuhaben. Der Zeitfaktor spielt eine Rolle – wir müssen den All-Geist bald verlassen.«*

»Aber wir sind erst seit wenigen Augenblicken hier!«

»So sollte man meinen. Aber Geist und Körper erleben Zeit unterschiedlich, und unsere Körper leiden unter unserer Abwesenheit. Wenn es an der Zeit ist, werden wir gehen. In dieser Hinsicht brauche ich deine Zustimmung nicht; mein Urteil ist entscheidend. Hast du verstanden?«

Ich wurde langsam ebenfalls aufgeregt. Ich wußte nicht, ob mir Zaneks Erinnerungen mehr Informationen darüber liefern würden, wo ich Kä finden konnte, als ich bereits hatte, aber die Aussicht, den Ersten König als wirkliche Person, nicht als Legende, kennenzulernen, war verlockend. Bevor ich nach Eddarta gegangen war, hatte ich von Zanek nur gewußt, daß er die weit auseinanderliegenden Städte von Gandalara zu einem friedlichen Königreich vereint hatte. In Eddarta hatte sich mein Respekt vor seiner Weisheit vervielfacht, als ich erfahren hatte, daß er den Ra'ira besessen und seine telepathischen Kräfte nur nutzbringend angewandt hatte – ein Zeugnis für seine Stärke und Unbestechlichkeit.

Ja, entschied ich mich, selbst wenn die Zeit nur für einen flüchtigen Einblick in die wahre Natur dieses Mannes reichte, es würde den Versuch wert sein.

»Ich habe verstanden«, versicherte ich Somil.

»Gut.« Ich merkte, daß wir in den paar Sekunden, die meine Überlegung gedauert hatte, langsamer geworden waren. *»Rikardon, begegne Zanek.«*

Somil mußte irgendeine nicht wahrnehmbare Kontrolle ausüben, weil ich nicht ganz so vollständig in Zaneks Erinnerungen versank, wie es zum Beispiel bei dem jungen, verzweifelten Bauern der Fall gewesen war. Mir blieb genügend Abstand, um ein Gefühl für meine eigene Identität zu bewahren, so daß das, was ich durch Zaneks Augen sah und durch ihn erfuhr, vergleichbar war mit dem Anschauen eines direkt übertragenen, mich völlig umgebenden Films. Der Abstand wurde durch die Tatsache verstärkt, daß mir nicht gestattet wurde, Zanek zu *werden,* sondern daß ich von Somil durch seine Lebenserinnerungen hindurchgezogen wurde. Ich nahm an Momenten seines Lebens teil, die zwar zeitlich geordnet, aber nicht fortlaufend waren – eher wie das Lesen einer intimen, anekdotenhaften Biografie des Mannes. Der letzte Grund für den Unterschied zwischen diesem Teilhaben und den anderen war der, daß ich einige Vorurteile bezüglich Zanek hatte, und ich verglich fortwährend Tatsache mit Erwartung – mit einigen erstaunlichen Ergebnissen.

Zanek stammte aus Raithskar.

Und er war ein Reiter gewesen.

Und er war es gewesen, der entdeckt hatte, was der Ra'ira vermochte ...

Innerlich bebend und vor Freude und vor der Empfindung der Fremdartigkeit erschauernd, starrte ich auf die Frau, deren Hand ich hielt. Ich hatte schon vorher an den Gedanken eines anderen teilgehabt – teilte ich jetzt nicht jeden Augenblick meiner Existenz mit Skerral, dem Sha'um, dessen Freundschaft ich im Tal gewonnen hatte? Aber es war nie so wie das hier gewesen, die Gedanken einer anderen Person zu erfassen, zu fühlen, wie Miras Liebe mir entgegenströmte. Natürlich hatte ich gehofft, daß sie mich gernhaben würde – ich hatte den seltsamen blauen Stein, den mein Vater in der Rakormine entdeckt hatte, als Verlobungsgeschenk mitgebracht. Ich legte die Hand auf den Beutel, in dem ich den Stein trug, spürte, wie er sich gegen meine Handfläche preßte.

Mira rückte näher. Wir saßen auf einer niedrigen Steinmauer, die den Gemüsegarten hinter dem Haus ihres Vaters umgab. »Stimmt etwas nicht, Zanek?«

Da wußte ich, daß sie meine Gedanken nicht so erkennen konnte, wie ich die ihren, und meine Verwunderung war so groß, daß ich kein Wort herausbekam. Ich fummelte an der Verschlußschnur des Beutels herum, in der Hoffnung, das Überreichen des Geschenks würde Worte unnötig machen.

Meine Hand kam durch die Erkenntnis zur Ruhe, daß sich uns Miras Vater näherte. Da war kein Laut, kein Geräusch – aber ich wußte, er war hinter mir, und ich stand auf, um ihm zu begegnen. Er war ein stämmiger Mann, ein Bauer, ungebildet und ungehobelt. Es hatte weder für ihn besonderer Fähigkeiten bedurft zu erkennen, was ich für seine Tochter empfand, noch für mich, wie wenig er meine Gefühle guthieß.

Mira war neben mir aufgestanden, und ihre Hand schloß sich um meine. Philons scharfen Augen war dies nicht entgangen, und ich wurde von einem Sturm der Gefühle überschwemmt – Wut auf mich und Furcht, Mira zu verlieren, Eifersucht, ein unvermutetes Gefühl der eigenen Unzulänglichkeit angesichts meiner Bildung, argwöhnische Scheu vor meiner Verbindung mit Skerral, und all das durchdrungen von der Entschlossenheit, ich sollte nicht derjenige sein, der Mira zur Frau forderte.

Ich dachte, er ist störrisch und hat Angst, aber er kann nicht über Miras Leben gebieten. Ich weiß, daß sie mich liebt, aber ohne seine Zustimmung wird sie nicht bereitwillig zu mir kommen. Er gibt *seine Zustimmung – zu seinem Nutzen, zu ihrem und zu meinem –, er* gibt *seine Zustimmung.*

Ich glaubte das ganz fest, als könne Miras Vater überzeugt werden, wenn ich an dieser Anschauung nur stark genug festhielte. Philon kam langsam auf uns zu, und ich bemerkte die Veränderung in seinem Gesichtsausdruck ebenso, wie ich sie in seinen Gefühlen spürte. Der grimmige Ausdruck wurde von einem der Resignation gemischt mit Verwirrung verdrängt. Seine Furcht und Eifersucht erreichten mich zwar immer noch, aber schwach, als würden sie unterdrückt.

»Ich glaube, Junge«, sagte der große Mann, »du willst meine Tochter heiraten.«

Neben mir hielt Mira fassungslos und voller Furcht den Atem an.

»Jawohl, und ich verspreche dir, daß ich gut für sie sorgen werde.«

»Ist sie damit einverstanden?« fragte er und richtete die Frage dann direkt an sie. »Willst du diesen landlosen Wanderer heiraten, Mädchen?«

»Ja, das will ich sogar sehr, Vater.« In Miras Stimme lag Stärke und Stolz und ein Unterton von Verwirrung ob der Veränderung an ihrem Vater, die ich deutlich spürte.

»Dann gebe ich ...« Er unterbrach sich stirnrunzelnd.

Ich konzentrierte mich stärker und dachte: Du gibst deine Zustimmung. Du gibst deine Zustimmung!

»Ich gebe meine Zustimmung«, sagte er, drehte sich dann um und ging weg.

Ich starrte ihm hinterher, schweigend und entsetzt, bis Mira an meiner Hand zog. »Du hast mich noch nicht gefragt, weißt du«, sagte sie schüchtern. Ich konnte fühlen, wie ihre Überraschung ob der plötzlichen Änderung in der Einstellung ihres Vaters nachließ. An ihrer Stelle wuchs eine Freude, die so süß und durchdringend war, daß ich sie nicht ertragen konnte – weil sie mir versagt war.

Ich konnte immer noch das Seltsame spüren, das Philons verschwindender Gestalt anhaftete. Er wußte, was er getan hatte; er begriff die Konsequenzen, aber er begann sich zu fragen, warum er es getan hatte.

Ich glaubte zu wissen, warum, und dieses Wissen erschreckte mich.

Ich wandte mich Mira zu, stammelte eine Art von Entschuldigung, dämpfte den Schock durch eine schnelle Umarmung und rannte davon.

Es war fast ein Jahr später. Ich war nicht nur von Mira davongerannt, sondern auch von Raithskar, verwirrt durch die furchteinflößende Geistesgabe, die ich so unvermutet erworben hatte. Ich war von einem Ende der Welt zum anderen geritten, getrieben zunächst von der Furcht vor meiner eigenen Macht, dann von der Neugier, denn ich hatte festgestellt, daß alle Gegenden der Welt bestimmte Dinge gemeinsam hatten – ein physikalisches Muster aus weniger Wasser und trockenerem Boden, und ein soziales Muster aus Mißgunst und Streit zwischen Menschen und Städten. Ich hatte Raithskar schätzen gelernt, sicher vor den Angriffen wilder Vineh wegen seiner hohen Stadtmauer, sicher vor den Angriffen seiner Nachbarn wegen der Anwesenheit der Reiter, Männer, die es gewagt hatten, sich dem Alkhum-Paß und einem ungewissen Schicksal im Tal zu stellen, und zwar wegen des seltenen Preises der Freundschaft mit einem Sha'um.

Ich hatte auch gelernt, daß diese Gabe nicht allein von mir abhängig, sondern mit jenem seltsamen blauen Stein verbunden war, den, abgesehen von meinem Vater, noch niemand zu Gesicht bekommen hatte. Wenn ich ihn bei mir hatte, konnte ich die Gedanken anderer Leute lesen; wenn ich weiter als eine bestimmte Strecke von ihm entfernt war, verschwand die Fähigkeit. Ich hatte Tests vorgenommen und herausgefunden, daß ich die Gedanken eines anderen Menschen auf viel subtilere Weise kontrollieren konnte, als es bei Philon der Fall gewesen war. Die Macht entsetzte mich, und ich hatte viel Zeit damit verbracht zu lernen, meine eigenen Gedanken zu beherrschen, um andere nicht unabsichtlich zu beeinflussen.

Ich war mit einer bestimmten Absicht nach Raithskar zurückgekommen, und ich hatte diese Absicht gerade einer Versammlung aller Reiter in der Stadt vorgestellt. Der Ra'ira, wie ich den blauen Stein genannt hatte, war in meinem Beutel, und ich konnte die Gedanken der Versammlungsmitglieder überfliegen. Ich sah einige, die meinen Vorschlag als ein Mittel betrachteten, persönliche Macht zu erlangen, und diese Namen notierte ich mir im Geiste. Im großen und ganzen erfüllte es mich jedoch mit Befriedigung, daß ich die meisten mit meiner Betrachtungsweise des Schicksals, der Überzeugung, daß wir die Zukunft der Welt in unseren Händen hielten, beeindruckt hatte – und ich wußte, daß meine Worte, und nicht meine Gedanken, sie überzeugt hatten.

Von Raithskar aus waren die Sharith zu Städten, Dörfern und alleinstehenden Bauernhäusern in beiden Teilen der Welt aufgebrochen und verbreiteten die Botschaft – du bist in deinem Leiden nicht allein; teilen, nicht streiten, ist die einzige Lösung. Die Tatsache, daß die Botschaft auf dem Rücken eines Sha'um überbracht wurde, war eine subtile Zurschaustellung der Macht, die dazu zwang, die Botschaft ernst zu nehmen. Abgesandte aus beinahe jeder Stadt und jedem Dorf waren nach Raithskar gekommen – einige aus Furcht, einige aus Neugier, ein paar aus Verzweiflung –, um dort mit mir zusammenzutreffen.

Es war der dritte Tag des Treffens, und die steife Förmlichkeit des ersten Tages war verschwunden. Die ganze Gruppe saß an Tischen, oder wogte um sie herum. Die Tische waren zu diesem Zweck auf dem zentralen Platz der Stadt aufgestellt und mit Erfrischungen versehen worden. Die Abgesandten hatten im Prinzip der Notwendigkeit zugestimmt, die noch vorhandenen natürlichen Hilfsquellen miteinander zu teilen; die meisten von ihnen feilschten jetzt um die Tauschkurse. Einwände wurden herausgebrüllt, Streitigkeiten mit Fäusten beigelegt. Reiter, die als Wachen um den Platz herum aufgestellt waren, sahen mich um die Erlaubnis zum Eingreifen bittend an, aber ich hielt sie zurück. Ich ging mit der Hand auf dem Ra'ira durch die Menge und versuchte herauszufinden, was »richtig« war.

Die Männer, die für ihre Städte sprachen, hatten größtenteils ehrenhafte Absichten. Es gab einige wenige, die sowohl von ihrem Auftreten als auch von den tatsächlichen Gegeben-

heiten her wahrhaftig die Regierungsgewalt ihrer Heimatstädte vertraten. Ich spürte eine Menge unverhohlener Habgier und Intrigen, die geschmiedet wurden, aber auch öfter als nur gelegentlich das unbestimmte Gefühl, daß die Situation eine gute Gelegenheit sei, könnte man nur herausfinden, wie sie zu nutzen sei.

Schließlich rief ich die Gruppe durch das simple Mittel zur Ordnung, daß ich Skerral auf den Platz rief und ihn bestieg. Alle Augen ruhten auf mir.

»Geht nach Hause!« sagte ich. »Und nehmt diese Botschaft mit euch! Ein neues Zeitalter hat begonnen, eines, in dem jeder Gandalarer nicht nehmen, sondern teilen, nicht erobern, sondern kooperieren wird. Die Sharith und ich werden der Arm des Gesetzes sein, der den Frieden im Land erzwingen wird – jeder Mann, der die Waffen gegen einen anderen erhebt, gefährdet uns alle und nimmt folglich das Risiko auf sich, einem Sha'um gegenübertreten zu müssen.

Die Stadt Raithskar ist so freundlich gewesen, uns bei diesem Treffen Gastgeber zu sein, und zwar unter beträchtlichem Aufwand an Nahrungsmitteln und der Inkaufnahme vieler Ungelegenheiten. Dies wird nicht noch einmal nötig sein. Meine Reiter und ich werden mit dem Bau einer neuen Siedlung am Rande der Großen Pleth beginnen. Erzählt euren Leuten daheim, daß uns jedermann, der gewillt ist, bei ihrem Bau zu helfen oder als Bauer zu arbeiten, dort willkommen ist und sich uns anschließen kann – besonders diejenigen, deren Land bis zur Wertlosigkeit ausgetrocknet ist.

Innerhalb der nächsten drei Monde werden meine Reiter wieder in eure Städte kommen und Nachricht darüber bringen, ob es jedem von euch, der heute hier anwesend ist, gestattet sein wird, seine Stadt bei zukünftigen Zusammentreffen zu vertreten. Die meisten von euch werden zur nächsten Zusammenkunft eingeladen werden, die in sechs Monden in der neuen Stadt stattfinden wird, die Kä heißen soll. Aber diejenigen von euch, die insgeheim nur ihren persönlichen Vorteil im Sinn haben, werden als Vertreter abgewiesen werden, genau wie jeder Nachfolger mit denselben Motiven, bis jede Siedlung in Gandalara durch ehrliche und pflichtbewußte Menschen vertreten sein wird.«

Als ich von dem Platz wegritt, beschloß ich, mich in der Nähe von Raithskars Stadttor zu verbergen und mir Notizen darüber zu machen, was ich über die Abgesandten erfuhr, wenn sie auf ihrem Nachhauseweg an mir vorbeikamen. Es würde einige Zeit dauern, bis die ehrliche Vertretung, die ich wollte, gewährleistet sein würde, aber ich war sicher, daß dieser Fall eines Tages eintreten würde. Für den Augenblick ließ ich mich von Skerral durch das Stadttor tragen; ich schmiegte mich an seinen pelzigen Rücken und ließ seine Freude darüber, zu rennen, ein wenig die Last der Verantwortung erleichtern, die ich mir aufgeladen hatte.

Vier Jahre waren vergangen, und alles hatte sich gut entwikkelt. Die Reiter, deren Loyalität mir und meiner Vision gegenüber mich nach wie vor tief bewegte, hatten kaum damit angefangen, die kleine Ansiedlung, die wir geplant hatten, aufzubauen, als die ersten Menschen aus den benachbarten Gebieten eingetroffen waren. Es war schnell offensichtlich geworden, daß das Wachstum der Stadt im Chaos münden mußte, falls es nicht gelenkt werden würde, und ich war plötzlich nicht nur Baumeister, sondern auch eine Art Administrator geworden, verantwortlich für Planung und Buchführung – wer gekommen war, wo sie wohnten, was sie Kä versprachen. Der Preis für die Aufnahme in die Stadt war für jedermann der, daß er einen Teil seiner Zeit und seines Könnens der Stadt opferte, die bald »Regierungsstadt« genannt wurde, und das Ergebnis war, daß Kä mit wahrhaft unglaublicher Schnelligkeit aufgebaut worden war. Wasser, das aus der Pleth abgeleitet wurde, verwandelte die Wüste aus weißem Sand in eine grüne und fruchtbare Oase.

Drei Jahre nach unserer Ankunft in Kä hatte Skerral mich verlassen. Das war jetzt über ein Jahr her, und ich saß in der Hütte aus Sandsteinblöcken, in der der Sha'um geschlafen hatte, und stellte mich dem entsetzlichen Gedanken, daß Skerral nicht zurückkehren würde.

Ich griff in meinen Beutel und zog den Ra'ira heraus. Nicht ein einziges Mal nach den kurzfristigen Experimenten, auf die ich mich nach dem Erlebnis mit Miras Vater eingelassen hatte, hatte ich versucht, durch den Ra'ira andere Menschen zu kontrollieren, aber ich hatte ihn oft benutzt, um in die Köpfe anderer hineinzusehen, und zwar mit einer ganz bestimmten Absicht: um meine Feinde zu entdecken und zu erfahren, wie sie zu Freunden gemacht werden konnten; um Probleme aufzuspüren, bevor sie sich zu sehr verdichteten, als daß man ihnen noch mit vernünftigen Lösungen hätte beikommen können.

Jetzt erwog ich, die Kraft des Steins für meinen eigenen Vorteil zu benutzen. Vielleicht konnte ich mit seiner Hilfe die Leere überwinden, die meine Verbindung mit Skerral blockierte, und so diese quälende Ungewißheit beenden. Es war meine Absicht, so schärfte ich mir ein, lediglich herauszufinden, ob er zu mir zurückkehren würde.

Ich legte mich auf den Boden der Hütte, nahm den Ra'ira fest in die Hand und ließ meine Gedanken auf der Suche nach Skerral umherschweifen. Ich fand ihn im Tal bei seiner Partnerin und seinen Jungen. Sein Geist war aber von einer seltsamen Andersartigkeit, von Instinkt und körperlichen Bedürfnissen geleitet, und ich spürte eine beneidenswerte Zufriedenheit in ihm.

Ich spürte auch, daß er zwar nicht an mich dachte, mich aber nicht vergessen hatte. Die geistige Verbindung, die wir miteinander geteilt hatten, war immer noch vorhanden, doch durch die Lebensumstände unterdrückt, die ihn ins Tal zurück getrieben hatten. Da wurde mir klar, daß ich mir selbst etwas vorgemacht hatte. Die Zeit, nach der Skerral normalerweise hätte zurückkehren müssen, war schon lange verstrichen; ich hatte die ganze Zeit gewußt, doch mir nicht eingestehen können, daß für Skerral Umstände eingetreten waren, die ihn dazu veranlaßt hatten, seinen Reiter für immer zu verlassen.

**Du irrst dich*, sagte Skerral deutlich.*

Es war, als hätte sich das denkende Wesen über das Tier erhoben und sein Gesicht gewandt, um mich direkt anzuschauen. Ich war erschüttert und fühlte mich seltsam beschämt, als sei ich beim Lauschen ertappt worden. Meine Freude, das Geistesband erneuert zu haben, schwemmte diese Gefühle einen Moment lang fort und wurde dann gezügelt, als ich mich daran erinnerte, was der Sha'um gesagt hatte.

**Wieso irre ich mich?* fragte ich.*

Ich wähle. Ich bleibe hier.

**Warum?* Ich war bestürzt und nicht wenig erschreckt. Hatte ich Skerral nur gefunden, um ihn gleich wieder zu verlieren?*

Wie es immer der Fall war, war der Sha'um für meine Gefühle ebenso empfänglich wie für meine Gedanken, und Traurigkeit und Resignation gingen von ihm aus, als er mir antwortete.

Menschen brauchen dich. Nicht zusammen.

Plötzlich begriff ich. Aufbau und Organisation einer neuen Stadt und einer neuen Regierung zur gleichen Zeit war eine Aufgabe gewesen, die mich vollkommen in Anspruch genommen hatten, und meine »Ausritte« mit Skerral waren in den vergangenen Jahren seltener geworden. Ich hatte gelernt, einen Platz im Leben zu akzeptieren, der intime Freundschaften verbot – die Sharith hielten mich für einen der ihren, aber unsere Aufgaben lagen in unterschiedlichen Bereichen. Über jene zunehmende Isolation hinweg war die geistige Anwesenheit des Sha'ums Trost und Unterstützung für mich gewesen – der Gedanke daran, den Rest meines Lebens ohne sie auskommen zu müssen, war entsetzlich.

Bitte, komm zurück!* bat ich den Sha'um. *Ich brauche dich.

Immer noch da. Im Tal.

Du meinst, wir könnten noch immer miteinander reden, obwohl du im Tal bist und ich in Kä?

Ja.

Ich versuchte zu glauben, daß es möglich sei, konnte es aber nicht. Das Tal würde die Lebensinstinkte des Sha'um beleben und unsere Verbindung langsam aber sicher schwächen und schließlich zerstören. Und ich würde allein sein.

Komm zurück!* rief ich verzweifelt. *Komm zurück!

Skerrals Geist prallte vor meinem zurück, was mich schockartig wieder zu Bewußtsein brachte. Unbewußt hatte ich die beeinflussenden Kräfte des Ra'ira benutzt und eine Botschaft des Zwangs, nicht des Bedürfnisses gesandt.

Skerral, es tut mir leid!* Ich bemühte mich, jeden Unterton des Zwangs aus unserer Unterhaltung auszuschließen. *Ich wollte dich nicht – bitte, ich brauche dich wirklich. Komm zurück nach Kä!

Nein.* Da war ein Gefühl noch größerer Distanz zwischen uns. *Verbindung wird schwächer werden*, sagte er, meinem früheren Gedankengang zustimmend. *Besser, jetzt aufhören. Tut mir leid.

Und dann war er verschwunden, vor mir verschlossen, völlig davon in Anspruch genommen, Nahrung für seine Familie zu jagen. Rasend vor Schuldbewußtsein und wegen des Verlusts preßte ich den Ra'ira in einem Impuls an mich, die erneute Öffnung der Verbindung zu erzwingen. Zwei Dinge hielten mich davon ab.

Erstens bedachte ein Schimmer der Vernunft die Tatsache, daß Skerral bereits vorher dem Zwang nicht unterlegen gewesen war und es wahrscheinlich auch jetzt nicht sein würde.

Zweitens bahnte sich schließlich die Hochachtung, die ich vor Skerral hatte, einen Weg durch den Gefühlswirrwarr, das mich ergriffen hatte. Im Tal hatte Skerral die enge Kameradschaft seiner Familie. Seine Rückkehr nach Kä würde ihn dieser berauben, und dafür würde es keinen Ersatz geben.

Trotz des fürchterlichen Preises und über alle persönlichen Bedürfnisse und Schrecken hinweg stand eine Sache außer Frage: Ich war der erste König von Gandalara, nicht nur durch Einsetzung oder durch Bestimmung, sondern auch durch meine freie Entscheidung und durch meine Bereitschaft, mich einzusetzen. Selbst wenn er zurückkehren würde, würde ich wenig Zeit für mehr als die rein geistige Seite der Kameradschaft mit Skerral übrig haben.

In diesem Augenblick beschloß ich, daß niemand – kein Mann und kein Sha'um – jemals wieder dazu gezwungen sein sollte, diese Wahl erneut treffen zu müssen. Es würde die Zeit kommen, wenn Maßstäbe würden gefunden werden müssen, um meinen Nachfolger zu bestimmen. Unter diesen Kriterien würde es eine Einschränkung geben: zukünftige Könige von Gandalara würden nicht aus den Reihen der Sharith hervorgehen dürfen.

11

Somil zog mich von Zanek weg und sagte: »*Wir müssen jetzt gehen.*«

Trotz unseres früheren Gesprächs protestierte ich.

»*Nein! Hat er je geheiratet, jemals für sich persönlich Glück und Zufriedenheit gefunden? Was haben die Sharith zu der Einschränkung gesagt, die er geplant hat? Hat er Skerral je wiedergesehen, oder ist er noch einmal eine geistige Verbindung eingegangen?*«

Somils Geist trug mich entschlossen und schnell entlang der leuchtenden Speichen vom Zentrum des All-Geistes weg. »*Wir können nicht bleiben*«, sagte er mit aufrichtigem Bedauern. »*Aber ich spüre, daß du die Antworten auf deine Fragen bereits kennst.*«

Ich dachte darüber nach. Ja, ich kannte sie – sie waren stillschweigend in dem inbegriffen, was ich in jenen kurzen Berührungen über Zanek und sein Leben erfahren hatte. Er mußte wohl einsam geblieben sein und all seine Liebe und Energie dem neugegründeten Königreich geschenkt haben. Ich wußte, daß Skerrals Rückzug endgültig gewesen war; es war nur Mitleid mit dem einsamen und pflichtbewußten Mann, das mich in diesem Fall auf einen Umschwung hatte hoffen lassen. Und was die Sharith betraf ...

Plötzlich ergaben die Bronze und das andere Schwert einen Sinn. Die Sharith waren, zu Zaneks Zeiten genauso wie jetzt, von einem heftigen Stolz erfüllt. Zanek mußte gewußt haben, daß die Sharith, selbst bei einer vollständigen Erklärung der Gründe für seine Entscheidung, sein Verbot zukünftiger Sharithkönige vielleicht als undankbare und unloyale Handlung und als Verschwendung der besten zur Verfügung stehenden Hilfsquellen aufgefaßt hätten.

Er mußte große Sorgfalt darauf verwandt haben zu beteuern, wie wichtig die Sharith für das Königreich seien. Wäre ich an Zaneks Stelle gewesen ...

Ich konnte mir vorstellen, wie der Plan in den späteren Jahren von Zaneks Leben insgeheim mehr und mehr Gestalt angenommen hatte. Indem er nur Leute benutzte, auf deren Stillschweigen er sich verlassen konnte – wie nur Zanek sich vollkommen auf etwas verlassen konnte –, mußte er das Schmieden zweier Schwerter aus Rakor angeordnet und die große Bronzeplatte in Auftrag gegeben haben, wobei er möglicherweise persönlich nach Eddarta gereist war, um das Eingravieren seiner Botschaft zu überwachen.

Wieder zurück in Kä, mußte er dann mit der Suche nach einem Nachfolger begonnen haben, indem er sich den Geist junger Menschen ansah, auf der Suche nicht nur nach einer zumindest ansatzweise vorhandenen Geistesgabe, sondern nach Integrität und Verantwortungsbewußtsein. Diejenigen, die er für geeignet hielt, mußte er dann mit der Bronze konfrontiert haben. Die Person, die sie am mühelosesten lesen konnte und von ihrer Botschaft dazu bewegt wurde, aufrichtig den Einsatz zu geloben, der nötig war, um König zu sein, würde dann von Zanek zu seinem Nachfolger ernannt worden sein.

Er würde ein formelles, festliches Treffen einberufen haben, um zu verkünden, wer sein Nachfolger werden würde. Er würde den Ra'ira offen sichtbar bei sich getragen haben, wie er es vorher schon manchmal getan haben mußte. Er mußte im Laufe der Jahre gelegentlich in seinem Besitz gesehen worden sein, aber da Zanek seine Kräfte nur sehr vorsichtig und eingeschränkt angewandt hatte, dürfte er allgemein lediglich als ein Symbol angesehen worden sein. Der Raum würde groß und palastartig gewesen sein. Eine Wand würde vollständig von beweglichen Vorhängen bedeckt gewesen sein, und es mußte eine Plattform oder einen Tisch gegeben haben, ebenfalls zugedeckt. Die zivilen Führer der Stadt, Abgesandte anderer Städte und verschiedene Sharith (einschließlich ihres Obmanns, natürlich) würden sicherlich anwesend gewesen sein.

Dann dürfte Zanek den Zweck des Zusammentreffens neu formuliert haben – dem Königreich seinen Nachfolger zu präsentieren. (Es ist nicht unwahrscheinlich, daß der Obmann sich an dieser Stelle leicht bewegt und einen Blick über die Sharith geworfen haben würde, wobei er spekuliert haben dürfte, wer der nächste König werden würde.) Der König würde die Maßstäbe für seine Wahl erläutert haben: eine Person, die jung genug ist, um eine umfassende Ausbildung zu erhalten, bevor sie Verantwortung übernimmt; eine Person, die den Willen hat, sich bedingungslos einzusetzen; eine Person, die *kein* Reiter ist. (Ein Schock würde die Gesellschaft erfaßt haben, da nicht nur die Sharith erwartet haben werden, daß die Wahl auf einen der ihren fallen würde.)

Zanek würde dann auf seine persönliche Tragödie eingegangen sein, aber nur flüchtig. Er würde das Argument betont haben, daß das Königreich sowohl eine Führung als auch Macht brauche, und daß König und Sharith für immer getrennt sein müßten, aber auch für immer aneinander gebunden. Dann würde er den Obmann zu sich gerufen und die wunderbaren, wertvollen, blitzenden Schwerter enthüllt haben, die so arrangiert gewesen sein mußten, daß sie die ganze Gesellschaft würde gesehen haben können. Vielleicht hatte Zanek dann dem Obmann die Wahl eines Schwertes überlassen und dann selber das Heft des anderen ergriffen. Zanek würde jedermann genug Zeit gegeben haben, die Bedeutung dieser Symbolik zu verstehen – König und Obmann mit identischen, im Königreich einzigartigen Schwertern – und dann würde er den Obmann gebeten haben, für einen Augenblick vor die verhängte Wand zu treten, wobei das Rakorschwert das

Bronzeschwert in seinem Gehänge ersetzt haben würde.

Dort würde der Obmann stolz gestanden haben, während Zanek den Ra'ira auf einen kleinen Tisch am Ende der Wand gelegt haben würde, wodurch in der Mitte der verhängten Wand eine große freie Stelle geblieben sein mußte. Dann würde Zanek den Namen seines Nachfolgers genannt haben. Der Junge würde durch eine entfernte Tür hereingekommen und mit stiller Würde an den anderen vorbeigegangen sein.

Dann mußte Zanek die Bronze enthüllt und den Jungen gebeten haben, den ersten Teil der in der Masse der Zeichen verborgenen Botschaft laut vorzulesen:

Ich grüße Dich im Namen des neuen Königreichs.

Aus Chaos schufen wir Ordnung.
Aus Hader ermöglichten wir Frieden.
Aus Habgier ermutigten wir Teilhabe.

Nicht ich allein, sondern die Sharith vollbrachten dies.
Nicht wir allein, sondern der Ra'ira vollbrachte dies.

Zanek würde der Gruppe gesagt haben, daß die Botschaft noch weiterginge, daß das Vorlesen der Botschaft ein Teil des Tests für diejenigen sein würde, die ihm und dem Jungen nachfolgen würden, und daß sie den König deutlich anwies, den Sharith Respekt zu erweisen. Er würde gesagt haben, daß an dem Tag, an dem der Junge den blauen Stein und das glänzende Schwert aus seinen Händen entgegennehmen würde – der Junge König von Gandalara sein würde.

Auf diese Weise würde Zanek den Sharith so viel Würde und Wert verliehen haben, daß das Ausgeschlossensein von der Königswürde weniger wie eine Beleidigung, sondern eher wie ein Privileg erschienen sein mußte.

»Deine Aufmerksamkeit ist notwendig«, sagte Somils Geiststimme, die erschöpft klang.

Ich beendete meine Spekulationen über Zanek, wobei ich so gewiß war, daß diese zutreffend waren, als hätte ich tatsächlich an der Erinnerung teilgehabt. Wir befanden uns wieder am Rand, der strahlend helle Kern des All-Geistes lag weit hinter uns; nur die gestaltlose, gewölbte, immaterielle innere Oberfläche der leuchtenden Kugel zeichnete sich nah vor uns ab.

»Ja, Aufnehmer«, sagte ich.

»Halte dich nah bei mir, während wir den All-Geist verlassen!« befahl Somil, und ich gehorchte. *»Ich ziehe jetzt unsere Geister aus dem All-Geist zurück.«* Helligkeit wich absoluter Dunkelheit. *»Und meinen von deinem«,* fügte er hinzu. Ich schien in etwas sehr Kaltes hineinzugleiten, und wo eben noch Somils Geiststimme gewesen war, war jetzt nur noch Leere.

Ich öffnete die Augen. Das Halbdunkel des Zimmers schien eine andere Beschaffenheit zu haben. Ich schaute umher und entdeckte, daß kein Tageslicht durch die schmalen Fenster fiel, sondern eine abgeschirmte Laterne auf einer Bank darunter stand, die die Dunkelheit mit ihrem schwachen Kerzenschein nur wenig erhellte. Es war sehr kalt; meine Arme reagierten schwerfällig, und ihre Haut prickelte, als ich sie mir auf die Brust legte, um ein wenig Wärme zu erzeugen.

»Nicht aufstehen!« sagte Somil. Seine Stimme war schwach, hatte aber immer noch ihre befehlende Klangfarbe. Sein Arm streckte sich zu dem Tisch neben ihm aus, und ich hörte einen sanften, weichen Ton – irgendeine Glocke.

Der Vorhang wurde augenblicklich beiseite geschoben, und die zwei jungen Mädchen kamen hereingeeilt, eins trug ein Tablett mit Essen, das andere eine Laterne. Sie stellten ab, was sie trugen, und knieten sich dann neben uns. Das Mädchen, das die Haustür geöffnet hatte, kümmerte sich um mich, indem sie mir lebhaft Arme und Beine massierte, mir dabei half, mich aufzurichten, und mir einen Teller mit dampfendem Rafel anbot. Rasender Hunger überfiel mich, als ich das Essen roch, und ich aß es gierig. Somil ging seine Mahlzeit mit demselben Eifer an.

»Wie lange ...?« begann ich.

»Es ist kurz vor Tagesanbruch«, sagte das Mädchen neben mir. »Somil ist noch nie so lange fort gewesen; wir haben uns große Sorgen um euch gemacht.« Das Mädchen neben dem Aufnehmer berührte ihn nicht, während er aß, aber aus ihrem ungeduldigen Gesichtsausdruck schloß ich, daß eine Massage und eine warme Mahlzeit nicht die einzigen Erholungsritualien waren, die Somil nach einer Reise in den All-Geist beanspruchte. Der Ausdruck auf ihrem Gesicht wechselte zu Überraschung und Verletztheit, als Somil sie sanft von seiner Ruhebank schob und beiden Mädchen befahl, den Raum zu verlassen. Sie protestierten dagegen, gingen aber.

Somil musterte mich über das Tablett hinweg.

»Es kommt selten vor, daß ich so viel über den Sucher erfahre«, sagte er langsam, »oder daß das, was ich erfahre, nur zu noch größeren Rätseln führt. Es ist angemessen, daß du dir Zanek ausgesucht hast – denn bist du nicht, was auch er war, ein Mann, der an seine Bestimmung gebunden ist?«

Meine Hände verkrampften sich um die Schüssel, die ich hielt.

»*Weißt* du, was meine Bestimmung ist?« flüsterte ich, aber meine Hoffnungen schwanden, als er den Kopf schüttelte.

»Die Zukunft steht noch nicht fest. Ich kann nicht sagen, wie und warum es einigen Menschen gegeben ist, ihre Gestalt entscheidend mitzubestimmen, aber in Zanek habe ich einen von ihnen gesehen. In dir bin ich einem von ihnen begegnet.«

Vom Eingang her vernahmen wir plötzlich ein erregtes Stimmengewirr; die Mädchen schienen zu protestieren, und eine andere Stimme redete in wütendem Tonfall auf sie ein – Thymas. »Ich höre ihre Stimmen«, sagte Thymas. »Ich muß sofort mit ihm reden. Macht Platz!«

»Kannst du aufstehen?« fragte Somil mich drängend. Ich nickte. »Dann geh zu ihm und beruhige ihn! Er darf diesen Raum nicht betreten.« Ich stand ein wenig unsicher auf und stützte mich an der Wand ab, während ich zum Eingang hinüberging. »Ich wiederhole noch einmal, Rikardon, daß das, was ich über dich erfahren habe, weiterhin nur dir allein gehört.«

Ich drehte mich am Eingang zu ihm um und sagte: »Vielen Dank, Aufnehmer.« Dann schob ich den Wandteppich zur Seite und trat in das dahinter liegende Zimmer, wobei ich auf eines der Mädchen prallte, die den Eingang blockierten.

Thymas hatte sein Schwert gezogen, aber die Mädchen hatten seinen Bluff durchschaut und wichen nicht von der Stelle. Die Erleichterung, die er empfand, als er mich sah, stand ihm ins Gesicht geschrieben.

»Rikardon, wir müssen zurück nach Thagorn. Auf der Stelle!« Ohne sich zu entschuldigen, steckte er sein Schwert weg und zog ein vielfach gefaltetes Stück Papier aus seinem Gürtel. Seine Handlungen strahlten eine gewichtige Bedächtigkeit aus, die beunruhigender war als seine übliche, gerade noch beherrschte Wildheit. »Der Bote hat mich hier kurz nach Einbruch der Nacht erreicht. Ich habe es nicht gewagt, dich zu stören, aber als ich Stimmen hörte ...«

Ich nahm das Stück Papier – das Faltmuster war typisch für eine Botschaft, die in der Brustkapsel einer Maufa, der gandalarischen Brieftaube, transportiert worden war – und öffnete es, während ich den Eingang frei machte, da Somil aus dem inneren Raum herauskam.

Es war ein hastig hingeworfenes Gekritzel, das

durch seine Unordnung ebensoviel sagte, und auch ebenso beunruhigend war, wie durch seine Worte:

Thymas,

Du bist Statthalter.

Dharak

»Ist das Dharaks Schrift?« fragte ich den Jungen. Er nickte. »Dann laß uns aufbrechen.«

»Erst, wenn ich mein Geld habe«, sagte Somil. Er stand gegen die Wand gelehnt, einen Arm um ein Mädchen gelegt, den anderen uns entgegengestreckt.

Thymas murmelte irgend etwas, holte die zwei Goldmünzen hervor und ließ sie in Somils offene Handfläche fallen. »Vielen Dank«, sagte Somil, und seine Hand schloß sich um die Münzen. »Beehrt mich ruhig einmal wieder, wenn ich behilflich sein kann!« Die Worte und die Art, in der er es sagte, waren zynisch, aber ich hörte Aufrichtigkeit in ihnen und berührte zum Abschied seine Schulter, bevor ich Thymas auf die Straße hinaus folgte.

Wir eilten zu Grallens Gasthaus und blieben dort gerade lange genug, um unsere Taschen zu holen und die Rechnung für die nicht in Anspruch genommene zusätzliche Übernachtung zu bezahlen. Dann rannten wir die Treppen der Zugangsstraße hinab und aus Omergol hinaus. Ronar wartete auf uns; wir stiegen auf und machten uns auf den Weg nach Thagorn.

Keeshah? rief ich. *Stimmt etwas nicht? Was ist los bei euch?*

Ich hatte ihn geweckt; seine Geiststimme war schläfrig. *Alles in Ordnung. Weibchen immer hungrig.*

Ich störte ihn nicht weiter und ließ ihn wieder einschlafen.

»Keeshah kann mir nicht sagen, was los ist. Yayshah geht es gut; um mehr kümmert er sich im Moment nicht.«

»Danke, daß du ihn gefragt hast.«

Ich konnte die Anspannung im Körper des Jungen spüren.

»Langsamer!« drängte ich ihn. »Sonst wird Ronar noch vor dem Mittag völlig erschöpft sein.«

Nur die Rücksicht auf seinen Sha'um konnte seine Furcht durchdrungen haben, und ich spürte, wie er nickte und versuchte, sich zu entspannen. Ich tätschelte sein Bein in dem Versuch, ihm etwas Trost zuzusprechen.

Ich wußte, was er dachte, und es erschreckte mich ebenfalls. Mir war nur ein Weg bekannt, wie Thymas Statthalter werden konnte: durch Dharaks Tod.

12

Ronar war natürlich empfänglich für Thymas' Sorgen und dessen dringendes Bedürfnis, nach Thagorn zu kommen, und der Sha'um ging bis an die Grenzen seiner Leistungsfähigkeit. Thymas hatte Somils Haus in der Nacht kurz verlassen, um Verpflegung für die Reise zu beschaffen, und ich konnte den Sachverstand in seiner Planung nur bewundern. Die Taschen, die wir aus dem Grünen Sha'um geholt hatten, enthielten eine geringe Portion Essen für ihn und mich – gekochtes Fleisch, Brot, ein paar kleinere Früchte –, aber bei weitem der größte Teil bestand aus Stücken rohen Fleisches, die in ölgetränkte Tücher eingewickelt waren. Für Ronar waren sie nicht mehr als kleine Häppchen, aber in Verbindung mit einer gelegentlichen Hauptmahlzeit waren sie ausreichend, um in dem Sha'um ein Mindestmaß an Energie aufrechtzuerhalten.

Wir eilten auf direktem Weg nach Thagorn, wobei wir gelegentliche, aber nur sehr kurze Rasten einlegten. Der Schock über Thymas' Nachricht hatte die Mattigkeit vertrieben, die ich nach der Rückkehr aus dem All-Geist verspürt hatte, aber sie holte mich schnell wieder ein, so daß ich den größten Teil der Reise in einem unbefriedigenden Halbschlaf verbrachte. Nächsten Vormittag öffnete ein Zuruf von Thymas Thagorns Tore für uns, und Ronar brachte uns vor die Tür von Dharaks Haus.

Wir glitten vom Rücken des Sha'um, als Shola schon aus der Vordertür gerannt kam. So viel Thymas daran lag, Antworten auf seine Fragen zu bekommen, nahm er sich doch die Zeit, den schnaufenden Kater als Dank für seine Anstrengung zu liebkosen. Dann umarmte er zärtlich seine Mutter, bis sie aufgehört hatte zu schluchzen.

Tarani wartete im Eingang und begrüßte mich mit einem Kopfnicken und einem traurigen Lächeln. Shola nahm Thymas' Hand und führte ihn ins Haus. Tarani ging ihnen voran; ich folgte.

Dharak befand sich in einer Ecke des Wohnzimmers. Er saß sehr still da und schaute durch das Gitterfenster hinaus auf den Fluß. Was er *sah,* konnten wir nicht einmal vermuten. Sein Gesichtsausdruck war unbewegt und leer. Nur die leichten, regelmäßigen, normalerweise unbeachteten Bewegungen des Atmens verrieten, daß er am Leben war.

Thymas ging langsam zu seinem Vater und kniete sich neben ihm nieder. Er berührte das dichte weiße Haar, das seinem eigenen so sehr ähnelte, und strich es ihm aus der Stirn. Er drückte die Hand des alten Mannes und nannte seinen Namen. Keine Reaktion.

Ohne seinem Vater von der Seite zu weichen, flüsterte Thymas: »Was ist passiert?«

Shola preßte die Hände zusammen. »Er hat einen Tobsuchtsanfall erlitten. Er ist im Haus umhergestolpert, gegen Tische und Wände gelaufen – nicht, weil er Schaden anrichten wollte, glaube ich, sondern weil es ihm gleichgültig war, ob ihm etwas im Weg stand. Er ist zu seinem Schreibtisch gegangen und hat dir die Nachricht geschrieben; dann hat er so lange nach Bareff gerufen, bis er gekommen ist. Nachdem er den Befehl gegeben hatte, daß der Brief an dich abgeschickt werden müsse, ist er in den Zustand ... versunken, in dem du ihn jetzt siehst.

Er geht dahin, wo man ihn hinführt, ißt und erleichtert sich, wenn es ihm aufgetragen wird, schläft – oder liegt zumindest ruhig im Bett –, wenn es ihm gesagt wird.« Ihre Hände drehten und wanden sich ineinander, als führten sie ein Eigenleben. »Ich bin so froh, daß du zurück bist, Thymas. So ist es noch nie gewesen – fürchterlich, ja, aber nicht so wie jetzt.«

»Noch nie?« fragte ich. »Das ist schon öfter vorgekommen?«

»Nicht genau so«, antwortete Shola. »Aber ja, natürlich – das ist nicht das erste Mal, daß Doran Dharak verlassen hat, um in das Tal der Sha'um zu gehen.«

Thymas sprang auf. »Doran ist gegangen? Aber es ist viel zu früh. Ich erinnere mich genau an das letzte Mal – das ist erst fünf Jahre her, nicht wahr, Mutter?«

Sie nickte und begann wieder zu schluchzen. Tarani ging zu ihr und nahm sie in die Arme; die ältere Frau lehnte sich dankbar an sie an.

Ich hatte ein bohrendes Gefühl in der Magengegend, das sich bis in meine Finger- und Zehenspitzen ausbreitete. Ich ignorierte es in der vollen Überzeugung, es würde sich bald genug von selbst zu Wort melden.

»Du hast mir selbst erzählt«, sagte ich zu Thymas, »daß die Sha'um ihre Besuche im Tal nicht nach einem absolut vorhersehbaren Schema machen. Es gibt keine Möglichkeit, Doran zurückzurufen. Nimm das hier!« sagte ich, indem ich den vielfach gefalteten Brief aus meinem Gürtel zog und ihn ihm gab, »und suche Bareff. Ihr müßt euch beraten.«

Thymas nahm den Brief, nickte grimmig und verließ das Zimmer.

»Der Brief«, sagte Shola. »Ich konnte nicht sehen, was darin stand, bevor Dharak ihn Bareff übergeben hat. Was hat darin gestanden?«

»Dharak hat Thymas zum Statthalter ernannt«, sagte ich sanft. Sie stieß einen Laut der Überraschung aus, und ich nahm ihre Hand. »Vielleicht hat er die Ernennung als endgültig betrachtet, aber das bezweifle ich. Ich habe eher den Eindruck, er hat gewußt, daß er sein Amt nicht mehr würde wahrnehmen können, und hat Thymas zeigen wollen, daß er ihm vertraut. Wenn Doran zurückkehrt, wird Dharak auch wieder sein Amt übernehmen.«

Sie hatte meine Hand ganz fest ergriffen. In ihrem Gesicht waren die Spuren ihres Kummers und ihrer Angst zu erkennen; die Augen schienen noch weiter in ihren Höhlen versunken zu sein, und ihre Haut wies einen gräulichen Farbton auf. »Ich bin dankbar dafür, daß du da bist, Obmann«, sagte sie und ging hinüber zu ihrem Mann, um sich stumm neben ihn zu setzen.

Thymas platzte ins Zimmer, dicht gefolgt von Bareff. »Bareff ist mir unterwegs entgegengekommen. Er wollte mir Bericht erstatten«, erklärte Thymas. Er sah mir ins Gesicht, und seine Augen verengten sich. »Ich glaube, du hast schon erraten, welche Nachrichten er bringt.«

Ich seufzte. »Viele Sha'um sind in den vergangenen Tagen zum Tal aufgebrochen, stimmt's? Einige von ihnen viel früher, als erwartet? Die meisten schon älter, Sha'um, die zumindest schon einmal vorher im Tal gewesen sind?«

Es war Bareff, der antwortete. »Die betroffenen Männer verteilen sich auf alle Gruppen, also hat es etwas gedauert, bis wir die Übereinstimmung bemerkt haben.« Er zuckte die Achseln. »Das *Warum* herauszubekommen, war dann nicht mehr so schwierig.«

Tarani gesellte sich zu uns, ihre Haltung war trotzig. Für mich war es offensichtlich, daß ihr klar war, was vor sich ging, und daß sie sich auf diesen Augenblick vorbereitet hatte. »Yayshah ist Schutz versprochen worden, bis sie ihre Jungen geboren hat.« Sie sah Thymas direkt an. »Er hat für die Sharith gesprochen; wir erwarten von dir, daß du seinem Wort Ehre erweist.«

Bevor Thymas antworten konnte, fragte ich Tarani: »Wann werden die Jungen geboren?«

Sie zögerte einen Moment und drehte sich nicht zu mir um. »Ich kann es nicht mit Gewißheit sagen.«

»Zwei Tage?« hakte ich nach. »Einen Siebentag? Einen Mond?«

Da fuhr sie zu mir herum. »So lange, wie es eben dauert. Und so lange werden wir in Thagorn bleiben.«

»Bareff«, fragte ich, »wie viele Sha'um sind verschwunden?«

Er dachte ein oder zwei Sekunden lang darüber nach. »Zweiundzwanzig.«

»Das ist mehr als ein Fünftel aller Sha'um in Thagorn, Tarani.« Ich deutete auf Dharak. »Mehr als ein Fünftel aller Reiter – außerstande, ihren Dienst zu versehen, in einem verwirrten, jämmerlichen Zustand. Was noch hinzukommt, ist, daß jetzt die falsche Jahreszeit für ihr Weggehen ist. Die Weibchen sind jetzt trächtig; sie werden für einige Monde keine Paarungen zulassen. Das bedeutet, daß die Sha'um länger als gewöhnlich fortbleiben werden, und es besteht eine größere Wahrscheinlichkeit, daß sie überhaupt nicht mehr zurückkommen.«

»Ist das Yayshahs Schuld?«

»Nicht ihre ›Schuld‹. Aber ich glaube, daß ihre Anwesenheit hier die Sache in Gang gebracht hat, indem sie das körperliche Bedürfnis der Sha'um angeregt hat, sich eine Partnerin zu suchen. Bis jetzt waren nur diejenigen dafür empfänglich, die es schon früher einmal gespürt haben. Die ersten, die gegangen sind, müssen diejenigen gewesen sein, deren übliche Zeit am nächsten bevorstand, aber, wie du gehört hast, hätte Doran vielleicht noch zwei Jahre gewartet, wäre Yayshah nicht gewesen. Je länger wir hierbleiben, desto mehr wird der normale Ablauf der Dinge verzerrt werden.«

Thymas meldete sich zu Wort. »Als mein Vater euch den Schutz gewährt hat, um den ihr gebeten habt, war ihm klar, daß die Auswirkungen eines Sha'um-Weibchens in Thagorn nicht vorhersehbar waren.« Er streckte die Hand nach Taranis Arm aus, ließ sie dann aber wieder sinken. »Du und Yayshah seid jetzt Sharith und müßt das Wohl aller im Auge behalten. Ich werde zu Dharaks Wort stehen, wenn du das verlangst, welches Risiko damit auch für uns alle verbunden sein mag. Aber ich bitte dich, uns aus unserem Wort zu entlassen und Yayshah von hier wegzubringen.«

Tarani schien über seine Bitte einen Moment lang

nachzudenken, dann schüttelte sie den Kopf. »Nichts ist soviel wert, um dafür das Leben von Yayshahs Jungen aufs Spiel zu setzen – sie jetzt dazu zu zwingen fortzugehen, wäre für sie alle äußerst gefährlich.« In ihrer Stimme lag ein seltsames Zittern.

»Dann ist es entschieden«, sagte Thymas, und seine Schultern fielen nach unten. Er warf einen mitleidigen und besorgten Blick auf seinen Vater. »Yayshah wird bleiben.«

»Noch einen Tag lang«, sagte ich. »Wir werden Thagorn morgen früh verlassen.«

Ich gab Tarani keine Möglichkeit, dem Protest Ausdruck zu verleihen, der ihr offensichtlich auf der Zunge lag.

»Du hast gesagt, Yayshah dazu aufzufordern, sich zu bewegen, sei ›vielleicht‹ gefährlich für ihre Jungen, Tarani. Diese Möglichkeit muß gegen die Gewißheit eines noch größeren Wirrwarrs in Thagorn abgewogen werden. Ich habe euch ebenfalls hier Schutz versprochen, aber ich bin Obmann und sowohl den Sharith verantwortlich als auch *für* sie verantwortlich. Sag Yayshah, wir müssen gehen!«

»Sie kann nicht gehen«, sagte Tarani bestimmt und mit kaum verhohlener Wut.

Keeshah*, rief ich. *Ich muß sehen, was du siehst.

Ja.

Ich tastete nach ihm und verschmolz mit ihm zu einer Nähe, die so angenehm und unverfälscht und aufwühlend war, daß wir sie nur für wenige Augenblicke ertragen konnten. Ein paar Sekunden lang war ich ein Teil von ihm, empfing dieselben Sinneswahrnehmungen und verspürte jene komplizierte Mischung aus Stolz, Zufriedenheit und gutmütiger Bärbeißigkeit, die die Anwesenheit seiner Gattin in ihm erweckte.

Ich sah Yayshah. Sie hatte auf einer kleinen Fläche das Unterholz und die kleineren Büsche ausgerissen, zertrampelt und anderweitig beseitigt, um sich so einen

Schlafplatz auszuhöhlen. Es war eine offensichtliche – und offensichtlich unbefriedigende Imitation einer Höhle des Tales, wo die höheren, dichteren Gewächse einen höhlenartigen Schutz geboten hätten. Keeshah befand sich in der Höhle und sah auf, als Yayshah schwerfällig durch die Öffnung kam. Sie war jetzt sehr massig, und sie ging mit einer schaukelnden Bewegung, um die Gleichgewichtsverlagerung auszugleichen, die durch ihren schwankenden Bauch hervorgerufen wurde.

Sie kam in die Höhle herein, duckte sich unbeholfen, um ihre Wange und ihr Ohr an Keeshas Schulter zu reiben, ließ sich auf die Seite plumpsen und legte den Kopf auf Keeshahs Hinterbeine. Keeshah streckte sich und gähnte, knetete ihren Rücken sanft mit seinen Vorderpfoten und entspannte sich wieder.

Ich unterbrach die Verbindung, sowohl betrübt als auch ermutigt durch das, was ich gesehen hatte, aber, wie immer, auch erwärmt durch den Moment der Nähe mit Keeshah.

»Yayshah kann gehen«, sagte ich. »Wir werden uns langsam bewegen, beide auf Keeshah reiten und ab und zu anhalten, um Keeshah jagen zu lassen. Wenn Yayshahs Zeit kommt, wirst du bleiben, wo wir uns auch gerade befinden, und dich um sie kümmern. Aber wir *verlassen* Thagorn so bald wie möglich.«

»Sie wird nicht gehen«, sagte Tarani, wieder zitternd.

»Sie wird gehen, wenn du davon überzeugt bist, daß es notwendig ist. Tarani, bedenke, wie stark ihre *Wünsche* dich in Mitleidenschaft ziehen. Ihre Instinkte verlangen eine Höhle – aber wenn ihre Instinkte übermächtig wären, hätte sie niemals das Tal verlassen. Schau hinter das, was sie *will,* und versuche zu erkennen, was sie *braucht!* Fortzugehen wird sie traurig machen, aber ich glaube, wir drei können für ihre Sicherheit – und die der Jungen – sorgen.«

Ich hatte Taranis Hände ergriffen und versuchte verzweifelt, sie zu überzeugen. Ich fühlte mich den Sharith gegenüber tief und sehr persönlich verpflichtet. Ich hatte noch vor allzu kurzer Zeit miterlebt, was es bedeutete, von einem Sha'um verlassen zu werden, und wollte bei keinem einzigen weiteren Reiter mehr die Ursache für etwas Derartiges sein. Ich hatte unsere Abreise aus dem einfachen Bedürfnis nach Ruhe und dem Bestreben verschoben, den Sha'um eine Möglichkeit zu geben, sich an die Vorstellung zu gewöhnen.

Ich wartete auf Taranis Entscheidung. Wenn sie sich weigerte, Yayshah aus Thagorn herauszuführen, gab es nur einen anderen Ausweg – Thymas und die anderen Reiter zu bitten, sie zu verjagen. Ich war nicht sicher, ob ich sie tatsächlich darum würde bitten können. Ich war nicht sicher, ob sie es überhaupt tun würden. Ich *war* sicher, daß Keeshah sie verteidigen würde, ganz egal, wie ich über die Sache dachte.

Bitte, Tarani, bettelte ich im stillen. *Bitte, versteh doch!*

Ihre Antwort überraschte mich. Ihre Schultern strafften sich, und sie entzog ihre Hände den meinen. »Wie Thymas gesagt hat, bin ich jetzt Sharith; als Obmann hast du das Recht, mir das zu befehlen, und ich werde tun, was du gesagt hast.« Sie drehte sich um und ging aus dem Zimmer und aus dem Haus.

Damit sind wir so gut wie unterwegs, dachte ich, *aber diese Reise könnte für mich ungemütlicher werden als für Yayshah.*

»Ich danke dir im Namen der Sharith, Rikardon«, sagte Thymas mit mehr Mitgefühl, als man vielleicht von den formellen Worten erwartet hätte. »Ich hoffe, du wirst keinen Grund haben, deine Entscheidung zu bereuen. Wir werden natürlich für alles sorgen, was ihr für eure Reise benötigt. Wo werdet ihr hingehen?«

»In Richtung Raithskar. Es könnte möglich sein, daß wir dort sind, bevor die Jungen ankommen.« Ich warf einen Blick auf Dharak, wobei ich an Thanasset dachte und mich darauf freute, »meinen« Vater wiederzusehen. »Shola, Thymas – es *tut* mir leid.«

Thymas lächelte – ein bißchen unsicher zunächst, aber schließlich doch mit einem Schimmer tatsächlich guter Laune. »Du hast eine aufrichtige und wohlbegründete Entscheidung gefällt, die zufällig falsch war. Nimm dir die Lektion zu Herzen, die du uns zu lehren versucht hast, und mach dir deswegen nicht mehr Vorwürfe, als du verdient hast.«

»Und, bitte«, fügte Shola hinzu, »erinnere dich auch an das Gute, das du bewirkt hast.« Sie streichelte den Arm ihres Mannes. »Dharak wird wieder bei uns sein, wenn Doran zurück ist.« In ihren Worten lag – oder war vorgegeben – absolute Gewißheit. »Thymas wird in der Zwischenzeit ein besserer Anführer werden, weil du ihm gezeigt hast, welches Vertrauen sein Vater in ihn setzt.«

Thymas' Mutter stand auf und streckte ihre Arme nach mir aus. Ich umarmte sie; sie reckte sich nach oben und küßte mich auf die Wange.

»Du und Thymas hattet eine schwere und ermüdende Reise von Omergol hierher. Ruh dich jetzt aus! Ich werde zusehen, daß Proviant für eure Reise eingepackt wird.«

13

Ich würde die Stunde gleich nach Morgengrauen des folgenden Tages nicht sehr gerne noch einmal erleben. In dieser Stunde überzeugten Tarani und ich Yayshah und Keeshah davon, ihre Höhle zu verlassen. Keeshah kam bereitwillig heraus, aber mit Fragen und Befürchtungen auf dem Herzen.

Warum gehen. Behaglich. Die Jungen? Das Weibchen? – Sicher?

Ich denke schon, Keeshah. Wir werden jede nur erdenkliche Vorsicht walten lassen.

Weibchen unglücklich, prophezeite er mit einer bemerkenswerten Untertreibung und fügte mit einer Spur Resignation und Nachsicht hinzu: **Alle unglücklich.**

Yayshah war in der Höhle geblieben, und Tarani und ich schritten durch die Öffnung. Im Innern der Höhle war es düster, aber die Umrisse des Weibchens waren in ihrer Massigkeit deutlich zu erkennen, und ihre Augen reflektierten das wenige einfallende Licht und leuchteten.

Yayshah wich vor Tarani zurück und preßte sich an die entfernteste Wand der Einfriedung. Ihre Zähne waren gefletscht, die Ohren angelegt.

»Siehst du, sie kann es kaum erwarten«, sagte Tarani sarkastisch und konzentrierte ihre Aufmerksamkeit dann auf das Sha'um-Weibchen. Sie ging langsam vor, indem sie leise und melodiöse Laute von sich gab. Yayshah knurrte. Ich zügelte meinen Drang, Tarani zurückzuhalten.

Ich würde vielleicht die Güte der Verbindung zwischen Tarani und Yayshah in Zweifel gezogen und mich gefragt haben, ob der beschützende Mutterinstinkt der Katze jenes besondere Band zwischen ihnen, das für beide so neu war, nicht möglicherweise aufheben würde. Aber ich erinnerte mich an andere Situationen, in denen ich von Tarani verlangt hatte, daß sie sich in Gefahr begab – jetzt wie damals hatte sie solche Aufgaben auf sich genommen, und ich hatte keine andere Wahl, als sie sie auf ihre Art ausführen zu lassen.

Alles vernünftige Schlußfolgern der Welt konnte mich nicht davon abhalten, die Daumen zu drücken, als die Frau auf das Sha'um-Weibchen zuging und die Hand nach der Schnauze der Katze ausstreckte.

Taranis Stimme wurde lauter, und ich bemerkte das Vibrato, das immer dann vorhanden war, wenn sie hypnotische, beschwichtigende Laute benutzte, um die Wirksamkeit ihrer Illusionen zu unterstützen. Tarani versuchte Yayshah zu beruhigen und die seelische Erschütterung zu lindern, die es für sie bedeutete, ihre sorgfältig hergerichtete Höhle zu verlassen, aber sie versuchte nicht, dem Sha'um-Weibchen ihren Willen aufzuzwingen.

Niemand *zwang* einen Sha'um dazu, irgend etwas zu tun.

Das Weibchen fauchte und hob eine Pranke. Ich spannte mich an und umklammerte das Heft meines Schwertes, aber die Pranke berührte nur Taranis Schulter und blieb dort liegen. Das Mädchen schwankte unter dieser Last, fand dann ihr Gleichgewicht wieder und streichelte Yayshah mit beiden Händen unter dem Kinn. Sie gab weiterhin die summenden Laute von sich, während sie noch näher an die Katze heranging und die Arme hob, um ihren dicken, pelzigen Nacken zu umschließen. Das Glitzern in Yayshas Augen verschwand, und ihre Ohren richteten sich wieder auf.

Katze und Frau lösten sich voneinander, und Tarani ging, immer noch summend, langsam zurück in Richtung Höhleneingang, wobei sie Yayshah mit ausgestreckten Armen dazu zu bewegen versuchte, ihr zu folgen. Ich zog mich zurück, um ihnen Platz zu machen.

Als Yayshahs Kopf in der runden, grün eingerahmten Öffnung erschien und das Sonnenlicht auf ihre Augen fiel, scheute sie. Sie hob den Kopf und gab ein Geräusch von sich, bei dem sich meine Arm- und Nackenhaare sträubten, ein schrilles Brüllen, in dem unmißverständlich ihre Qual zum Ausdruck kam. Dann verschwand sie wieder in der Höhle.

Ein Grollen erklang direkt hinter mir, und Keeshah stieß mich beiseite. Mit Tarani ging er sanfter um, indem er sie mit seiner Stirn anstupste, aber er schob sie ebenfalls aus dem Weg und ging in die Höhle.

Ich bringe sie, sagte Keeshah.

Tarani sah mich mit wütender und gleichzeitig trauriger Miene an. »Sie hat solche Angst, Rikardon.«

»Das ist schon in Ordnung. Keeshah wird sie herausbringen.«

Ich nahm ihre Hand, aber sie lag teilnahmslos in meiner, während wir in die Höhle spähten. Jetzt, wo beide Sha'um standen, war sie völlig ausgefüllt, aber Keeshah hatte sich so postiert, daß er neben dem Weibchen stand, und drängte sie vorwärts. Er drehte sich, bis sie zwischen ihm und dem Eingang stand, und rückte dann langsam vor. Das durch die Jungen schwerere Weibchen mochte Keeshah an Gewicht übertreffen, aber sie war verwirrt und fürchtete sich; er war größer als sie, und er hatte eine bestimmte Absicht. Nach wenigen Sekunden hatte sie keine andere Wahl mehr, als hinaus ins Freie zu kommen.

Wir gaben Yayshah Zeit, damit sich ihre Augen an das Licht gewöhnen konnten, dann gingen Tarani und ich zu Thagorns Stadttor. Keeshah blieb ganz nah bei seiner Gattin, oft als Zeichen des Trostes und der Aufmunterung ganz dicht an sie geschmiegt, während wir die Stadt verließen.

Das gesamte Kontingent der Sharith hatte sich in den Kasernenhöfen versammelt und sah zu, wie wir den Hang herunterkamen. Thymas bot mir die Hand an. Ich nahm sie und drückte ihm die Schulter, unfähig, meine Aufmerksamkeit noch mehr von den Sha'um abzuwenden, aber ich wußte, er würde es verstehen. Tarani war völlig von Yayshah in Anspruch genommen, deren unregelmäßiger Schritt und gelegentliches Zusammenzucken ihre anhaltende Nervosität widerspiegelten.

Shola und Thymas gingen die letzten paar Schritte bis zum Tor neben uns her. Tarani führte die Sha'um hindurch, aber ich blieb stehen.

Shola gab mir die gefüllten Reisetaschen, die ich mir über die Schulter warf. »Richte Tarani meinen Dank und die besten Wünsche von mir aus, Obmann, und sag ihr, mein Heim und ... und mein Herz werden immer offen für sie sein.«

Ich drückte sie an mich. »Das ist von uns beiden«, sagte ich. »Ich weiß, daß deine Botschaft sie freuen wird.«

»Bei all dem, was passiert ist«, sagte Thymas, »weiß ich nicht einmal, was du über Kä erfahren hast.«

»Ich weiß, wo ich mit der Suche beginnen muß. Aber da war noch mehr – es wird eine gute Geschichte abgeben, wenn wir uns das nächste Mal treffen.«

»Ich hoffe, das wird bald der Fall sein, Obmann.«

»So bald wie möglich. Auf Wiedersehen, Statthalter.«

Ich schritt durch das Tor und beeilte mich, Tarani einzuholen. Wir führten die Sha'um die Straße entlang über den Berg in Richtung Omergol. Nach etwa einer Stunde hielten wir an, um uns auszuruhen. Als Yayshah sich niedergelassen hatte und in ein leichtes Dösen versunken war, seufzte Tarani und setzte sich auf den Boden. Keeshah schnüffelte ruhelos herum, und Schweigen senkte sich über die Lichtung am Straßenrand.

»Ich mußte diese Entscheidung treffen«, sagte ich schließlich.

»Ich verstehe das«, antwortete Tarani. »Aber du hattest recht, was Yayshahs Einfluß auf mich anbelangt. Ich wollte diese Höhle genau so heftig wie sie. Es wird einige Zeit dauern, Rikardon, bis ich mich mit der Richtigkeit deiner Entscheidung und dem damit verbundenen Schmerz abfinden kann.«

»Das ist nur fair«, sagte ich und richtete meine Aufmerksamkeit wieder auf die Planung der Reise.

Yayshahs unstillbarer Hunger und Durst machten es erforderlich, uns von der Wüste fernzuhalten, wodurch uns nur eine Route blieb. Wir folgten der Karawanenstraße um die Spitze der Morkdahlberge herum und blieben den ganzen Weg nach Norden im bergigen Land, an Alkhum vorbei zu den flacheren Hügeln, hinter denen die Große Mauer in die Höhe ragte. Unser Reiseschema war ebenfalls einfach – wir gingen, bis Yayshah stehenblieb, und zogen weiter, wenn sie sich erholt hatte.

Zuerst mußten Keeshah und Tarani das Sha'um-Weibchen jedesmal, wenn wir von einem Lager wieder aufbrachen, von neuem überzeugen. Nach etwa einem Tag gab sie jedoch ihre Widerspenstigkeit auf und schien die kurzen Perioden körperlicher Anstrengung tatsächlich zu genießen.

Tarani und ich ritten gelegentlich auf Keeshah, aber Yayshah ging so langsam, daß wir die meiste Zeit zu Fuß gingen und Keeshah zu einem wahrscheinlichen Rastplatz voraus schickten, der Yayshah dann mit einer gerade erlegten Mahlzeit begrüßen konnte.

Taranis Laune besserte sich, aber sie blieb weiterhin nachdenklich und ein wenig distanziert, und ich wollte sie nicht drängen. Ich sah ratlos zu, wie Yayshahs Bauch mehr und mehr wuchs, bis er fast auf dem Boden schleifte, und konnte doch keine Anzeichen dafür erkennen, daß die Jungen bereit waren, das Licht der Welt zu erblicken. Paradoxerweise wurde Tarani immer zuversichtlicher, je unruhiger ich wurde. Sie sagte, daß Yayshahs Besorgnis abgeklungen sei, da sie spürte, daß ihre Jungen unter der Reise nicht litten, und daß sie es wissen würde, wenn die Zeit gekommen sei. Tarani sagte, die tatsächliche Geburt würde von Yayshahs mächtigsten Instinkten gesteuert werden. Tarani unterließ es nie hinzuzufügen, daß Yayshah sich zwar an die Umstände angepaßt habe, sich aber immer noch nach einer dunklen, behaglichen Höhle sehnen würde, um darin ihre Kinder zu begrüßen.

Ich war so von dem Fortgang der Reise, der Sorge um Yayshahs Zustand und Taranis Distanziertheit in Anspruch genommen, daß ich überrascht war, eines Morgens aufzuwachen und das vertraute Ackerland wiederzuerkennen, das nordöstlich von Raithskar lag. Wir hatten die mondlosen Stunden vor dem Morgengrauen in einem Obstbaumgehölz verbracht.

»Wir sind fast da«, sagte ich Tarani, »und ab jetzt wird das Wild knapp werden. Wenn du und Yayshah hier wartet, reiten Keeshah und ich in die Stadt voraus und holen Nahrung.«

»Wie lange würde das dauern?« fragte Tarani.

»Nur ein paar Stunden. Ist mit Yayshah alles in Ordnung?«

Das Mädchen kniete sich neben die Katze und legte die Hände auf den angeschwollenen Bauch. Die Bewegung in ihm war nicht zu übersehen und war in den vergangenen Tagen mit zunehmender Regelmäßigkeit stärker geworden. Es konnte nicht mehr lange dauern.

Als habe sie meine Gedanken gelesen, sagte Tarani: »Es ist fast so weit. Sie kann nicht sagen wie bald, aber bald.«

Ich sah mich um. Die steile Klippe, die die Gandalarer die Große Mauer nannten, erhob sich nur wenige Kilometer entfernt. Ich konnte das entfernte Grollen der Skarkelfälle hören und hätte sie auch sehen können, wäre nicht der Sprühnebel gewesen, der durch das herabstürzende Wasser an der Basis der Mauer entstand.

»Jetzt, wo wir auf Ackerland gestoßen sind, wird es

keinen wirklichen Schutz mehr für sie geben«, sagte ich. »Keeshahs Hütte im Hof meines Vaters ist der geeignetste Platz, der mir einfällt. Schafft sie es bis dahin?«

Tarani schloß die Augen.

»Yayshah wird es versuchen«, sagte sie und sah mich ernst und eindringlich an. »Bitte, verlaß uns nicht!«

»Wird sie keine Nahrung benötigen?«

»Sie wünscht sich zwar welche, braucht sie aber nicht. Zumindest nicht vor der Geburt. Es ist jetzt wichtiger, daß ihr Partner nah bei ihr ist.«

Ich verdrängte das Heimweh, das mich beinahe überwältigt hatte, und wir gingen zusammen weiter, wobei wir nicht wenig Aufsehen bei den Leuten erregten, an denen wir unterwegs vorbeikamen. Den größten Teil des Vormittags gingen wir querfeldein und sahen nur Feldarbeiter und Bauern. Gegen Mittag stießen wir jedoch auf die überfüllte Karawanenstraße, die uns direkt nach Raithskar bringen würde. Wenn Keeshah und ich allein gewesen wären, hätten wir uns parallel zur Straße bewegt, um es den Reisenden leichter zu machen, die von Vleks gezogene Karren oder ganze Karawanen dieser Packtiere lenkten. Aber Yayshah, die sich schwerfälliger denn je bewegte, war meine Hauptsorge, und wir nutzten die ebene Straße aus, indem wir fast ihre volle Breite in Anspruch nahmen.

Die Nachricht von unserer Ankunft hätte Raithskar vielleicht vor uns erreicht, wenn uns irgend jemand, der uns gesehen hatte, hätte überholen können. Eine faszinierte Menschenmenge folgte uns, die nur bewirkte, daß Yayshah noch nervöser wurde. Wir gingen durch das geöffnete Stadttor auf den Marktplatz, wobei wir verdutzte und entsetzte Menschen vertrieben. Yayshah hatte begonnen, stöhnende Laute von sich zu geben, die tief aus ihrer Kehle kamen, und Tarani drängte zur Eile. Keeshah stützte das Weibchen auf der einen Seite, Tarani und ich auf der anderen, was weniger eine Hilfe, sondern eher eine Ermutigung war.

Ich seufzte erleichtert, als wir in Thanassets Straße einbogen, und ich rief Tarani zu, daß es nur noch ein kleines Stück sei. Die Tür des massiven, zweistöckigen Hauses öffnete sich, und Milda, Markassets Tante, kam heraus, offensichtlich, um die Ursache für das Lärmen der Menschenmenge herauszufinden. Als sie uns auf sich zuwanken sah, flog ihr Mund vorübergehend sperrangelweit auf, dann brach sie in Aktivität aus.

»Thanasset, komm nach draußen!« rief sie und kam auf uns zugerannt, um das große Gartentor zu öffnen.

Markassets Vater erschien in der Vordertür, und einen Augenblick lang spiegelte seine Haltung Schock wider. Dann war er hinter Tarani und half mit, Yayshah zu stützen. In dieser Formation, nämlich alle nebeneinander, wären wir nicht durch das Gartentor gekommen, aber Yayshah hatte das rechtwinklige Gebäude aus Lehmziegeln entdeckt, und sie wankte aus eigener Kraft darauf zu. Entweder hatte Tarani ihr gesagt, was es war, oder es lag noch eine Spur von Keeshahs Geruch in der Luft, an dem sie es erkannt hatte.

Sie brach einen schnurgeraden Pfad der Verwüstung durch Thanassets Garten, winselte dann und brach zusammen, als sie den Eingang erreicht hatte. Auf der Seite liegend, hielt sie sich mit den Vorderpfoten an der steinernen Türschwelle fest und zog sich ins Halbdunkel der Hütte.

Keeshah folgte ihr, aber Tarani blieb bei uns, die wir in den Trümmern eines Blumenbeetes standen. Ich sah sie fragend an.

»Sie braucht jetzt Keeshah«, sagte Tarani. »Sie ist sehr dankbar dafür, hier zu sein.«

Ein Geräusch lenkte meine Aufmerksamkeit auf die Straße und den Zaun hinter uns, wo drei kleine Jungen der Neugier der Menge Ausdruck verliehen und sich durch das Tor gewagt hatten. Thanasset schickte sie mit Anstand und einer Portion Humor wieder hinaus und unterhielt sich dann für einen Augenblick mit den Leuten auf der Straße. Als er wieder hereinkam und das Gartentor schloß, konnten wir hören, wie die Menschen die Straße in Richtung Geschäftsviertel hinuntergingen.

Thanasset kam zu uns und sagte: »Willkommen zu Hause, mein Sohn.«

Ich lachte und drückte ihn an mich; er klopfte mir auf den Rücken. Ich küßte Milda, hob sie hoch und wirbelte sie im Kreis herum. Die reizende alte Dame umarmte und schalt mich gleichzeitig, während sie die ganze Zeit lachte.

Ich setzte Milda ab und nahm Taranis Hand, plötzlich um Worte verlegen. Ich wollte ihnen sagen, wer sie war, was sie mir bedeutete, was wir zusammen durchgemacht hatten, was uns erwartete. Was ich sagte, war aber nur: »Das ist Tarani.«

Thanasset musterte Taranis Gesicht. Dann tat er etwas ebenso Seltsames wie Zärtliches: er nahm ihre Hand und küßte die Handfläche. »Unser Haus ist durch deine Anwesenheit geehrt, Tarani. Ich bin Thanasset, und das ist Milda, die Schwester von Markassets Mutter.«

»Willkommen, meine Liebe«, sagte Milda. »Komm bitte ins Haus. Du brauchst etwas Warmes zu essen und dann ein Bad.«

Tarani folgte Milda ins Haus. Thanasset und ich standen noch eine Weile schweigend im Garten und hörten den Lauten der Anstrengung und des Schmerzes und des Trostes zu, die aus dem Ziegelbauwerk erklangen.

»Damit ist gewiß eine Geschichte verbunden, auf die ich mich schon freue«, sagte er mit einem Lächeln. »Wenn du dich ausgeruht hast und du dich wohl fühlst. Aber ich kann nicht mehr länger auf die gute Nachricht warten, daß du den Ra'ira zurückgebracht hast.«

Ich schüttelte den Kopf, und der hochgewachsene Mann fiel in sich zusammen. Ich betrachtete Thanasset eingehender und fand, daß er dünner, älter und trauriger aussah, als ich ihn in Erinnerung hatte.

Wie lange war ich weg? überlegte ich und versuchte die verstrichene Zeit schnell zu überschlagen. *Vier Monde? Ein halbes Jahr? Wie kann er so schnell gealtert sein?*

»Das ist alles eine Geschichte«, sagte ich, »und die ist ziemlich lang. Aber Tarani und ich haben uns beide dazu verpflichtet, den Ra'ira sicher dem Rat zu übergeben, wo seine Macht nicht mißbraucht werden kann.«

»Wann?«

»Das kann ich nicht genau sagen.«

»Es muß bald sein, Rikardon. Es gibt etwas, das du über den Ra'ira nicht weißt ...«

»Aber ich *weiß*, was er bewirken kann«, unterbrach ich. »Ich habe versucht, dir das in dem Brief mitzuteilen, den ich aus Dyskornis abgeschickt habe – ist er angekommen?«

»Ja, ich habe deinen Brief erhalten.« Er drückte mir die Schulter. »Es war sehr aufmerksam von dir, ihn abzuschicken, und dumm von mir, dir die ganze Wahrheit vorzuenthalten.« Er zögerte. »Ich weiß, du bist müde, aber würde es dir etwas ausmachen, ein wenig mit mir spazierenzugehen?«

Ich war einverstanden, und wir gingen durch das Gartentor und dann zum Marktplatz hinunter. Thanasset sagte nichts, sondern führte mich nur umher und ließ den Anblick für sich sprechen, den ich vorher gar nicht wahrgenommen hatte, da ich zu sehr damit beschäftigt gewesen war, Yayshah durch die Stadt zu geleiten. Obendrein würden mir die Hauptstraßen, durch die wir gekommen waren, kaum anders vorgekommen sein als zu der Zeit, als ich die Stadt verlassen hatte. Mir wäre vielleicht der schlechte Zustand des schmutzbedeckten, steinernen Straßenpflasters aufgefallen, aber ich hätte sicherlich angenommen, ein Aufseher über einen Trupp für das Pflastern der Straße zuständiger Vineh habe dieses Problem bereits auf seiner Liste notiert.

Thanasset führte mich in Seitenstraßen, die voller Abfall waren: Obstschalen, Kerne, Fleischreste, die rochen, als würden sie bald von Maden nur so wimmeln.

Wir blieben stehen, um einer Gruppe Vineh bei der Straßenreinigung zuzusehen. Zwei der blaßpelzigen, affenähnlichen Kreaturen kehrten Müll an der Seitenmauer eines Platzes zusammen. Ein weiterer Vineh folgte, der eine Schubkarre vor sich her schob. Alle drei trugen die ein wenig albern wirkenden kurzen Hosen, die irgendwie die natürliche und bösartige Rivalität zwischen den Vineh-Männchen ausschaltete, aus denen sich alle für die Stadtreinigung zuständigen Trupps zusammensetzten. Diese drei arbeiteten friedlich zusammen, aber sie wurden von zwei Gandalarern, anstatt nur einem, beaufsichtigt.

Wir gingen etwa eine halbe Stunde herum, wobei wir einen großen Teil der Stadt besichtigten, und waren kurz vor Anbruch der Dunkelheit wieder in Thanassets Garten angelangt. »Ich verstehe nicht, was du mir damit sagen willst«, sagte ich.

»Du erinnerst dich, wie der Stein bewacht war?« fragte er, und ich nickte. »Faktisch in einer Zelle, und mit einem Vorsteher, der ihn jede Minute, ob Tag oder Nacht, beaufsichtigt hat. Das System der Bewachung ist von Serkajon persönlich geschaffen worden, um zu gewährleisten, daß der Ra'ira nie mehr dazu benutzt werden kann, Menschen zu täuschen und zu manipulieren.«

Thanasset schritt durch die wachsende Dunkelheit, seine Ellbogen umfassend. Von den Sha'um kamen Geräusche aus der Hütte, aber Thanasset und das Rätsel, das er auflöste, fesselten meine Aufmerksamkeit.

»Eines Tages entdeckte ein Vorsteher, daß sich die Macht des Ra'ira auch auf die Vineh erstreckt. Man hatte schon lange erkannt, daß sie die angeborene Intelligenz und die körperlichen Fähigkeiten besitzen, einfache Aufgaben auszuführen, aber jeder Versuch, einzelne, ab und zu gefangene Vineh abzurichten, war fehlgeschlagen. Dieser Vorsteher war entsetzt von seiner ersten Verbindung mit einem Vineh-Geist – denn dieser war ungebrochen bösartig. Aber er lernte aus dieser Verbindung und begann, noch mehr zu lernen. Während einer Periode, in der ihm die Aufsicht über den Ra'ira oblag, brachte er zu einem Ratstreffen den Stein und vier männliche Vineh mit in die Ratskammer, erklärte der aufgeregten und wütenden Gruppe, daß man diesen Kreaturen leicht Fügsamkeit aufzwingen könne, und zeichnete das überzeugende Bild einer Stadt, die ihrer niedrigsten Arbeiten entbunden sein würde.«

Thanasset blieb stehen und pflückte ein Blatt von einem Busch. »Seit dieser Zeit, Rikardon, haben die Vorsteher den Ra'ira nicht einfach nur bewacht. Sie – wir – haben ihn benutzt, um die primitiven Gedanken der Vineh nach Anzeichen für Gewalttätigkeit zu beobachten und, wenn nötig, Folgsamkeit zu erzwingen.« Er wies mit der Hand in Richtung auf die Straße. »Einige der Vineh sind immer noch gefügig, wie du gerade eben gesehen hast. Wir glauben, daß dies das Resultat der langen Gewöhnung an den Gehorsam sein muß. Aber wir haben keinen Zweifel daran, daß sich diese Gewöhnung mit der Zeit abnutzen wird und sich auch diese wenigen den wilden anschließen werden, die sich über die Hänge im Westen der Stadt, unterhalb der Rakormine, verteilt haben.«

Er drehte sich zu mir um und wußte meinen Gesichtsausdruck wohl zu deuten.

»Ich weiß, es schockiert dich zu erfahren, daß der Rat nicht so uneigennützig ist, wie du geglaubt hast. Es werden Programme vorbereitet, Arbeitsgruppen zusammenzustellen, die aus Menschen bestehen; die Probleme des Abfalls und der sanitären Einrichtungen in der Stadt werden bald unter Kontrolle sein. Das wirkliche Problem liegt außerhalb der Stadtmauer. Unsere Kolonie ›zahmer‹ Vineh war größer, als irgendein natürlich gewachsener Stamm je hätte werden können, und es gibt keine wilden Stämme, die ihnen ihr Territorium streitig machen könnten. Die Stadt wird in Kürze umzingelt sein, und die umliegenden Bauern werden sich dann in Lebensgefahr befinden. Wir brauchen den Ra'ira, Rikardon. Dringend. Und bald.«

14

Jemand schrie auf der Rückseite des Hofes. Im selben Moment erscholl ein jammervolles Schmerzgeheul aus der Ziegelhütte. Thanasset und ich folgten dem menschlichen Laut. Ich stürmte durch die Tür des Badehauses und fand dort Tarani vor, die sich mit irrem Blick in der gekachelten Badewanne hin und her warf. Ich ließ mich neben sie fallen und schloß meine Arme um sie, wobei ihre seifige Haut von meiner staubigen Kleidung ganz schmutzig wurde.

Mildas Stimme ertönte vom Eingang her. »Was ist los? Stimmt etwas nicht?«

»Es ist das Sha'um-Weibchen«, stieß ich hervor und verband mich schnell mit Keeshah. Er war ungeheuer damit beschäftigt, Yayshah zur Seite zu stehen, ihr zu helfen, und sie zu lecken. Er war aufgeregt, aber nicht beunruhigt. »Die Geburt hat begonnen.«

»Das Mädchen ist mit dem Weibchen verbunden?« fragte Thanasset erstaunt. »Es gibt Frauen, die reiten?«

»Nur diese eine«, erwiderte ich kurz angebunden und damit beschäftigt, Tarani davon abzuhalten, mit den Armen gegen die Wände der Badewanne zu dreschen. »Bitte, ich werde das alles später erklären. Jetzt brauchen wir etwas Abgeschiedenheit.«

»Natürlich«, sagte Milda in ihrer praktischen Art. Sie schob Thanasset aus der Tür und schloß sie leise.

»Tarani«, sagte ich, »denk daran, du *bist* nicht Yayshah. Zieh dich von ihr zurück! Liebling, dein Leiden kann ihr nicht helfen.« Ich setzte mich in dem kalten Wasser auf, schüttelte sie und war erleichtert, ihre Augen für einen Moment flackern und sich auf mich konzentrieren zu sehen, bevor sie den Kopf zurückwarf und erneut schrie.

Ich zog sie aus dem Wasser, nahm sie in meine Arme und küßte sie auf die Lippen. Einen Augenblick lang bewegte sie sich ziellos hin und her, nicht, um sich zu wehren, sondern lediglich als Reaktion auf Yayshahs Schmerzen. Zuerst ging sie nur versuchsweise darauf ein, dann schien sie zu verstehen, daß ich ihr eine Ablenkung bot.

Als die Geräusche, die die Sha'um von sich gaben, verstummt waren, hatten sowohl Tarani als auch ich gebadet. Tarani trug den Bademantel, den Milda bereitgelegt hatte, und ich wickelte mich vorsichtshalber in das feuchte Handtuch. Wir verließen das Badehaus und gingen den Weg zur Hintertür des Haupthauses entlang, wobei wir unterwegs stehenblieben, um einen Blick auf die Hütte zu werfen, aus der nun säugende Geräusche drangen. Es war bereits Nacht, aber der Himmel war mondhell, und der Hof war erfüllt von Schatten und Licht, das aus den Fenstern des Hauses fiel.

Ich legte einen Arm um Tarani, und sie lehnte sich an mich.

»Keeshah ist so stolz, als hätte er selbst die Jungen geboren«, sagte ich. »Und das bin ich auch – obwohl ich noch viel weniger Grund dazu habe.«

»Yayshah schläft«, sagte Tarani. »Meinst du, wir könnten einen Blick auf sie werfen?«

Ich schüttelte den Kopf. »Keeshah macht immer noch ein ziemliches Getue wegen der Kleinen. Wir haben so lange gewartet – wir können sie uns ansehen, wenn wir Keeshah und Yayshah das Frühstück bringen.«

»Danke, daß du da warst, als ich dich brauchte«, sagte sie leise.

»Es war mir ein Vergnügen«, erwiderte ich und erntete ein aufrichtiges Lächeln von ihr.

Wir gingen durch die Hintertür in die Diele des großen Hauses. Auf das Geräusch des Türenschließens hin erschien Milda zu unserer Rechten aus dem Eßzimmer und Thanasset zu unserer Linken aus dem Wohnzimmer. Milda unterdrückte ein Kichern und sagte: »Ich werde noch ein Nachtessen servieren – aber nur Leuten, die *angezogen* sind.«

»Die Sha'um ...?« fragte Thanasset.

»Sie sind alle wohlauf«, erwiderte ich. »Es sind drei Junge: zwei Männchen, ein Weibchen.«

Tarani und ich gingen nach oben. In meinem Schlafzimmer fand ich saubere Kleidung vor. Milda hatte für Tarani ein Gästezimmer vorbereitet, wozu auch einige Kleidungsstücke gehörten. Tarani legte ein sehr hübsches Kleid an und sprach dann Mildas wundervollem Nachtessen zu, obwohl sie bereits ein wenig vor dem Bad gegessen hatte. Ich selber stopfte mich so voll, bis ich mich kaum noch bewegen konnte, und watschelte dann ins Wohnzimmer, wo ich ein von Thanasset angebotenes Glas Barut dankend annahm.

Milda war beim ersten Anzeichen von »Geschäft« verschwunden. Da ich die tüchtige alte Dame sowohl als Markasset als auch als Ricardo kennengelernt hatte, war ich ziemlich sicher, daß sie alles wußte, was auch Thanasset wußte, aber bei Thanassets Stellung als Vorsteher legte Milda Wert darauf, die Form zu wahren, und erwies seiner Privatsphäre offiziell ihren Respekt.

Tarani nahm ebenfalls ein Glas Barut und hörte schweigend meiner Erzählung von allem – fast allem – zu, das geschehen war, seit ich Raitshkar verlassen hatte. Das meiste davon hatte sie selbst miterlebt; meine Erfahrung mit Somil und Zanek im All-Geist allerdings war vollständig neu für sie. Als ich mit der Geschichte begonnen hatte, hatte Thanasset ihr Recht, zugegen zu sein, nicht angezweifelt. Als ich geendet hatte, drehte er sich zu ihr um und teilte ihr, ohne zu zögern, das Geheimnis mit, das er mir so lange vorenthalten hatte – die Lage im Hinblick auf die Vineh und die akute Gefahr für die Stadt.

Tarani sah ihn traurig an. »Wie es scheint, ist der

Ra'ira nirgendwo vor menschlichem Mißbrauch sicher. Ich glaube allmählich, daß er vernichtet werden sollte.«

Thanasset nickte. »Darüber ist im Rat diskutiert worden. Wir haben vor, das Juwel zu benutzen, um die Kolonie weiter nach Westen in ein Gebiet zu führen, wo es wilde Vineh gibt, um so für einen natürlichen Wettstreit um Territorium und Nahrung zu sorgen, und uns dann des Ra'iras zu entledigen.« Er zuckte die Achseln. »Dieser Plan ist noch nicht von allen akzeptiert worden, aber Ferrathyn macht sich sehr stark für ihn. Er und ich sollten mit der Unterstützung, die wir im Rat bereits haben, in der Lage sein, diejenigen zu überzeugen, die die Vineh wieder zu Arbeitskräften unterwerfen wollen.«

»Wer ist Ferrathyn«, fragte Tarani.

»Der Obervorsteher«, antwortete ich. »Ist er wohlauf, Thanasset? Als ich ihn das letzte Mal sah, schien sich sein Alter deutlicher bemerkbar zu machen.«

»Die Last, den Rat durch diese Krise zu führen, hat ihren Tribut von ihm gefordert, fürchte ich. Sein Körper scheint erschöpfter denn je zu sein, aber sein Geist ist stark und vital. Es ist beinahe so, als würde er durch das Unglück neue Energien beziehen.

Ich weiß, er hätte sich gefreut, die Geschichte von dem zweiten Schwert und eurer Suche nach Kä zu hören, und er würde sich wie ich veranlaßt sehen zu sagen, daß deine Bemühungen, Tarani, zu unseren Gunsten gar nicht hoch genug eingeschätzt werden können. Deine Bemühungen um die Führerschaft in Eddarta und um die sichere Rückgabe des Ra'ira lassen Gutes für die Rückkehr der guten Beziehungen zwischen unseren Städten vermuten.«

»Danke, Thanasset.« Sie stellte ihr Glas hin und stand auf. Das Kleid, das Milda ihr geliehen hatte, war ein paar Zentimeter zu kurz, die Sandalen waren viel zu groß für ihre zierlichen Füße, und doch schaffte sie es, königlich auszusehen. Thanasset und ich standen mit ihr auf. »Rikardon hat mir in den wenigen Augenblikken der Ruhe, die wir zusammen verbracht haben, von der Schönheit und Behaglichkeit Raithskars erzählt. Ich habe einiges von dem, was er erzählt hat, als Ausdruck der Liebe zu seinem Geburtsort aufgefaßt und nur teilweise geglaubt, aber jetzt ändere ich diese Auffassung. Es gibt Anstand und Freundlichkeit hier – Irrtümer vielleicht, wie sie Menschen immer unterlaufen, aber nur lautere Absichten.«

»Du redest von der Stadt, die Worfit hervorgebracht hat?« sagte Thanasset mit grimmigem Lächeln.

»Ich beziehe mich auf die Stadt, die sich um das Wohlergehen ihrer Einwohner kümmert, und nicht um den Profit ihrer Herrscher. In ganz Eddarta gibt es niemanden, Herr oder Knecht, der sich diesen Standpunkt zu eigen machen könnte. Es *hat* jemanden gegeben, der Raithskar verstanden und zu würdigen gewußt hätte, aber er ist in Dyskornis gestorben.«

Thanasset ergriff Taranis Hand. »Du hast in deinen wenigen Jahren viel Trauriges und manche Prüfung erdulden müssen, Tarani. Ich hoffe, du wirst dieses Haus als dein Heim ansehen.«

Sie lächelte ein wenig unsicher und drückte seine Hände. »Ich glaube, ich sage jetzt Gute Nacht«, sagte sie und verließ das Zimmer.

»Verrat mir eins, Thanasset, als du Tarani im Garten begrüßt hast – du hast nicht gewußt, daß sie als Reiter mit Yayshah verbunden ist?«

»Nein.«

»Was du getan hast – das war eine sehr freundliche, eine ganz besondere Begrüßung.«

»Natürlich. Wie sonst sollte ein Vater die Frau willkommen heißen, die sein Sohn sich als Lebensgefährtin erwählt hat?«

»Es ist tatsächlich so offensichtlich, nicht?«

»Es ist so offensichtlich.« Er runzelte die Stirn. »Es ist ebenfalls offensichtlich, daß dir irgend etwas Sorgen bereitet, Rikardon. Kann ich dir helfen?«

»Nur, wenn du mir helfen kannst, Kä zu finden.« Ich seufzte. »Das Schwert ist wichtig, weil es dazu beitragen kann, den Ra'ira aus Eddarta herauszuschaffen. Aber ich glaube, es hat noch einen anderen Nutzen. Erinnerst du dich noch an den Tag, als du mir Rika gegeben hast?«

Thanasset bemerkte sehr schnell, worauf ich hinauswollte. »Willst du damit sagen, daß Tarani auch ein Besucher ist?«

»Ich glaube es nur. Sie hegt noch nicht einmal den Verdacht.«

»Wie kann das sein?«

Ich lachte und schlug ihm auf die Schulter, wohl wissend, daß ich diesen Punkt wieder einmal umging.

»Du könntest mich ebensogut danach fragen, warum Rika mir geholfen hat, mich zu erinnern. Ich weiß die Antwort darauf auch nicht.«

Am nächsten Morgen ging ich früh auf den Markt und kaufte eine Glithseite. Ich brachte sie zurück, und dann stand ich im Garten und rief Keeshah. Aus der Hütte der Sha'um kam eine Parade heraus – Keeshah, die Jungen, dann Yayshah. Ich hörte, wie sich leise die Hintertür von Thanassets Haus öffnete, und wußte, daß Tarani, Milda und Thanasset zusahen.

Die Jungen waren gut entwickelt. Ihre Augen waren offen, die Koordination ihrer Bewegungen stimmte. Sie hatten die Größe ausgewachsener Leoparden, aber ihre Körper waren dicker, die Beine schwerer, und ihre Proportionen erinnerten mich an die Welpen großgezüchteter Hunde – Beine und Pfoten schienen, verglichen mit dem Rest des Körpers, viel zu groß zu sein.

Die drei Kätzchen hatten nicht wie ihre Eltern ein glattes Fell, sondern es war kraus und struppig. Es war ziemlich lang und dünn und sehr hell. Bei dem kleinen Weibchen waren starke Anzeichen für eine dunklere, regelmäßige Zeichnung zu erkennen, die der von Yayshah ähnelte, und daraus folgerte ich, daß die Jungen diesen »Babypelz» wohl irgendwo auf dem Weg zum Erwachsensein verlieren würden.

Ich legte das Fleisch auf den Boden. Keeshah blieb stehen, um die Jungen vorangehen zu lassen. Sie schnüffelten daran herum, bissen vorsichtig hinein – ihre Zähne waren recht zahlreich und sahen scharf aus, waren aber noch nicht vollständig aus dem Zahnfleisch herausgewachsen –, verloren dann aber das Interesse. Keeshah behielt sie im Auge, während Yayshah sich an dem Glithfleisch zu schaffen machte. Ich war überrascht, daß die Erwachsenen das Fleisch nicht in ihre Hütte zerrten, und überlegte dann, daß darin für eine fünfköpfige Familie wahrscheinlich sehr beengte Verhältnisse herrschten.

Darf ich die Jungen anfassen? fragte ich Keeshah.

Langsam, warnte mich der große Sha'um. **Frau soll Weibchen sagen.**

»Tarani«, rief ich leise zum Haus hinüber. »Würdest du Yayshah fragen, ob sie mich an die Jungen heranläßt?«

Das Mädchen kam den Weg vom Haus herunter. Dabei bewegte sie sich mit einer gekünstelten Würde, so als wolle sie die Sha'um nicht erschrecken. »Ich habe sie gefragt, ob *wir* die Jungen begrüßen dürfen. Sie ist einverstanden – sie ist ziemlich stolz auf sie.«

Die Jungen waren im Garten umhergestreift. Eines von den Männchen spürte, wie ein Zweig von einem Busch ihn am Rücken berührte, wirbelte herum, um mit einer Vorderpfote nach ihm zu schlagen, und verlor das Gleichgewicht. Die um sich dreschenden Pfoten und Schwanz erregten das Interesse der anderen beiden, und einen Augenblick später wälzte sich ein knurrendes Pelzknäuel durch Thanassets Garten. Es dauerte nicht lange, und der Lärm störte Keeshah. Er mischte sich in den spielerischen Kampf ein und trennte die Streithähne. Die Jungen waren zu schwer, um sie im Genick pakken zu können, aber die lockere Haut erwies sich als ein guter Ansatzpunkt zum Zerren. Mit einem Hieb seiner Tatze beförderte er eines der Männchen den halben Weg zum Badehaus hinunter, schnappte sich dann das andere mit den Zähnen und lenkte es in unsere Richtung. Das kleine Weibchen kam auf die Beine, duckte sich mit zuckenden Ohren und Schwanz und sah von einem Jungen zum anderen. Sie hoppelte hinüber zu dem nicht mit Beschlag belegten Männchen und warf es um. Ein paar Sekunden lang balgten sie spielerisch herum und plumpsten dann als miteinander verstrickte Pelzknäuel japsend zu Boden.

Tarani und ich freundeten uns mit dem Jungen an, den Keeshah zu uns gebracht hatte. Es war furchtlos und neugierig und schnüffelte an unseren Händen und an unserer Kleidung, wobei es sich schnell Keeshahs Vorliebe dafür zu eigen machte, hinter den Ohren gekrault zu werden.

Yayshah beendete ihr Mahl und kam zu uns herüber, während Keeshah ging, um sich seinen Anteil an der Masse rohen Fleisches und Knochen zu holen. Die Haut von Yayshahs Bauch schleifte beinahe auf dem Boden, aber es gab bereits Anzeichen dafür, daß sie sich wieder straffte. Der Pelz, der um die angespannte Haut herum fleckig und dünn ausgesehen hatte, erschien schon wieder dunkler und dichter. Tarani ging zu Yayshah und streichelte sie; das Weibchen streckte sich auf der Erde aus.

Das Junge, mit dem ich spielte, wurde plötzlich müde und schlief mit dem Kopf auf meinem Oberschenkel ein. Als die anderen Jungen ihren Bruder mit einem neuen Spielzeug sahen, kamen sie sofort heran, um der Sache auf den Grund zu gehen. Ganz kurz stieg Panik in mir auf, als mir klar wurde, daß ich momentan an die Erde gefesselt war, und daß die meisten jungen Raubtiere auf eine Weise »spielten«, bei der sie das Töten von Beute übten – aber die Jungen hatten ihren ersten Energieschub verbraucht und waren jetzt ziemlich friedlich.

Sie stöberten um mich herum, ließen sich von mir anfassen und schlugen mit eingezogenen Krallen nach meinem Arm, wenn ich ihn als Ziel anbot, bis sie ihren Bruder aufscheuchten. Dann schienen alle drei Jungen ihre Mutter zu bemerken und rieben sich an Yayshahs Bauch.

Das Weibchen kam schwerfällig auf die Beine und führte die Kätzchen zurück in das Halbdunkel der Ziegelhütte. Für den Augenblick war die Spielzeit vorbei. Das galt auch für das Frühstück. Keeshah sprang auf das Dach der Sha'um-Hütte und rollte sich zu einem Nickerchen zusammen.

Tarani und ich räumten die Überreste des Glith weg, wuschen unsere Hände und kehrten ins Haus zurück. Milda war in der Küche verschwunden, von wo der appetitanregende Duft eines Frühstücks kam. An der Hintertür trafen wir auf Thanasset.

»Sha'um-Junge, die nicht im Tal geboren worden sind«, sagte er und legte uns die Arme um die Schultern. »Es ist immer noch schwer zu glauben. Glaubst du, Keeshah und Yayshah würden mir gestatten, sie kennenzulernen?«

»Das hoffe ich ganz gewiß«, sagte ich. »Ich wollte dich und Milda darum bitten, Yayshah zu füttern und auf die Jungen aufzupassen, während wir in der Wüste nach Kä suchen.«

»Wo gerade die Rede darauf kommt«, sagte Thanasset und schob uns durch die Diele auf die Tür zum Eßzimmer zu, »du hast mich um Hilfe bei der Suche nach Kä gebeten, und es kann sein, daß mir da etwas eingefallen ist.«

»Die Wüste?« unterbrach Tarani. »Rikardon, die Jungen sind kaum geboren.«

»Natürlich will ich nur Keeshah mitnehmen. Ich glaube er wird nichts dagegen haben, Yayshah und die Kleinen bei Thanasset zu lassen – schließlich ist hier sein Heim.«

»Aber Yayshahs Heim ist es noch nicht.«

»Sie scheint sich recht wohl zu fühlen«, sagte ich irgendwie gereizt. Thanasset hatte wohlweislich seinen Platz zwischen uns aufgegeben und beobachete uns schweigend. »Thanasset kann sie mit Nahrung versorgen, und die Jungen werden noch eine Weile säugen. Sie wird auch ohne uns gut zurecht kommen.«

»*Uns?* Ich werde sie nicht verlassen.«

»Unter anderen Umständen würde ich auch nicht darum gebeten haben. Aber du weißt, was hier auf dem Spiel steht. Die Geschichte mit den Vineh ...«

»Macht ein schnelleres Handeln erforderlich, als wir vorausgesehen haben, das gebe ich zu«, winkte Tarani ab. »Wenn Keeshah Yayshah verläßt, kannst du gerne mit der Suche beginnen. Aber ich werde sie nicht verlassen.«

»Du mußt mit uns kommen.«

»Wenn ihr mich beide entschuldigen würdet«, murmelte Thanasset. »Ich werde Milda in der Küche behilflich sein.« Er verschwand durch die Eßzimmertür; wir nahmen kaum davon Notiz.

»Warum? Du hast eine Richtschnur durch den Aufnehmer und den Rat von Thanasset, den er dir noch geben wird. Zwei Augenpaare scheinen mir kein angemessener Vorteil zu sein, der die Strapazen für Keeshah, uns beide in die Wüste zu tragen, rechtfertigen könnte.«

Sie hat recht, dachte ich. *Logisch betrachtet, hat sie recht. Also, was sage ich ihr nun, um sie zu überzeugen? Ich könnte ihr die Wahrheit sagen ... Nein, nicht jetzt,* überzeugte ich mich selbst – zu leicht.

»Aus bestimmten Gründen bin ich nicht sonderlich zuversichtlich, das Schwert allein finden zu können«, sagte ich. »Ich habe einfach das *Gefühl,* nicht ohne dich gehen zu können, Tarani – vielleicht deswegen, weil ich dieses Schwert nicht als meins, sondern als deins ansehe.«

Sie stützte die Hände in die Hüften, entfernte sich ein paar Schritte und sah mich dann nachdenklich an.

»In Thagorn hast du mein und Yayshahs Mitkommen *befohlen,* und ich muß gestehen, daß ich dir diese Taktik übel genommen habe, obwohl ich den Wert deiner Entscheidung erkannt habe. Aber zumindest war dieser Zwang offen und direkt. Jetzt spüre ich noch etwas anderes in deinem Verhalten, Rikardon; alles, was du sagst, ist wahr, aber irgend etwas verbirgst du vor mir. Du *willst* nicht einfach nur, daß ich mit dir komme, du *brauchst* meine Anwesenheit irgendwie – und ich glaube nicht, daß das etwas mit der Suche nach einer alten Stadt zu tun hat.«

Sie ließ die Arme sinken und kam näher, wobei sie versuchte, in meinem Gesicht zu lesen.

»Wenn du mir sagst, warum du es so sehr willst, werde ich mit dir gehen.«

Ich schwankte, und einen Moment lang kämpfte ich verzweifelt mit der Gewohnheit des Verbergens – aber alte Gewohnheiten kann man sich nur schwer abgewöhnen.

»Ich werde es dir sagen – wenn wir Kä erreicht haben«, wand ich mich.

»Das entspricht nicht den Bedingungen«, erwiderte sie knapp.

»Mehr habe ich nicht anzubieten«, sagte ich und ergriff ihren Arm, als sie sich abwandte. »Bitte glaub mir, Tarani – du wirst alles verstehen, wenn wir das Schwert finden. Und es ist sehr, sehr wichtig.«

Sie schüttelte meine Hand ab, machte einen Schritt, drehte sich um. »Ich werde mitkommen.« Ihre Stimme ließ diese Zustimmung wie eine Drohung klingen.

15

Es war am frühen Nachmittag desselben Tages. Ich saß allein im Wohnzimmer und studierte einige alte Karten, die Thanasset mir an diesem Morgen aus seinem Büro mitgebracht hatte. Er war nach dem Mittagessen wieder dorthin zurückgekehrt, um nach Informationen über die irdene Leitung zu suchen, die einst frisches Wasser von Raithskar nach Kä befördert hatte. Ich hatte keine Ahnung, wo Tarani war; sie hatte nach dem Frühstück das Haus in der erklärten Absicht verlassen, die Stadt zu erkunden. Milda hatte einen der leichten Armsessel und ihr Strickzeug mit in den Garten genommen, um die Sha'um zu beobachten und die Kinder der Nachbarschaft, die von der Anwesenheit der Katzen verständlicherweise fasziniert waren, davon abzuhalten, über den Zaun zu klettern.

Jemand klopfte an die Tür, und ich legte die Karten beiseite, um sie zu öffnen. Eine ziemlich kleine Frau stand auf der Schwelle, in deren goldenem Kopffell sich das Licht der Sonne in darin gefangenen Wassertröpfchen brach. Sie lächelte mich unsicher an.

»Hallo, Rikardon.«

»Illia!« Ich freute mich aufrichtig, sie zu sehen. »Komm herein!«

»Ich ... nein, danke, Rikardon. Ich kann nicht bleiben. Ich habe gehört, daß du zurück seist, und daß ... ah ... jemand bei dir sei. Ich wollte nur kurz vorbeischauen und dir für den Brief danken.«

Sie hatte die Augen auf irgendeinen Punkt hinter mir gerichtet. Ich nahm ihre Hand, und schließlich schaute sie mir direkt ins Gesicht. Ich lächelte. »Bitte komm doch für einen Augenblick herein, Illia! Ich werde bald wieder fortgehen – wahrscheinlich morgen. Das ist vielleicht die einzige Gelegenheit, uns ein wenig zu unterhalten.«

Ich versuchte der Wiedersehensfreude, die ich aufrichtig empfand, Ausdruck zu verleihen, und der Versuch war insofern erfolgreich, daß sie natürlicher lächelte und nickte. Ich hielt ihr die Tür auf, führte sie dann ins Wohnzimmer, räumte die Karten vom Tisch und bot an, Milda darum zu bitten, uns Tee zuzubereiten. Illia lehnte ab, und die Situation drohte wieder peinlich zu werden.

Das Mädchen war Markassets Freundin gewesen, tatsächlich sogar seine Verlobte. Ihre Beziehung hatte vor allem drei Gründe: sexuelle Anziehung; ihr Ehrgeiz, die Frau eines Vorstehers zu werden, denn sie hatte erwartet, daß Markasset Vorsteher werden würde; und Markassets Bedürfnis, anerkannt zu werden. Illia war während der Zeremonie dabeigewesen, in der Thanasset mir Rika übergeben hatte, und hatte da erfahren, daß ich ein »Besucher« war, und daß der Markasset, den sie geliebt hatte, tot war. Sie und ich hatten einige Zeit miteinander verbracht und entdeckt, daß die sexuelle Anziehung noch vorhanden war. Wir hatten den Versuch eines Neubeginns gemacht, aber ich konnte nicht bloß ein Ersatz für Markasset sein, und es war uns bald klar geworden, daß der Aufbau einer neuen Beziehung nicht einfach sein würde.

In Dyskornis, wo ich mit dem erschreckenden Wissen um die Macht des Ra'ira konfrontiert worden war, hatte ich erkannt, daß es unmöglich für mich war, ein »normales« Leben zu führen, und dem Mädchen einen Brief geschrieben, in dem ich ihr alles Gute gewünscht, aber auch klar zum Ausdruck gebracht hatte, daß ich jede Beziehung, die über eine bloße Freundschaft hinausging, ablehnte.

»Wie ist es dir ...?« begann ich.

»Wie ich höre, hat Keeshah eine Freundin ...«, sagte sie genau im gleichen Augenblick.

Wir lachten, und ich sagte: »Ich dachte, die Nachricht hätte sich schon über die ganze Stadt verbreitet. Keeshah hat eine *Familie* – seine Gattin hat drei Junge.«

Sie klatschte in die Hände. »Sha'um-Babys? Darf ich sie sehen?«

»Wenn sie draußen sind, kannst du sie wahrscheinlich hier vom Fenster aus sehen«, sagte ich und ging zu der Bank hinüber, die sich an der Wand zwischen den beiden hohen, schmalen Fenstern befand. Sie bestanden aus kleinen, dreieckigen Glasstücken, die in einen Gitterrahmen aus Holz eingesetzt waren. Die Rahmen waren jeweils in zwei Teile geteilt, und ich öffnete den unteren Teil und bedeutete Illia, sich hinzusetzen und hinauszuschauen.

Eins der männlichen Jungen kam gerade aus der Hütte der Sha'um heraus, indem er die instinktiven Anpirschbewegungen benutzte, um sich an das kleine Weibchen anzuschleichen, das sich, wacklig auf den Hinterbeinen stehend, gegen eine Seite des Ziegelgebäudes gelehnt hatte. Sie war darin vertieft, nach Keeshahs zuckendem Schwanz zu schlagen, der vom Dach des Hauses herabhing. Der Schwanz befand sich gerade noch in ihrer Reichweite – bis ihr Bruder sie umwarf.

Der Lärm brachte das andere Männchen auf die Beine, und schnell wurde aus der Sache wieder ein Balgen zu dritt und jeder gegen jeden. Keeshah regte sich, hob den Kopf, brummte und entspannte sich wieder. Yayshah kam hinter dem Haus hervor und mischte sich in den Kampf ein, indem sie eines der Männchen wegzog und es mit einer Vorderpfote festhielt, um es mit der Zunge zu säubern.

»Sie ist wunderschön«, hauchte Illia und berührte meinen Arm, um ihrem Urteil Nachdruck zu verleihen.

Die Familienidylle bekam für mich einen besonderen Sinn, wo Illia so dicht neben mir saß. Markassets Körper hatte ihren sehr gut gekannt und fand immer noch Gefallen an ihm. Ich stand auf und versuchte, es nicht augenfällig erscheinen zu lassen, daß ich ihre Berührung mied.

»Es hat mit der Frau zu tun, die mit dir zurückgekommen ist, nicht wahr?« sagte Illia.

»Ihr Name ist Tarani, und – ja, das Sha'um-Weibchen gehört zu ihr. Es ist eine lange Geschichte, die ich in jüngster Zeit zu oft erzählt habe. Außerdem will ich erst einmal etwas von dir erfahren. Unterrichtest du immer noch? Wie geht es Zaddorn?«

»Ich unterrichte immer noch.« Sie seufzte. »Was Zaddorn anbelangt, seine Pflichten nehmen ihn sehr stark in Anspruch. Ich vermute, du hast schon von der Krankheit gehört.«

»Krankheit?«

»Die Arbeitsvineh – es hat irgendeine Seuche gegeben. Sie hat sich schnell in der ganzen Kolonie ausgebreitet. Es wird erzählt, die Schmerzen, die sie dadurch haben, machen sie bösartig, und daß es eine langwierige Krankheit ist. Einige der Vineh haben die Begrenzungsmauern der Kolonie durchbrochen und streifen in der Gegend umher. Zaddorn hat seine Truppe für Frieden und Sicherheit fast verdoppelt, um die Straßen mit Wachen versehen zu können, und um zu versuchen, die Vineh aufzuspüren, die von der Krankheit nicht befallen und einfach weggegangen sind, weil der Weg für sie frei war.« Sie hielt verwirrt inne. »Sicherlich hat Thanasset dir davon erzählt?«

»Er hat etwas über Ärger mit den Vineh erzählt«, wich ich aus, »aber, um die Wahrheit zu sagen, wir waren zu sehr mit den Sha'um beschäftigt, um viel an andere Dinge denken zu können.«

So hat der Rat also die plötzliche Feindseligkeit der Vineh erklärt, dachte ich. *Ich frage mich, ob Zaddorn die Wahrheit kennt.*

Illia stand auf. »Ich muß wirklich gehen, Rikardon – ich muß den Unterricht für morgen vorbereiten.«

Ich begleitete sie zur Tür. »Richte Zaddorn meine

besten Wünsche aus und grüß auch deine Eltern von mir.«

Auf der Schwelle drehte sie sich noch einmal um und lächelte mich an. »Es freut mich, daß ich dich wiedergesehen habe, Rikardon. Und ich danke dir wirklich, daß du mir geschrieben hast – ich nehme es als einen Beweis für deine Rücksichtnahme und deine Aufrichtigkeit. Wenn du, wie du sagst, Raithskar bald wieder verläßt, will ich mich jetzt von dir verabschieden.«

Sie stellte sich auf die Zehenspitzen und küßte mich auf die Wange, und ich drückte sie an mich.

Genau in diesem Moment kamen Tarani und Thanasset Arm in Arm die Straße entlang.

»Hallo, Illia«, sagte Thanasset ohne jede Verlegenheit, aber indem er mir einen raschen Wink gab, um anzudeuten, daß er die Situation richtig einschätzte. »Darf ich dir unseren Gast vorstellen, eine Reisende aus Eddarta? – Tarani, das ist Illia, eine gute Freundin von uns.«

Die zwei Frauen stellten einen scharfen Kontrast dar – Illia klein und golden, Tarani groß und dunkel. Illia betrachtete Tarani trotz eines schnellen Versuchs, ihre Reaktion zu verbergen, in der Art einer Konkurrentin, die eine Gegnerin abschätzt. Tarani verfügte von Natur aus über eine Menge Gelassenheit, und hinzu kamen die Jahre der Bühnenerfahrung. Alles zusammen half ihr dabei, ihre Gemütsruhe rein äußerlich zu bewahren, aber ihrem Lächeln und ihren an Illia gerichteten Begrüßungsworten fehlte jede Wärme.

Als Illia auf der Straße verschwunden war, bemerkte ich, daß sowohl Thanasset als auch Tarani Pakete bei sich trugen. Sie kamen ins Haus und öffneten sie – Tarani war auf dem Markt gewesen und hatte dort zusätzliche Wasserbeutel für unseren Streifzug durch die Wüste erstanden, während Thanasset einige zerknitterte und verblaßte Aufzeichnungen mitgebracht hatte, die, wie er hoffte, mir eine Vorstellung davon vermitteln würden, wo ich mit der Suche beginnen sollte, weil auf ihnen eine uralte Wasserleitung eingezeichnet war, von der vielleicht noch Reste vorhanden waren.

»Das hier ist auch für dich«, sagte Thanasset, zog ein jünger aussehendes Blatt aus dem Stapel alten Papiers und gab es mir. »Ferrathyn war heute morgen kurz in seinem Büro. Ich habe mir erlaubt, für dich zu sprechen, Rikardon. Ich habe ihn dazu eingeladen, einmal hereinzuschauen und die Ergebnisse deiner Reise aus erster Hand zu erfahren. Ich fürchte, ich habe ihn mit der Beschreibung von Keeshahs Familie ein wenig unfair aufgezogen«, sagte er lächelnd. »Er schien ganz interessiert zu sein, hat aber über Schmerzen in den Gelenken geklagt – es war sichtlich anstrengend für ihn, sich zu bewegen.

Ich habe ihm dann in geraffter Form von deinen Abenteuern und deinen gegenwärtigen Plänen erzählt. Er war überrascht und hat es sehr bedauert, daß du Raithskar morgen schon wieder verläßt, und daß er keine Gelegenheit haben wird, mit dir zu sprechen und Tarani zu begrüßen.«

Ich faltete das Blatt auseinander – es war ein Brief vom Obervorsteher, in präziser und gerader Handschrift geschrieben:

Mein Freund,
bitte gestatte mir, mich im Namen des ganzen Rats zu bedanken und zu entschuldigen. Es waren unsere kurzsichtigen und dummen Vorschriften, die, aus der Gewohnheit der Täuschung heraus geboren, Thanassets Zögern bewirkt haben, sich dir vollkommen anzuvertrauen. Seiner Meinung nach hätten dir ein paar Worte von ihm vor deiner letzten Abreise aus Raithskar viele Ungelegenheiten erspart.
Bitte sei so nett und richte der Dame Tarani meine Grüße aus. Verleih meiner Hoffnung Ausdruck, sie in der allernächsten Zukunft bald einmal persönlich kennenzulernen. Die guten Wünsche des Rats begleiten sie nach Eddarta.

Raithskar kann sich glücklich schätzen, daß deine Stärke und Einsatzbereitschaft in unseren Diensten stehen, Rikardon. Du hast die Dankbarkeit einer belagerten Stadt und ihres Obervorstehers.

– Ferrathin

Ich reichte das Blatt weiter an Tarani, die es las und Thanasset gab. Als er es gelesen hatte, sagte Tarani: »Bitte sag dem Obervorsteher, daß ich mich ebenfalls auf unsere Begegnung freue. Und ich danke ihm dafür, daß er sich die Zeit genommen hat, den Brief zu schreiben«, fügte ich hinzu, »und sag ihm bitte, ich hätte den Wink mit dem Zaunpfahl verstanden. »Belagerte Stadt«, zitierte ich lachend. »Raffiniert. Sag ihm, wir werden uns beeilen.«

Die Aufzeichnungen hatten uns zwar einige Informationen gegeben, halfen uns aber wenig dabei, die Lage von Kä zu ermitteln. Sie hatten bestätigt, daß tatsächlich eine Leitung aus irdenen Kacheln gebaut worden war, und daß sie Wasser aus dem Teich unter den Skarkelfällen nach Kä transportiert hatte. Aber nachdem Thanasset stundenlang daran gearbeitet hatte, die stark verblaßten Notizen zu entziffern, hatte er erklärt, daß die Leitung *nicht* in ihrer gesamten Länge über der Erdoberfläche gelegen hatte, sondern daß in manchen Gebieten Kanäle ausgehoben und mit Kacheln ausgekleidet worden waren, während in anderen natürliche Spalten nutzbar gemacht worden waren.

Die unterirdischen Teile der Leitung konnten wir unmöglich aufspüren, aber Tarani und ich begannen mit unserer Suche westlich von Raithskar, indem wir nach Spuren der Oberflächenkonstruktion suchten, die wir als Ausgangspunkt benutzen konnten. Keeshah, der sich Thanassets Hingabe an seine Familie sicher war, freute sich auf die Reise – es schien schon lange her zu sein, daß wir die Freuden eines langen Rittes geteilt hatten. Tarani hatte sich von Yayshah weniger zufrieden getrennt, aber hatte widerwillig berichtet, das Weibchen habe weniger protestiert, als sie erwartet habe.

Insgeheim glaubte ich, daß Yayshah und Keeshah beide ein bißchen froh über die zu erwartende mehrtägige Trennung waren.

Ich hatte Thanassets Kartensammlung studiert, um zu überprüfen, ob sich die Lage von Raithskar und Omergol im Laufe der Zeit eventuell verändert hatte, und war zu dem Schluß gekommen, daß das nicht der Fall war. Somil hatt die Lage von Kä als etwa gleichweit und jeweils acht Karawanentage von beiden entfernt beschrieben. Das entsprach sechs Mann-Tagen auf der Karte – ein Mann-Tag ist die ungefähre Strecke, die ein Mann an einem Tag gehen kann, eine Strecke, die meiner Schätzung nach etwa fünfzig Kilometern entspricht. Nach diesen Angaben hatte ich auf verschiedenen Karten die ungefähre Lage von Kä bestimmt, und ich hatte eine ziemlich genaue Vorstellung davon, nach welchem Gelände wir Ausschau halten mußten. Ich hatte bereits beschlossen, höchstens zwei Stunden nach Resten dieser Wasserleitung zu suchen. Danach würden wir uns, mit oder ohne diesen ermutigenden Ausgangspunkt, nach Südwesten in die Wüste Kapiral aufmachen.

Tarani ritt hinter mir auf Keeshah, und wir waren beide mit Beuteln aus zusammengenähten Tierhäuten beladen, die mit dicken Schnüren zusammengebunden waren und auf unseren Oberschenkeln ruhten. Meine Beutel enthielten getrocknetes Fleisch und Obst sowie Wasser. Tarani trug ausschließlich Wasser, und wir hatten beide noch zwei kleinere Beutel an unseren Gürteln befestigt. Keeshah konnte uns in zwei Tagen in das Gebiet bringen, in dem wir Kä vermuteten, und uns in der gleichen Zeit wieder zurückbringen. Ich hatte zwei Tage für die Suche einkalkuliert, und bei sparsamem Umgang würden Tarani und ich die sechs Tage mit der Nahrung, die ich bei mir hatte, leicht auskommen. Keeshah hatte sich am Morgen sattgefressen und würde während dieser Zeit nichts mehr brauchen. Er würde zwar hungrig werden, aber nicht verhungern.

Tarani und ich waren für die Wüste gekleidet und trugen Tuniken, die lose an unseren Körpern hingen, aber sicher an Hals und Handgelenken befestigt waren, sowie Hosen, die in wadenhohen Stiefeln aus weichem Leder steckten. Die dreieckigen Halstücher, mit denen wir Kopf und Gesicht bedeckten, sobald wir in der Wüste waren, konnten auch als nasse Tücher für Keeshah benutzt werden, falls dies notwendig werden sollte. Wir waren also gut ausgerüstet, was die Reise betraf.

Taranis Schweigen belastete mich. Es verstärkte sowohl mein Schuldgefühl als auch meine innere Unruhe. Was auch sonst noch auf dieser Reise geschehen mochte, ich wußte, ich würde gezwungen sein, Tarani die volle Wahrheit zu sagen – über mich und über sie. Ich freute mich auf die Erleichterung, die damit verbunden sein würde, es hinter mir zu haben, aber nicht auf die ungewissen Auswirkungen auf unsere Beziehung, die das nach sich ziehen mußte.

Illia wiederzusehen, hatte mir wieder einmal klargemacht, wieviel Herausforderung, Vielfalt und Mut diese Frau darstellte, die hinter mir ritt – und wieviel sie mir bedeutete.

Es waren ihre scharfen Augen, die die Spuren entdeckten, die wir suchten, ein Kamm in einem Kornfeld, der zu gerade war, als daß er natürlichen Ursprungs hätte sein können. Wir folgten ihm ein paar Minuten lang nach Südwesten und schauten uns dann um. Er bildete eine gerade Linie zwischen uns und dem entfernteren grau-weißen Punkt, der sich gegen das dunklere Grau einer von Wolken gekrönten Böschung abhob – dem Fuß der Skarkelfälle.

Der kurze Blick wäre uns beinahe teuer zu stehen gekommen. Keeshah erkannte die Gefahr rechtzeitig und preschte los, während sein Geist die Warnung ausstieß: **Vineh!**

Tarani und ich wurden zwar durch Keeshahs plötzlichen Satz nach vorn nicht abgeworfen, sprangen aber aus eigenem Antrieb von ihm herunter, während er herumwirbelte, um dem halben Dutzend affenartiger Kreaturen zu begegnen, die sich durch das hohe Getreide an uns herangepirscht hatten. Wir warfen unsere Ausrüstung ab, zogen unsere Schwerter und Dolche und bezogen Position an Keeshahs Seite.

Die Vineh waren ebenfalls ausgeschwärmt, bis jedem von uns zwei gegenüberstanden. Nur die vor Keeshah zögerten; die anderen Vineh griffen an.

Die zwei, die ich gegen mich hatte, waren zwei erwachsene Männchen, deren Hände genauso leistungsfähig waren wie die eines Mannes, die aber wesentlich muskulöser waren. Sie waren mit einem blassen, gelockten Fell bedeckt, das Schlägen mit stumpfen Gegenständen die Wirkung nahm; unbewaffnet hätte ich keine Chance gegen sie gehabt. Die zweischneidigen Waffen verdienten sich jedoch schnell ihren Respekt, und sie wichen zurück. Die Wesen waren intelligent genug und ausreichend in der Lage, in einem Team zusammenzuarbeiten – ein Beispiel dafür hatten wir mit der wilden Gruppe erlebt, auf die wir in der Nähe von Sulis gestoßen waren. Es erstaunte mich, daß diese Kreaturen, die erst vor so kurzer Zeit von der Gewohnheit der Fügsamkeit befreit worden waren, bereits diesen Grad an Kooperation erreichen konnten. Es erstaunte mich – aber ich hatte keine Zeit, darüber nachzudenken.

Sie gingen beide gleichzeitig auf mich los, einer griff meine Beine an, und der andere versuchte, meinen Schwertarm zu packen und zu lähmen – eine ziemlich einfache Vorgehensweise, wenn der Vineh seine mächtigen Kiefer in Reichweite meines Armes bekam. Ich fuhr herum, deckte mit dem Dolch meinen Körper und stieß ihn dem Vineh in die Seite, der versuchte, meinen Arm zu fassen. Der verwundete Vineh stieß einen hohen, gurgelnden Schrei aus und brach zusammen. Nicht weit von ihm entfernt ging ich selbst zu Boden, wobei ich nach dem Vineh trat, der versuchte, mir ein Stück aus meinem Bein zu beißen. Ich stach mit dem Schwert zu, das auch traf, jedoch keinen lebenswichtigen Punkt. Indem ich mich hin und her wälzte und um mich trat, beschäftigte ich den Vineh zu sehr, als daß er mit seinen Zähnen hätte zupacken können, aber er veränderte langsam seine Position, um meine Bewegungen einzuschränken, und seine Kehle war jenseits meiner Reichweite und durch seinen Körper geschützt.

Ich geriet langsam in Panik, als der Vineh losließ und nach oben schoß, dann in der Nähe seines gefallenen Kameraden auf dem Boden aufprallte. Im Nu war Keeshah über ihm, seine Zähne schlossen sich um den Hals der Kreatur – und plötzlich war alles vorbei.

Tarani hatte bei dem Gefecht eine zerrissene Tunika und ein paar Kratzer davongetragen; mir war es ähnlich ergangen. Keeshahs Hauptverlust war seine Gemütsruhe; sein Geist brodelte noch in der Raserei des Kampfes und im Haß auf die Vineh, und in den nächsten Minuten verbrauchte er eine Menge Energie damit, ihre Leichen mit Prankenhieben umherzuschleudern.

Mir fiel jedoch auf, daß er nicht das Fleisch der Vineh aß.

Tarani und ich sammelten unsere Beutel ein und entdeckten, daß einer der Wasserbeutel beschädigt worden war.

»Willst du zurück, um Ersatz zu holen?« fragte ich.

»Können wir es auch ohne dieses Wasser schaffen?«

»Ich denke schon.«

»Dann sage ich, wir trinken aus, was noch in diesem Beutel ist, und setzen unsere Reise fort. Wir haben einen Beweis für die Notwendigkeit zur Eile gesehen.

Und mir liegt sehr viel daran, diese Aufgabe hinter mich zu bringen.«

Ich stimmte zu und tastete nach Keeshahs Geist, mit der Absicht, ihn zu beruhigen. Ein paar Minuten später waren wir unterwegs und jagten durch die südwestlichen Ausläufer von Raithskars Ackerland.

16

Es stellte sich heraus, daß Kä zu finden der leichte Teil der Reise war. Wie erwartet, verloren wir bald den erhöhten Kamm als Wegweiser, aber Markassets gandalarische innere Bewußtheit half mir dabei, mir ein ziemlich genaues Gefühl für die Richtung zu bewahren. Der gesunde Menschenverstand und das Wissen über den Stand der gandalarischen Technik – zum Beispiel der Mangel an Hochdruck-Pumpvorrichtungen – legten den Schluß nahe, daß Kä auf einer geringeren Höhe liegen mußte als die Skarkelfälle. Die Karten, die ich mitgenommen hatte, wiesen genug Einzelheiten über Geländeformationen auf, um diesen Schluß zu bekräftigen, und die physikalischen Merkmale der Landschaft entsprachen dem, was ich erwartet hatte.

Der Skarkelfluß floß südöstlich der Stadt und seine Schnittstelle mit der Kapiral bildete einen tückischen, salzigen Sumpf. Im Südwesten war das Land weniger bewässert und daher auch weniger fruchtbar. Wir hatten bald alle Spuren von Ackerland hinter uns gelassen und reisten durch das armselige, graue Gebüsch, das irgendwie im salzigen Sand der gandalarischen Wüsten überleben kann.

Im Verlauf der Reise bemerkten wir, daß wir großflächigen, flachen Treppenstufen folgten – ebenen Plateaus, die allmählich abwärts führten. Es war windstill, aber wir wirbelten ständig Wolken aus feinem, beißenden Staub auf, und wir wickelten uns die Halstücher fest um das Gesicht, so daß nur die Augen unbedeckt blieben. Es war nicht die erste Wüste, die wir drei zusammen durchquerten, noch war es das schwierigste Unternehmen dieser Art – aber es war unangenehm. In

Gandalara ist es immer heiß, aber die Beschaffenheit des Wüstensandes machte die Hitze erstickend.

Wir folgten dem üblichen Schema der Wüstenreise, drei Stunden zu reiten und eine Stunde zu rasten, wobei Keeshah zusätzliche Ruhepausen erhielt, wenn er darum bat. Dadurch verringerte sich unsere Reisezeit um fast ein Viertel, so daß wir am Nachmittag unseres zweiten Reisetages die Gegend erreichten, in der ich Kä vermutete.

Die Bodenformationen, denen wir folgten, wurden immer ausgeprägter, und schließlich näherten wir uns einem Kamm, der das Ende eines der langen, ebenen Plateaus markierte. Keeshah trug uns den Kamm hinauf – und wir sahen auf Kä hinunter.

Tarani schnappte nach Luft und sprach aus, was ich dachte. »So einfach kann es doch gewiß nicht sein.«

Ich schüttelte den Kopf. »Wir haben die Stadt gefunden, aber nicht das Schwert. Als ich an Zaneks Erinnerungen teilgehabt habe, habe ich einen riesigen Raum gesehen, wo er die Bronze ausgestellt hat. Es muß ein sehr großes Gebäude sein, das diesen Raum umschließt, wahrscheinlich im Regierungszentrum der Stadt. Irgendwelche Vermutungen?«

Kä war gewaltig. Zufällig waren wir gerade auf den Aussichtspunkt gestoßen, von dem aus man den besten Blick auf die Stadt hatte. Wir stiegen ab, genehmigten uns und Keeshah eine Wasserration und schauten dann einige Zeit hinab auf den Regierungssitz des alten Königreichs.

»Ich verstehe das nicht«, sagte Tarani. »Die Stadt liegt absolut nicht ›versteckt‹ – sie scheint im Laufe der Jahre kaum Schaden erlitten zu haben. Warum ist sie nicht entdeckt und geplündert worden?«

»Wir wissen nicht, ob es nicht doch geschehen ist. Wenn ja, dann wette ich, daß es gleich nach dem Zusammenbruch des Königsreichs passiert ist, als die Leute sich noch daran erinnerten, ganz besonders an den Reichtum der Stadt. Und warum niemand weiß, wo sie jetzt liegt«, sagte ich achselzuckend, »wen interessiert das schon? Hinter der Stadt liegt nichts als Wüste. Selbst diese Berge ...« – ich deutete auf die schroffen Gebirgsausläufer, die nicht weit entfernt im Westen aufragten – »sind staubtrocken. Es gibt hier nichts, was Menschen dazu veranlassen könnte, in diese Richtung oder gar noch über Kä hinaus zu ziehen, so daß das Wissen über die Lage der Stadt im All-Geist aufgefrischt worden wäre. Wenn sie höher gelegen und von dem Wüstenweg zwischen Raithskar und dem Erfrischungshaus von Yafnaar aus zu sehen wäre, aber schau sie dir an – sie liegt in einer Senke.«

Sie schaute sie sich an. »Die Gebäude da drüben am entfernten Ende der Stadt – diese regelmäßige Gruppierung, siehst du sie?«

Ich folgte der Richtung ihres ausgestreckten Arms und sah, was sie meinte: ein großes Gebäude in der Mitte, und darum herum mehrere kleine. Es erinnerte an die Anordnung von Lordstadt – eine weitere Ermutigung, da der Letzte König derjenige gewesen war, der die Anlage dieser Siedlung oberhalb von Eddarta entworfen hatte. Der Rest von Kä hätte auch von Raithskar nach hierher versetzt worden sein können. Man sah ein weitflächiges, unbebautes Gebiet in der Nähe des großen Gebäudes, das Tarani bemerkt hatte, und mehrere kleinere freie Flächen waren darum herum verstreut. Ich nahm an, daß sie, wie in Raithskar, als Marktplätze gedient hatten.

»Ich glaube, du hast recht«, sagte ich. »Sollen wir es uns mal ansehen?«

»Wir gehen in die Stadt und in das erste Gebäude, das uns Schutz vor der Hitze bieten kann. Dann wirst du mir erzählen, warum es für mich so wichtig war, mit hierher zu kommen. *Dann* erst werden wir nach dem Schwert suchen.«

Ich öffnete den Mund, schloß ihn aber wieder.

Die Zeit ist gekommen, ging es mir durch den Kopf. *Sie hat recht; ich habe keinen Spielraum mehr, um es noch länger hinauszögern zu können.*

Keeshah trug uns den Abhang hinter dem Kamm hinunter, der weniger steil war, als es den Anschein gehabt hatte, dann durch die Straßen von Kä. Ich hatte mich nicht getäuscht, als ich das Baumaterial als Stein identifiziert hatte, zumindest, was die Gebäude betraf, die wir vom Kamm aus gesehen hatten. Ihre Mauern bestanden aus kleinen Steinen, die nach Größe und Farbe ausgewählt und zusammengestellt worden waren. Was für ein Material auch benutzt worden war, um die Steine zu verfugen, es war unter dem Gesichtspunkt langer Haltbarkeit entwickelt worden – selbst nach Jahrhunderten wies der Stein stärkere Erosionsspuren durch den Sand auf als die Füllmasse.

Jedoch hatte es einmal mehr Gebäude in der Stadt gegeben als jetzt. Das Land von der Basis des Kamms bis zum ersten Steingebäude war mit kleinen Erhöhungen und Löchern übersät, und Keeshah fand es schwierig, sich darin fortzubewegen, bis er eine glatte, gerade Fläche entdeckte.

»Wir sind auf einer Straße«, sagte ich, als es mir wie Schuppen von den Augen fiel. »All diese Erhebungen hier sind Gebäude, die aus *Salzblöcken* gebaut wurden.«

»Wie die Erfrischungshäuser? Aber die scheinen doch genauso dauerhaft zu sein wie Stein.«

»Sie werden gewartet«, erklärte ich aufgeregt. »Risse in der Oberfläche können durch gesättigten Salzschlamm gekittet werden, aber die kristalline Struktur wird sich mit der Zeit völlig auflösen, so, wie es hier der Fall gewesen ist. Die Fa'aldu können ganze Blöcke ersetzen, wenn es notwendig ist, wodurch auch der Rest des Bauwerks neue Festigkeit und Lebensdauer erhält. Hier war niemand, der sie hätte pflegen können, und schließlich sind sie einfach zerfallen.«

»Du redest davon genauso wie von der Sprache, als

ob du den Zerfall von Städten studiert hättest«, sagte sie.

»Äh ...«

Sie deutete auf ein Gebäude. »Da, das Steinhaus. Es hat zwar kein Dach mehr, aber es ist innen sicher kühler. Wir werden dort anhalten.«

In dem Gebäude war bemerkenswert wenig Sand – was ohne Zweifel auf die drückende, stehende Wüstenluft und das Fehlen des Windes zurückzuführen war. Am Eingang trennte sich Keeshah von uns. Während er sich zum Ausruhen zusammenrollte, räumten Tarani und ich einen Haufen versteinerter Holzstücke beiseite, die einmal ein Eßtisch gewesen sein mußten.

Wir setzten uns in den Schatten der Mauer, und ich bot Tarani etwas zu essen an. Sie schüttelte den Kopf. »Ich bin in erster Linie wahrheitshungrig«, sagte sie.

»Also gut«, sagte ich, nachdem ich schonendere Arten des Beginnens erwogen und wieder verworfen hatte. »Ich habe dich belogen. Ich bin kein ›Besucher‹ – jedenfalls nicht so, wie du den Begriff verstehst.«

»Aber du bist auch nicht Markasset.«

»Nein. Ich hatte einen anderen Namen, ein anderes Leben auf einer anderen, von dieser *völlig verschiedenen,* viel größeren Welt. Auf meiner Welt gibt es ein Pleth, das größer ist als das gesamte Landgebiet hier, und Rakor ist etwas so Gewöhnliches, daß es dazu benutzt wird, Städte damit zu bauen, die größer sind als alle gandalarischen Städte zusammengenommen. Die Menschen in meiner Welt sprechen viele verschiedene Sprachen.«

Sie runzelte die Stirn. »Ich finde das – schwer zu glauben. Es gibt im All-Geist keinen Hinweis auf ein derartiges Zeitalter.«

»Meine Welt hat keinen All-Geist«, sagte ich und hörte, wie sie den Atem anhielt. »Ich habe über die Vergangenheit meiner Welt etwas erfahren, indem ich gelesen habe, was andere Menschen niedergeschrieben haben,

Zwischendurch: [redacted] „Ich bin in erster Linie wahrheitshungrig ...“ betont Tarani bei der Rast auf der Suche nach der Wasserleitung. [redacted] Tatsächlich erleben wir es ja selbst oft sehr ähnlich: Eine Aufgabe nimmt uns so gefangen, daß an eine große Mahlzeit gar nicht zu denken ist – sie lenkt zu sehr ab. Etwas Warmes für zwischendurch aber ist immer zu empfehlen: 5 Minuten Pause zum Überdenken der Situation und neue Energie, die nicht belastet ... Dazu braucht es nicht viel – etwas heißes Wasser, einen Löffel und ... [redacted]

und indem ich Städte wie diese hier besucht habe, jahrhundertelang in der Wüste verloren. Allerdings sind meine Wüsten anders. In ihnen wehen konstante Winde, die den Sand so hoch auftürmen, daß unsere alten Städte unter Tonnen davon begraben liegen.«

Lange Zeit schwieg sie, dann fuhr sie mich plötzlich an: »Warum hast du mir das nicht von Anfang an erzählt?«

»Ich habe befürchtet, du würdest mir nicht glauben können.«

»Du hast das sehr seltsam formuliert. Nicht, daß ich es nicht glauben *würde,* sondern daß ich es nicht glauben *könne.* Hast du gedacht, die Wahrheit würde mich ängstigen?«

»Ja. Ist das nicht der Fall?«

»Die Fremdartigkeit beunruhigt mich, aber dadurch werden viele Dinge erklärt, die mich viel mehr beunruhigt haben. Zum Beispiel – deine Fähigkeit, der Geistesmacht zu widerstehen. Eine Fähigkeit, die, wie die Gelehrten glauben, mit dem All-Geist in Beziehung steht. Das ist mir merkwürdig vorgekommen; ich hatte das Gefühl, daß das bloße Vorhandensein von zwei Identitäten nicht allein für die Immunität verantwortlich sein kann. Wenn du niemals ein Teil des All-Geistes warst, dann ist es logisch, daß eine Macht, die mit ihm verwandt ist, keinen Einfluß auf dich hat.

Ich habe immer gewußt, daß du anders *denkst* – mit größerer Unvoreingenommenheit, *manchmal* mit mehr Logik.« Ihre Stimme wurde schroffer. »Ich sage ›manchmal‹, weil ich darin, daß du die Wahrheit verheimlicht hast, keine Logik erkennen kann. Deine Irreführung hat nur für Verwirrung und Mißtrauen gesorgt. Was hast du damit gewonnen?«

Ich zögerte.

»Da ist noch mehr«, behauptete sie entschieden. »Sag es mir!«

»Der Teil wird noch schwerer zu glauben sein«,

warnte ich sie. »Kurz bevor ich in Markassets Körper erwacht bin, ist mir in meiner eigenen Welt ein merkwürdiges Unglück widerfahren. Ich kann dir nicht sagen, was geschehen ist, oder warum es geschehen ist – aber ich *habe* erfahren, daß die Person, die bei mir war, ebenfalls nach Gandalara gekommen ist. Die Person, in deren Körper sie geschlüpft ist, war noch am Leben, und ...«

»Das reicht!« sagte Tarani und stand auf. Ich eilte hinter ihr her und hielt sie fest. Sie wehrte sich, wobei sie mich nicht ansah, und ihre Lippen waren zu einer dünnen, trotzigen Linie zusammengepreßt. »Laß mich los!«

Ich schüttelte sie und schrie sie aus Wut und Angst und dem Bedürfnis heraus an, nun alles offenzulegen. »Du kannst nicht die Wahrheit verlangen und dich dann vor einem Teil davon drücken. In Gandalara befindet sich eine Frau aus meiner Welt; ihr Geist, ihre Gedanken und ihre Persönlichkeit *sind in dir lebendig*, Tarani! Sie hat dich auf eine Art und Weise beeinflußt, die du dir gar nicht richtig vorstellen kannst. Vielleicht hilft sie dir sogar jetzt, in diesem Moment – *sie* könnte der Grund dafür sein, warum dich die Kenntnis von meiner Welt nicht ängstigt.«

»Nein!« schrie Tarani und begann sich heftig zu wehren, aber nicht mit der Absicht, sich zu befreien – was mir ganz gewiß einige blaue Flecke ersparte. Ich hielt während des gesamten Temperamentsausbruchs ihre Handgelenke fest, und plötzlich wurde sie ruhig. Sie stand keuchend vor mir, die Hände zu Fäusten geballt.

»Seit wann ›hilft‹ mir deine Freundin schon?« fragte sie mit leiser, boshafter Stimme.

»Ich glaube – seit der Aufnehmerschule. Du hast mir von einer Periode der Verwirrung erzählt, als du die Schule verlassen hast. Ich glaube, da ist sie gekommen, und du hast gewußt, daß sie da ist, und ein Grund dafür, warum du dich geweigert hast, deine Fähigkeiten als Aufnehmerin zu benutzen, ist der, daß dich das an diese Zeit erinnert hätte. Ich glaube, du hast dich vor ihr gefürchtet, Tarani – aber sie hat deine Furcht und deinen Haß nicht verdient. Sie hatte in dieser Angelegenheit nicht mehr Entscheidungsfreiheit als du.«

»Du glaubst wahrhaftig, daß in mir eine andere Person ist?« fragte sie in demselben leisen Tonfall.

»Das tue ich. Ich – habe mit ihr gesprochen.«

»Und daß sie mir ›geholfen‹ hat – mich durch Molik herabzuwürdigen, mich mit Yayshah zu verbinden, zu ...« – sie stockte – »zu lernen, dich zu lieben? Daß es seit der Schulzeit nichts in meinem Leben gibt, wofür ich selber verantwortlich bin, sei es nun etwas Gutes oder etwas Schlechtes?« Sie hatte die Stimme erhoben.

»Ist es denn so fürchterlich, deine Vergangenheit auf diese Weise zu *begreifen,* Tarani? Sie hat es doch nicht böse gemeint!«

»Sie – wer? Wer ist *sie?* Wer *war* sie, für dich, bevor ihr beide hierher gekommen seid?«

»Ihr Name ist Antonia. Wir hatten uns gerade erst kennengelernt, als das Unglück geschah.«

»Wie kannst du dann für ihre Absichten eintreten?«

Ich begann die Geduld zu verlieren. Widerstand hatte ich erwartet – aber Eifersucht? »Ich kann es nicht«, sagte ich. »Warum fragst du nicht *sie,* was du wissen willst?«

Tarani wurde sehr still.

»Ist das möglich?«

»Ich glaube, das Schwert kann es möglich machen.« Ich ließ ihre Arme los. Sie ließ sie sinken und trat zurück, um sich gegen die Mauer zu lehnen. »Erinnerst du dich, daß ich dich in Dyskornis gefragt habe, ob es dich stört, daß ich ein Besucher bin? Du hast daraufhin gefragt, ob das nicht gerade der Grund dafür sei, warum wir in dieses ganze Durcheinander verwickelt sind.

Tarani, als ich in Gandalara angekommen bin, war Markasset tot. Ich hatte nicht einmal die volle Kontrolle über seine Erinnerungen – bis ich Serkajons Schwert berührte. *Dieses* Schwert hast du ohne Ergebnis berührt.

Aber wir sind zwei, und es gibt zwei von diesen Schwertern.«

»Und du glaubst, daß das, welches in Kä zurückgeblieben ist, die, die Antonia genannt wird, befreien wird?« fragte sie, und die Bitterkeit in ihrer Stimme versetzte mir einen Schock.

»Ich weiß nicht, was es bewirken wird. Du befindest dich in einer ganz anderen Situation. Was ich aber weiß, ist, daß ihr zwei nicht weiterhin völlig getrennt in ein und demselben Körper existieren könnt. Man kann unmöglich erwarten, daß deine Entscheidungen nicht von Antonia mit beeinflußt werden – und jetzt, wo du von ihr weißt, schon allein dadurch, daß du sie der Einmischung verdächtigen würdest. Das Schwert mag überhaupt nichts bewirken. Aber es scheint der einzig mögliche Schlüssel zu sein.«

»Das ist also der wirkliche Grund, aus dem du das zweite Rakorschwert suchen wolltest«, sagte sie. »Nun, dann wollen wir das Ding auch *finden!*«

Sie rannte aus dem Gebäude und die Straße hinunter, genau auf das große Viereck zu, in dem wir den Regierungssektor der Stadt vermuteten. Ich folgte ihr, wobei mir ein gerüttelt Maß an Panik das Atmen erschwerte. Wir gingen in das größte Gebäude und durchsuchten alle Räume. Ein Hauch der prächtigen Ausstattung war immer noch in Gestalt von Wandmalereien, versteinerten Holzschnitzereien und staubtrockenen Bündeln von Wandteppichen vorhanden, die schon längst von ihren Aufhängern herabgefallen waren.

Das Schwert war nirgends.

17

»Zefra hat gesagt, daß das Schwert vom Letzten König im Zorn auf die Sharith weggeworfen worden ist, als er Kä verließ«, erinnerte Tarani mich. »Wenn das stimmt, muß es ganz offen dagelegen haben. Es hätte leicht jemandem in die Hände fallen können.«

»Es ist an sich zu wertvoll, um es zu zerstören, und seit den letzten Tagen des Königreiches hat niemand von ihm gehört. Es muß immer noch hier sein – irgendwo.«

Tarani lehnte sich gegen eine Mauer und verschränkte die Arme. »Weil es deine ›Bestimmung‹ ist, mit deiner Freundin vereint zu sein?«

Ich warf den zerfallenen Wandteppich zu Boden, den ich gerade zu bewegen versucht hatte, und wandte den Kopf, um ihr ins Gesicht zu sehen. »Wenn du dich selbst reden hören könntest: ›deine‹ Bestimmung; ›deine‹ Freundin. Seit wann ist das alles nur *meine* Angelegenheit, *mein* Bedürfnis? In Dyskornis haben wir uns mit einer *gemeinschaftlichen* Bestimmung abgefunden, Tarani – und alles, was seitdem geschehen ist, hat uns nur näher zusammengebracht und aus uns ein schlagkräftiges Team gemacht.«

Sie veränderte ihre Position, unterbrach mich aber nicht.

»Antonia ist die ganze Zeit ein Teil dieses Teams gewesen. Du hast nichts von ihr gewußt – ich habe lange Zeit nichts von ihr gewußt. Aber sie *ist* hier, und, so schwer es auch für dich sein mag, das zu akzeptieren oder auch nur hinzunehmen, sie *hat* dein Leben auf den Punkt unseres Zusammentreffens hingelenkt, obwohl ich bezweifle, daß sie das bewußt getan hat. Ich habe es aufgegeben, darüber nachzudenken, warum das alles geschieht, und warum es gerade mit uns geschieht.« Das stimmte nicht ganz, aber derartige Spekulationen waren für das, worauf ich im Moment hinauswollte, vollkommen nebensächlich. »Ich denke einfach, es kann nichts schaden, wenn aus Antonia ein aktiver und sichtbarer Teil des Teams wird.

Und ja, ich glaube tatsächlich, daß es uns bestimmt ist, das Schwert zu finden.«

Sie seufzte. »Wie? Es wird Tage dauern, jedes Gebäude zu durchsuchen; so viel Zeit haben wir nicht.«

»Du kannst es finden. Oder du kannst mir dabei helfen, es zu finden.«

Sie legte die Hände flach gegen die Mauer, als bereite sie sich darauf vor, sich von ihr abzustoßen. Ihre Arme zitterten.

»Du willst mich als Aufnehmerin benutzen?«

»Ich glaube, das ist der einzige Weg, das Schwert zu finden, Tarani. Willst du nicht auch, daß diese Sache zu einem Ende kommt?«

»Doch – noch mehr, vielleicht, als du. Aber du hast recht mit meinem Widerstreben, die Fähigkeiten zu benutzen, die mir in der Aufnehmerschule beigebracht worden sind. Der bloße Gedanke daran macht mir entsetzliche Angst. Sie mag unbegründet sein, aber ich kann es nicht ändern. Es tut mir leid.«

»Was erschreckt dich so daran, Tarani? Die Erinnerungen? Es sollte jetzt leichter sein, dich ihnen zu stellen. Bitte, um deinetwillen, *bitte* versuche es!«

Sie schaute auf den Boden und atmete schwer. Sie zitterte am ganzen Körper.

Sie hat schreckliche Angst, dachte ich, und mir kamen Bedenken, sie weiterhin darum zu bitten. Aber es war zu spät. Ich hatte sie überzeugt.

Ihre Hände ballten sich zu Fäusten, und sie ging entschlossen in die Mitte des Raums – wir hatten unsere Suche in der Versammlungshalle sowohl begonnen als auch beendet. »Komm her!« befahl sie. »Schnell, bevor ich es mir anders überlege!«

Ich beeilte mich, mich ihr anzuschließen.

»Ich werde überhaupt keinen Erfolg haben, wenn ich mich nicht beruhigen kann«, sagte sie. »In der Aufnehmerschule hat man mir eine Methode gezeigt – man benötigt dazu ein paar Augenblicke der Ruhe. Sag gar nichts, bis ich wieder rede.«

Ich nickte und ergriff ihre mir dargebotene Hand, während wir uns nebeneinander auf den staubigen Steinboden legten.

Sie versetzt sich jetzt in Trance, sagte ich mir, als ich hörte, wie sich ihre Atmung beruhigte, und sich der schraubstockartige Griff ihrer Hand lockerte. *Und doch hat sie wahrscheinlich immer noch entsetzliche Angst. Diese Frau hat wirklich genug mitgemacht. Wenn sie den Mut hat, das hier zu bewältigen, dann muß es ihr einfach helfen!*

Ihre Hand straffte sich, und sie lachte.

Sie setzte sich auf.

Antonia setzte sich auf, lehnte sich zu mir herüber und küßte mich.

»Davor hat sie die ganze Zeit Angst gehabt«, sagte Antonia, wobei ihre Hand weiterhin auf meiner Brust ruhte. »Um in den All-Geist zu gelangen, bedarf es Unterwürfigkeit und Selbstaufgabe. Sie hat genau das getan, als ich ankam, und das war das letzte Mal, daß ich die Kontrolle hatte.«

Die Frau, die Tarani war und doch nicht war, stand auf, reckte sich und schlenderte dann durch den Raum, um ein gemeißeltes Steinpaneel zu berühren. Ich war zu verblüfft, um mich rühren zu können, und ich sprach das erste aus, was mir durch den Sinn ging.

»Du sprichst Gandaresch.«

Sie lachte, und in ihrer beschwingten, heiteren Art klang es seltsam mit Taranis kehliger Stimme.

»Wie ich sehe, *Dottore Carillo,* betreiben Sie immer noch Ihre Studien.«

Ich stand auf, langsam begreifend, was geschehen war – und es begann mir zu mißfallen.

»Antonia, du weißt alles, was geschehen ist, nicht wahr?«

»Ja, Ricardo, ich weiß alles. Ich habe deine Wahrheiten gehört und deine Lügen, und was du über Bestimmung gesagt hast. Ich habe dich geliebt – mit *ihrem* Körper.«

Sie kam zu mir und berührte mit der Hand meine Wange. Ich staunte darüber, daß sich dasselbe Fleisch durch das Gehabe einer anderen Persönlichkeit so dramatisch verändern konnte. Taranis Präsenz war zuverlässig und tüchtig, königlich und anmutig. Antonia verbreitete eine Atmosphäre weniger stofflicher Macht – Kultiviertheit, Gelehrsamkeit, Schönheit um ihrer selbst willen. Ihr Gesicht war melancholisch.

»Du mußt mir helfen, *Dottore.*«

»Was immer in meiner Macht steht«, sagte ich verwirrt. »Solange es Tarani nicht schadet.«

»Ah, daher weht der Wind«, sagte Antonia mit einem spöttischen Lächeln. »Ich habe tatsächlich das Leben dieses Mädchens beeinflußt, wie du schon vermutet hast. Aber zwei Dinge hat sie ganz allein errungen – ihre Verbindung mit Yayshah und deine Hingabe für sie. Ich würde beides teilen, wenn ich könnte. Aber ich weiß, daß sie leben und ich ein zweites Mal sterben würde, wenn du gezwungen wärst, zwischen uns zu wählen.«

»Sprich nicht vom Sterben! Wie kann ich dir helfen?«

»Du mußt mir dabei helfen, daß ich mich mit der *Möglichkeit* abfinde zu sterben«, sagte sie traurig. »Weil ich sonst diesen Körper nicht wieder an Tarani zurückgeben und sie das Schwert finden lassen kann. Ach, Ricardo, wenn du *mich* liebtest, würde ich auf alle Bestimmungen pfeifen und das Mädchen in das Gefängnis verbannen, das mich die ganzen Jahre festgehalten hat. Ich kann nicht sagen, daß es nicht interessant gewesen ist. Ich bekenne ganz offen, daß eine Existenz unter diesen Bedingungen dem wahrhaftigen Tod doch vorzuziehen ist. Aber es tut weh, etwas zu sagen zu haben, und es nicht aussprechen zu können, Gefühle zu haben, und sie nicht ausdrücken zu können. Es ist eine schwere Bürde, *Einfluß* zu haben, aber keine *Kontrolle.*

Das Schwert verspricht dem ein Ende zu bereiten. Aber es ist ungewiß, wie dieses Ende aussehen wird. Serkajons Schwert hat dich mit den Erinnerungen von Markasset vereint. Zaneks Schwert vertreibt mich vielleicht aus Taranis Körper.«

»Sicherlich ...«, begann ich. Sie legte mir einen Finger auf die Lippen.

»Lüg mich nicht an! Die Möglichkeit besteht.« Ich nickte. »Dann hilf mir. Tarani ist stärker als ich; ihr Mut setzt mich in Erstaunen. Ich glaube, als sie mit der Trance begonnen hat, hat sie gewußt, daß ich zum Vorschein kommen würde – und ich *weiß,* sie hatte keine Garantie, daß ich die Kontrolle je wieder abgeben würde.«

»Vielleicht brauchst du das auch gar nicht.«

»O doch, ich muß. Wie Tarani aufgezeigt hat, ist der All-Geist gandalarisch – ich könnte nicht als Aufnehmerin fungieren, selbst dann nicht, wenn ich das Wissen selbst erworben und nicht aus zweiter Hand hätte. Ich habe mir gewünscht, noch einmal einen Atemzug wirklich für mich zu haben, und ich hatte das Bedürfnis, dir in meinem eigenen Körper nah zu sein, auch wenn es ein geborgter ist.«

Ich zog sie an mich und küßte sie. Selbst diese Geste war unter Antonias Regie anders – geübt und sinnlich, angenehm süß – aber genauso aufrichtig wie bei Tarani.

Antonia entwand sich meinen Armen und sagte: »Jetzt werde ich mich wieder hier hinlegen, und du wirst mir von den Dingen erzählen, die Tarani so viel bedeuten. Rede von der Bestimmung oder von Yayshah. Erzähl von gandalarischen Dingen, dann werde ich mich wieder zurückziehen können.«

»Antonia«, sagte ich, während sie sich wieder genau dahin legte, wo sie vorher gelegen hatte und mir ihre Hand entgegenstreckte. Ich war zu ergriffen, um mehr sagen zu können; sie schien zu verstehen und drückte meine Finger.

»Erzähl uns etwas, Ricardo! Beeil dich!«

Gandalarische Dinge, überlegte ich krampfhaft. *Zanek! Tarani hat nie um Einzelheiten darüber gebeten, was ich im All-Geist erfahren habe – wahrscheinlich wegen der emotionalen Belastung, die für sie mit dem Aufnehmen verbunden ist.*

Ich erzählte von dem Mann, dem ich begegnet war, während ich mich körperlich bei Somil in Omergol aufgehalten hatte. Ich erzählte von seinen Idealen, der Tragik und Einsamkeit seines Lebens, von seinem Engagement für eine friedliche Zukunft. Ich beschrieb die Jahre täglicher Entscheidungen, die Last, die sie darstellten, die Befriedigung, die sie gewährten. Und während ich redete, überkam mich eine Stimmung der Verwandtschaft, so als brauchte ich den All-Geist nicht als Vermittler, um Zanek zu besuchen. Es war ein Gefühl, das Ricardo vertraut war, wenn er sich an altertümlichen Stätten seiner Welt befunden hatte – eine Verbindung, die aus Zeit und Neugier bestand, ein Gefühl der Stetigkeit und der Gemeinschaftlichkeit.

Taranis Stimme riß mich nicht aus dieser Stimmung heraus, sondern verstärkte sie.

»Leg dich hin!« sagte sie, und ich gehorchte. Unsere Hände berührten sich.

»Wirst du suchen?« Der vertraute Unterton der Kraft lag in ihrer Stimme, als sie, wie Somil, ihre Rolle als Aufnehmerin akzeptierte.

»Ich werde suchen, Aufnehmerin.«

»Dann laß deinen Geist mit dem meinen eins werden, wie ich den meinen mit dem All-Geist habe eins werden lassen«, sagte sie, unsere Geister mit den Worten lenkend.

»Wir beginnen.«

Ich spürte dasselbe reißende Zerren, das ich bei Somil erlebt hatte, mit dem einzigen Unterschied, daß ich es erwartet hatte, und wir traten ein in die leuchtende Vision des All-Geistes.

»Ich bin unerfahren«, sagte Taranis Geiststimme. Sie war deutlich und kräftig, aber unpersönlich und entsprach Somils plötzlichem Wechsel zu ritueller Förmlichkeit. *»Kannst du mir dabei helfen, Kä zu finden?«*

Vor ihrer Frage hätte ich es nicht geglaubt, aber im selben Moment wußte ich, daß ich es konnte. *»Ich glaube, hier lang, Aufnehmerin«,* sagte ich, und wir begannen uns entlang eines leuchtenden Zylinders zu bewegen – langsam zuerst, dann schneller, als Tarani selbstsicherer wurde.

»Ja, wir sind auf dem richtigen Weg«, sagte sie einen Augenblick später.

Ich machte keinen Versuch, die Richtigkeit dieser Aussage zu überprüfen – einmal, weil ich ihr vertraute, und zum anderen war ich durch meine Erfahrung mit Somil davor gewarnt.

»Ich kann erkennen, daß du etwas vom Suchen verstehst. Ein Gegenstand wie das Schwert kann nicht unser Ziel sein – statt dessen müssen wir eine Lebenserinnerung aufspüren, die etwas über das Schwert weiß. Ich habe die Absicht, jene zu suchen, die am Ende des Königreiches gelebt haben, und nur kurz an den Erinnerungen mehrerer teilzuhaben, anstatt tief in die Erinnerung einer einzigen Persönlichkeit einzudringen. Gibst du deine Zustimmung?«

»Gern«, sagte ich, wobei ich mich an den Schmerz der Trennung von Zanek erinnerte. Ich hatte keine Lust, ihn noch einmal zu erleben, und ich wollte Taranis Fähigkeiten als Aufnehmerin nicht der Prüfung unterziehen, mich gegen meinen Willen aus dem All-Geist herauszerren zu müssen.

Wir rasten immer schneller die leuchtenden Speichen entlang. Das bloße Erlebnis entsprach meiner Suche mit Somil, aber dadurch, daß Tarani bei mir war, kam noch eine andere Qualität hinzu. Ich führte das darauf zurück, daß ich Tarani bereits kannte, während Somil ein Fremder für mich gewesen war. Ich fragte mich auch, ob Antonias Anwesenheit etwas damit zu tun hatte – ich konnte keine Spur von Gedanken der menschlichen Frau in dem Geist entdecken, der meinen durch das strahlende Netzwerk transportierte.

»Sie ist hier«, sagte Taranis Geiststimme. *»So, wie du Markassets Erinnerungen in dir trägst, so befindet sich deine Freundin in mir.«* Sie mußte meine Überraschung gespürt haben, denn sie fuhr fort. *»Ich kenne sie nicht, aber ich bekenne mich zu ihr. Mir ist bewußt, welche Entscheidung sie getroffen hat, und sie hat recht gehabt – wenn sie es nicht geschafft hätte, die gesamte Kontrolle wieder an mich abzutreten, hätte ich mir keinen Zutritt zum All-Geist verschaffen können. Mir ist außerdem bewußt, daß sie genausosehr darauf erpicht ist wie ich, eine endgültige Entscheidung herbeizuführen, und daß ihre Unsicherheit ebensogroß ist wie meine. Sie hat meine Achtung gewonnen.«*

Wir bewegten uns schweigend weiter auf das Zentrum des All-Geistes zu, wurden dann langsamer und begannen, wie es auch mit Somil der Fall gewesen war, uns entlang eines Bogens der Kugel zu bewegen, als Tarani einzelne Lebenserinnerungen entdeckte, die Kenntnis von dem anderen Schwert hatten.

»Ich habe jene aufgespürt, die am Ende des Königreiches in Kä gelebt haben. Dies ist kein gewöhnliches Suchen, eines, an dem sowohl der Sucher als auch die Aufnehmerin großes Interesse hat. Es wäre auch gut, die Wartezeit für unsere Körper so gering wie möglich zu halten. Daher werde ich an den Erinnerungen teilhaben, und du wirst zuschauen.«

Sie bat nicht um mein Einverständnis oder wartete darauf, obwohl ich es gerne gegeben hätte. Auf diese Weise hatte ich mehr Abstand zu den Erinnerungen, so daß die Erfahrung noch mehr dem Anschauen eines Filmes ähnelte – einer Collage von kurzen Personenauftritten unter einer hervorragenden Regie.

Wir fühlten die Angst eines Hofbeamten, der hastig alles für den langen Marsch nach Eddartu zusammenpackte. Er wußte nichts über den Ra'ira; er wußte nur, daß die Sklaven aufgehört hatten zu arbeiten, und daß das Königreich erledigt war. Es gereichte ihm zur Ehre, daß die Treue zu Harthim in seinem Geist an erster Stelle stand.

Wir arbeiteten mit einem der Männer, die die riesige Bronze von ihrer Befestigung an der Mauer abnahmen und sie, unter ihrem Gewicht ächzend, nach draußen trugen. Wir beobachteten, wie sie auf ein schlittenähnliches Gefährt mit Vlek-Geschirren geladen wurde. Wir empfanden ebenfalls Furcht vor den kommenden Veränderungen und überlegten, ob wir mit Frau und Kindern nach Raithskar gehen sollten. Würde es dort Arbeit geben?

Wir waren Harthim und erfuhren, daß Zefras Beschreibung darüber, wie er das Schwert behandelt hatte, richtig gewesen war. Wir nahmen es von seinem Ehrenplatz in der Versammlungshalle und warfen es dann angewidert fort. Ein Sklave ging durch die Halle, um es zurückzuholen, und wir befahlen ihm, es dort liegen zu lassen, wo es gelandet war. Wir verspürten das starke Gefühl, verraten worden zu sein, wenn wir bedachten, daß wir Serkajon bewundert und seine Bewunderung gesucht hatten, wenn wir bedachten – aber nicht zugaben –, daß wir ihn geliebt hatten. Wir wußten, daß es nicht Serkajons Tat allein war, die uns aus Kä vertrieb, sondern das Fehlen des Ra'ira. Ohne ihn kamen wir uns verkrüppelt vor, mißtrauisch gegen jedermann, den verborgenen Gedanken unserer Freunde und Feinde ausgeliefert wie nie zuvor, unfähig, jemandem zu vertrauen. Wir warfen noch einen Blick auf das Schwert und drehten ihm dann den Rücken zu.

Wir waren die letzte Person, die die Versammlungshalle an dem Tag verließ, an dem Harthim Kä aufgab. Wir waren ein Sklave, der mit der Aufgabe dorthin geschickt worden war, al-

les mitzunehmen, was möglicherweise vergessen worden war – mit Ausnahme des Schwertes. Wir zögerten, überschlugen den Wert des Schwertes, aber wir machten uns klar, daß die Entdeckung eines derartigen Ungehorsams den Tod nach sich ziehen würde. Wir ließen es da, wo es war, in der Ecke an der Wand.

Tarani hielt inne und glitt an mehreren Zylindern entlang. *»Hier ist nichts mehr zu finden«*, sagte ihre Geiststimme. *»Diese Menschen erinnern sich natürlich an das Schwert, haben es aber nicht mehr gesehen. Harthims Aufbruch scheint ein Signal gewesen zu sein, auf welches die ganze Stadt reagiert hat, und innerhalb von einer Generation war die Stadt verlassen.«*

»Harthim hat es auf dem Boden der Versammlungshalle liegen lassen«, sagte ich. *»aber jetzt ist es nicht mehr da. Jemand muß es von dort weggenommen haben.«*

»Einverstanden. Es kann jeder gewesen sein, zu jedem Zeitpunkt.« In ihrer Geiststimme lag wahrhaftige Trauer. *»Wenn wir Orten genauso folgen könnten wie Menschen, brauchten wir lediglich die Versammlungshalle zu ›beobachten‹. Ohne diese Möglichkeit können wir, glaube ich, nicht in Erfahrung bringen, wer das Schwert weggenommen hat.«*

Ich schwieg und dachte angestrengt nach. Mir war bewußt, daß Tarani begann, sich über das Verstreichen der Zeit Sorgen zu machen, aber ich war immer noch sicher, daß wir das Schwert finden würden, immer noch voller Hoffnung, daß es Tarani helfen würde. *Wenn es uns bestimmt ist, es zu finden,* dachte ich, *dann muß ich etwas wissen, das uns dabei hilft, es zu finden ...*

»Serkajon!« sagte ich. *»Woher wußte er von der Macht des Ra'ira?«*

»Das kann ich nicht sagen. Aber ich sehe keinen Zusammenhang zwischen dieser Frage und dem Schwert.«

»Es gibt keinen offensichtlichen Zusammenhang. Aber abgesehen von Harthim war Serkajon die Person, die am stärksten in die Vorgänge am Ende des Königreiches verstrickt war. Das Schwert und der Ra'ira waren beide Symbole der Macht,

und beide stehen mit Serkajon in Verbindung – der Ra'ira, weil Serkajon ihn gestohlen hat; das Schwert, weil es ein Sinnbild für die Treue der Sharith zum König war, die Serkajon gebrochen hat.«

Tarani zögerte.

»*Serkajon*«, bat ich. »*Das kann nicht lange dauern. Wenn wir nichts erfahren* – dann *werde ich aufgeben.*«

Sie gab keine verbale Zustimmung, aber wir bewegten uns wieder den Bogen entlang. Plötzlich waren wir Serkajon und glitten durch seine Lebenserinnerungen.

Wir waren im hochgelegenen Teil des Alkhumpasses zusammengebrochen und rangen nach Atem. Wir dachten an das Tal dahinter und stellten uns das Vergnügen vor, einen Sha'um zu reiten. Plötzlich dachten wir an unseren Vater und an seine Vorstellung von uns als einen, der versagt hatte. Wir schüttelten diese Vision von uns ab, sparten unseren Atem und begannen zu kriechen.

Wir führten die Sharith-Knaben in einem Übungsmanöver und empfanden ihre Einheitlichkeit und Symmetrie als eine Ausdehnung unser selbst. Jeder, der bei den Sharith war, funktionierte als Teil der Gruppe und übernahm bereitwillig einen Teil der Verantwortung. Wir fragten uns, warum das im Königreich nicht so sein konnte. Wir dachten an die Sklaven, die auf den Kornfeldern arbeiteten und den trockenen Boden, der jedes Jahr weniger hergab, beackerten und bewässerten. Wir gedachten der Zeiten, als wir mit Harthim in seinem Garten spazierengegangen waren und ihm zugehört hatten, wie er über Regierung geredet hatte. Er hatte es als vernünftig und notwendig für das Wohl von Gandalara erscheinen lassen, und wir waren zufrieden gewesen – bis wir wieder durch die Felder geritten waren.

Wir bewegten uns nun schneller durch das Szenario, das Serkajons Lebenserinnerung war …

Wir wurden Obmann …

Wir versuchten Harthims Politik den Sharith zu erklären, waren aber durch unseren eigenen Mangel an Verständnis behindert. …

Wir beobachteten die Sklaven und fragten uns, wie sie so ein Leben ertragen konnten. Wir sahen einen Mann vor Wut explodieren und die kostbare Ladung mit Wasser, die er aus dem Reservoir geholt hatte, das aus dem Skarkelfluß gefüllt worden war, fallen lassen und verschütten. Wir sahen zu, wie er seinen Vorsteher angriff, der einen Schritt zurückwich und sein Schwert zog. Wir sahen, wie er stehenblieb, den Kopf schüttelte, eine Entschuldigung murmelte, seinen Wassersack aufhob und zum Reservoir zurückging. Wir rätselten an der Sache herum, dachten, daß der Mann gehandelt hatte, als ob jemand seine Gedanken kontrollierte …

Wir verstanden …

Wir waren Zanek.

18

Der Schock der Erinnerungen riß Tarani aus Serkajons Lebenserinnerungen heraus. »*Zanek ist als Besucher in Serkajons Körper zurückgekehrt?*« sagte sie, wobei sie vorübergehend ihre Fassung als Aufnehmerin verlor. »*Wenn das irgend jemandem bekannt gewesen wäre, würde das nicht vergessen worden sein.*«

»*Offensichtlich ist es geheimgehalten worden. Aber es erklärt, warum Serkajon von der Macht des Ra'ira gewußt hat. Und falls so etwas überhaupt möglich ist, hat Zanek sehr logisch gehandelt, als er den Körper und die Position eines Mannes benutzt hat, der seinen eigenen Idealen gegenüber sehr aufgeschlossen war.*«

Tarani erholte sich wieder und brachte uns zurück in die Lebenserinnerung, die von Zanek übernommen worden war.

Wir waren überrascht, noch einmal auf der Welt zu sein, aber wir verstanden schnell, daß wir gebraucht wurden. Wir hielten uns verborgen und benutzten Serkajon als Maske gegen die Macht des Ra'ira. Wir fanden es seltsam, daß Harthim die Unzufriedenheit des Obmanns sah und sie auch ansprach, aber daß er keinen Versuch machte, etwas dagegen zu unternehmen. Einmal, im Beisein des Königs, benutzten wir den Ra'ira, um Harthims Gedanken zu lesen.

Von da an haßten wir den König nicht mehr und verachteten ihn auch nicht mehr wegen der Art und Weise, in der er das Königreich regierte, das wir geschaffen hatten. Harthim handelte nur seiner Ausbildung entsprechend. Er war inmitten von Unzufriedenheit und Mißtrauen erhoben worden, für die wir mehr Verantwortung trugen als Harthim.

Wir hatten unsere Vision kurzsichtig in die Tat umgesetzt. Hatten wir Kä nicht am Rande des Großen Pleth errichtet, obwohl wir derjenige gewesen waren, der entdeckt hatte, daß die Wüsten wuchsen, weil die Pleths schrumpften? Diejenigen, die nach uns König geworden waren, waren unserer Vision treu geblieben, aber ohne unser Versagen zu erkennen. Als das lebenspendende Wasser des Großen Pleth im Lauf der Jahre zurückgewichen war, war die Erhaltung von Kä zu einer immer schwereren Last geworden. Jetzt war die Stadt von Wüste umschlossen, ihr Leben wurde für einen fürchterlichen Preis erkauft.

Wir sahen, daß Harthim in Serkajon eine moralische Rechtschaffenheit und einen Sinn für das Wesentliche erkannte, die ihm in seinem freundlosen Leben fehlten, und daß der König seinen Obmann im reinen und wahrhaftigen Sinn liebte. Er wollte glauben, seine Liebe und Treue würden erwidert; Harthim überprüfte Serkajon niemals mit dem Ra'ira.

Wir haßten Harthim nicht, und wir plagten uns auch nicht mit Schuldgefühlen, sondern schritten zur Tat. In seiner jetzigen Form war das Königreich unbrauchbar; was wir erschaffen hatten, würden wir wieder zerstören. Wir wurden zum Dieb und mißbrauchten den Ra'ira selbst, indem wir Harthim Schlaf und Vergessen aufzwangen, als er uns entdeckte.

Wir nahmen den Ra'ira mit nach Raithskar und warfen ihn in das Schmiedefeuer der Rakorgießerei. Das heimtückische Juwel ging ohne Schaden daraus hervor. Uns wurde klar, daß der Ra'ira, und somit auch seine Macht, nicht vernichtet werden konnte, und überprüften die fähigsten Anführer in Raithskar. Ihnen allein enthüllten wir das Geheimnis der Macht des Königreichs, und wir verpflichteten sie, diese Macht immer vor einem derartigen Gebrauch zu bewahren.

Wir übersprangen den Zeitraum, dessen in raithskarischen und sharithischen Legenden noch immer gedacht wird, als die Reiter Harthim im Stich gelassen hatten. Ich war neugierig, ob Zanek die Macht des Ra'ira benutzt hatte, um ihre Entscheidung zu beeinflussen, aber ich war gewillt, diese Neugier ungestillt zu lassen.

Einige Jahre später waren wir wieder in Kä. Wir gingen in die Versammlungshalle und betrachteten die Wand, wo die

Bronze gehangen hatte. Die Wand war an einigen Stellen geborsten; die Befestigungen zu entfernen, war keine einfache Aufgabe gewesen, und einige Steinblöcke in der Wand waren zerschmettert. Wir erinnerten uns an die Bronze und an ihre Botschaft und bedauerten, daß ihr so wenig Beachtung geschenkt worden war.

Wir wünschten dem Königreich ein lautloses und persönliches Lebewohl zum Abschied und wandten uns zum Gehen. Unser Fuß stieß gegen einen herabgefallenen Wandteppich, und wir gerieten ins Stolpern. Wir hoben ihn hoch, um ihn uns anzusehen – und Rakor schimmerte darunter. Harthims Schwert, das bei der Flucht des Königs weggeworfen worden war, hatte die ganze Zeit hier gelegen, glücklicherweise unter diesem zerrissenen und wertlosen Wandbehang versteckt.

Wir hoben das Schwert auf und trauerten für uns selbst und für Serkajon wegen der Zerstörung unseres Bandes. Wir kannten den Wert der Waffe, aber wir kannten auch seine Geschichte. Es war das Schwert des Königs gewesen, ein ebenso mächtiges Symbol wie der Ra'ira, und wir hielten es für das beste, wenn dieses Symbol ebenfalls dem Blick der Öffentlichkeit entzogen wurde.

Als wir uns in dem Raum umsahen, fielen uns die geborstenen Stellen in der Wand auf, und wir gingen hin, um sie eingehender zu untersuchen. Die Wand war dick und drei Steine tief, und nur die erste Reihe war tatsächlich geborsten, wodurch Löcher und Vertiefungen entstanden waren, die nicht tiefer als zwei Handspannen waren – viel zu wenig, um das Schwert aufzunehmen. Zwei Steine der vordersten Lage fehlten ganz. Dazwischen befand sich eine Steinlage, die noch völlig unbeschädigt war. Die Löcher befanden sich direkt unter der Stelle, wo die linke untere Ecke der Bronze gewesen war.

Wir benutzten einen schweren Stein, um die unbeschädigte Steinlage aus der Wand zu brechen. Wir preßten das Schwert in die lange, senkrechte Öffnung: es paßte hinein. Dann verschlossen wir die Öffnung wieder mit Steinen, indem wir die größeren Steine mit kleineren festkeilten. Als die Verkleidung fertig war, hämmerten wir noch ein wenig auf sie ein, um die Oberfläche zu glätten und die äußeren Steine tiefer in die Mörtelreste zu treiben, die noch an den Randsteinen klebten.

Wir traten zurück, um unsere Arbeit zu begutachten. Es war nicht zu übersehen, daß die ausgebesserte Stelle kein Teil der ursprünglichen Mauer war, das war klar, aber durch ihre Lage fiel sie kaum auf, und wir hatten das Gefühl, daß das Schwert gut versteckt war und durch keine Suche, außer durch eine gezielte, würde gefunden werden können.

Wir verspürten ein seltenes und sauberes Gefühl der Zufriedenheit und zunehmenden inneren Frieden. Es wurde uns klar, daß die Aufgabe, für die wir zurückgekommen waren, abgeschlossen war.

Wir waren wieder Serkajon. Wir erinnerten uns an alles, was Zanek getan hatte, und billigten es. Wir verließen Kä und empfanden es als wahrhaftig verlassen.

Tarani zog mich weg von den Lebenserinnerungen von Serkajon/Zanek, und wir rasten durch das Gewirr der leuchtenden Zylinder hindurch zum Rand der Kugel. Dort mußte sie warten, um ihre Aufregung und Ungeduld zur gemessenen Ruhe der Aufnehmerin zu besänftigen. Einen Augenblick später sagte sie: *»Ich ziehe jetzt unsere Geister aus dem All-Geist zurück.«*

Das strahlende Leuchten ging über in Dunkelheit, und ich war wieder eins mit meinem Körper; ich fühlte mich steif und unbeholfen.

»Und meinen von deinem«, beendete Tarani das Ritual, und ich war allein.

Ich setzte mich auf und massierte mir Arme und Beine, die einige Zeit brauchten, bis wieder Gefühl in ihnen war. Meine innere Bewußtheit und das schwächere Licht in dem Raum verrieten mir, daß später Nachmittag war, und die relative Schnelligkeit, mit der das Gefühl in meinen Körper zurückkehrte, bestätigte, daß es noch derselbe Nachmittag war, an dem wir in den All-Geist eingetreten waren. Tarani und ich waren nur für ein paar Stunden von unseren Körpern getrennt gewesen.

Taranis Ungeduld – oder Entschlossenheit – veranlaßten sie, auf die Rückwand des Raums zuzukriechen, sobald sie wach war. Ihre Bewegungen waren zunächst ein wenig schwerfällig, wurden dann aber schnell rascher. Ich stand auf und folgte ihr.

Der senkrechte Streifen kleinerer Steine reichte fast bis zum Boden und schien sich aus dem anderen Schutt zu erheben, der sich auf der Erde angesammelt hatte. Als ich mich zum ersten Mal in dem Raum umgesehen hatte, hatte ich die Stelle bemerkt und lediglich angenommen, daß die Spitze des Schutthaufens aus einer absonderlich vertikalen Anordnung bestünde.

Tarani und ich räumten die Steinbrocken weg, die vor der Wand lagen, und begannen an den kleinen Steinen zu zerren. Ein paar fielen sofort heraus; ein paar weitere konnten wir mit unseren Dolchen herausbrechen. Es kam uns so vor, als würden wir bereits seit einer Ewigkeit vor der Wand knien, dabei hatten wir in Wirklichkeit die Arbeit erst vor wenigen Minuten aufgenommen.

Oben und unten hatten wir kleine Löcher geschaffen, aber die Mitte des Streifens war sehr wirkungsvoll von einem großen, glatten Stein blockiert, der zwischen den ursprünglichen Steinen in der Wand verkeilt war und vielen kleineren Steinen darüber und darunter als Verankerung diente. Keines der Löcher, die wir gemacht hatten, war groß genug, daß eine Hand hindurch gepaßt hätte, und es würde unmöglich sein, das Schwert herauszuholen, solange sich der große Mittelstein noch an Ort und Stelle befand.

Tarani warf einen Blick zum Eingang, der die einzige Lichtquelle in diesem Raum war – der Raum dahinter war eine Empfangshalle mit vielen Fenstern, aber in der Versammlungshalle war wohl immer durch Laternen erzeugtes Licht erforderlich gewesen. Es war jetzt merklich dunkler in dem Raum, und meine innere Bewußtheit sagte mir, daß wir bis zum Einbruch der Dunkelheit nur noch wenig Zeit hatten. Dann würde es hier stockfinster sein, und trotz all unserer Planung hatten wir nichts mitgebracht, mit dem man Licht hätte machen können.

Mit verzerrtem Gesicht sagte Tarani: »Rikardon, ich habe nicht auch nur im geringsten den Wunsch, die Nacht im Ungewissen zu verbringen.«

Ich nickte und schob sie aus dem Weg. Ich klemmte die Klinge meines Bronzedolches in das obere Loch und zog, wobei ich versuchte, die kleineren Steine nach außen heraus zu brechen.

Die Klinge brach.

Es war merklich dunkler geworden.

Ich zog Rika und bohrte die Spitze in das Loch. Es war denkbar, daß die Schneide durch das Gestein stumpf werden konnte, aber der gehärtete Stahl bot die Aussicht, mehr Druck ausüben zu können. Das Loch war von der Form her etwas ungünstig, und der Vorteil der besseren Hebelwirkung des Schwertes wurde sehr stark dadurch beeinträchtigt, daß nur ein sehr kleines Stück der Klinge in das Loch paßte.

Ich verkeilte die Spitze und zog. Ein paar Steine lösten sich und fielen zu Boden. Dadurch vergrößerte sich das Loch ein wenig, und ein weiterer Versuch beseitigte die meisten Steine über dem glatten Mittelstein. Ich konnte nun mit der Hand in das Loch greifen und die Klinge fühlen, aber ich konnte meine Finger nicht darum schließen. Das Loch befand sich da, wo Klinge und Heft des Schwertes zusammentrafen; das Heft selber war immer noch durch den obersten Teil des Streifens verdeckt und blockiert.

Ich zog meine Hand zurück und stieß Rika durch das Loch so weit wie möglich nach unten. Druck von außen würde jetzt direkt auf den verbleibenden Mittelstein wirken.

Tarani, die mir bei der Arbeit zugesehen hatte, griff mit zu. Vier Hände fanden sicheren Halt an Rikas Heft.

Wir zogen gemeinsam. Ich befürchtete, selbst der gehärtete Stahl könnte brechen, aber er bog sich nur leicht.

Nichts rührte sich.

Wir hielten den Atem an und zogen wieder. Dieses Mal wurden wir durch ein leises, knirschendes Geräusch ermutigt.

Wir hatten noch Licht und Kraft für einen letzten Versuch, und Tarani und ich bereiteten uns sorgfältig darauf vor. Ich hielt Rika fest und stützte sie, während sie sich mit den Füßen gegen die Wand direkt neben dem hartnäckigen Mittelstein stemmte. Als sie ihre Position gefunden hatte, stemmte ich meinen linken Fuß an der anderen Seite des Mittelsteins gegen die Wand.

Wir zogen, und die Anstrengung veranlaßte uns zu einem verbissenen Stöhnen. Der Stein ruckte ein wenig, bewegte sich noch etwas und löste sich dann. Ich hörte ihn auf den mit Bruchstücken übersäten Boden fallen, während wir beide niederstürzten. Wir krabbelten wieder zu der Öffnung zurück und räumten hektisch beiseite, was noch an Steinen die Öffnung verdeckte.

Als wir damit fertig waren, wartete ich darauf, daß Tarani in das Versteck hineingriff und das Schwert herausholte. Sie kniete sich neben mich in den Staub, die Hände flach auf ihren Oberschenkeln. Es war fast dunkel, aber ich konnte ihre Bewegung noch verfolgen, als sich ihre Hände auf die Öffnung zu bewegten und dann verhielten.

»Nicht im Dunkeln«, sagte sie plötzlich. »Rikardon, bring es nach draußen an die frische Luft!« Ohne auf meine Zustimmung zu warten, stand sie auf und lief auf das dunkelgraue Rechteck der Tür zu.

Ich griff dicht über dem Boden in die Öffnung und schloß meine Finger vorsichtig um die immer noch scharfe Schneide des Schwertes. Ich zog an der Spitze, bis sie sich von der Wand wegbewegte, dann zerrte, rüttelte und drehte ich solange, bis auch das Heft frei war.

Ich steckte Rika wieder in mein Gehenk und ging mit dem Schwert der Könige in der Hand vorsichtig über den mit Steinen übersäten Fußboden. Meine Hände hatten geprickelt, als ich es berührt hatte, aber jetzt verspürte ich keine außergewöhnlichen Empfindungen, und ich führte jene erste Reaktion auf die Erinnerung an Rikas Wirkung auf mich zurück.

Welche Wirkung wird es auf Tarani und Antonia haben? fragte ich mich.

Tarani wartete auf dem großen Platz vor der Versammlungshalle auf mich. Durch das diffuse Mondlicht war die Sicht leidlich gut, obwohl die Schatten trügerisch waren und sich durch die silbrige Beschaffenheit des Lichtes die Perspektiven veränderten. Der Ort war Raithskars Marktplatz mit seinem Steinpflaster sehr ähnlich. Ich legte das Schwert auf eine der Bänke, die ihn säumten.

»Da liegt es«, sagte ich. »Das, wofür wir hergekommen sind.«

»Aus ganz unterschiedlichen Gründen«, stellte Tarani fest. Sie stand auf der anderen Seite der Bank und hatte ihre Hände fest zusammengepreßt. »Hast du je an meine Gründe geglaubt?«

»Ja und nein. Ich habe geglaubt, was du mir erzählt hast, daß das Schwert existiert, und daß du es als greifbares Symbol für dein Recht benötigst, Eddarta zu regieren.«

»Aber du hast nicht geglaubt ...«

»Du kennst meine Gründe. Ich bin mir niemals ganz sicher gewesen, ob du nicht im Unterbewußtsein für mein Ziel gearbeitet hast, und ob der politische Wert des Schwertes nicht lediglich eine Rationalisierung dessen war.«

»Du meinst, du hast gedacht, die *andere* hat mich gelenkt«, fuhr Tarani auf, »und ich habe nach einem *logischen Grund* für meine Handlungen gesucht.«

»Ja, das meine ich«, erwiderte ich heftig und atmete mehrmals tief durch. »Tarani, Wut hilft keinem von uns«, sagte ich schließlich. »Was stört dich mehr – zu wissen, daß jemand anderer in dir lebt und dich gelenkt hat? Oder *sie* nicht zu kennen und nicht zu wissen, wie sie deine Handlungen beeinflussen kann?«

»Beides stört mich, aber nicht so sehr wie das Wissen, daß du sie gekannt hast, daß du sie jetzt kennst, *und daß du mich nicht vor ihrer Anwesenheit gewarnt hast.*«

»Dafür nehme ich die Schuld auf mich, Tarani. Ich habe aus Furcht geschwiegen. Um dir von Antonia zu erzählen, hätte ich dir die Wahrheit über mich selbst sagen und eingestehen müssen, daß ich dich belogen habe. Dein Vertrauen ist etwas sehr Kostbares für mich, und ich hatte Angst, es aufs Spiel zu setzen. Ich wußte außerdem, daß dich das Wissen über Antonia verwirren würde und bewirkt hätte, daß du dir selbst mißtraut hättest. Als ich von Antonia erfahren habe, konnte ich dir nicht einmal die Hoffnung auf eine Beendigung der Doppelpersönlichkeit anbieten.«

»Als du von ihr erfahren hast – *wann* hast du von ihr erfahren?«

Ich zögerte.

»Rikardon? Keine Ausflüchte mehr!«

»Ich hatte keine Ahnung, daß sie hier ist, bis wir nach Eddarta gekommen sind. Es hat da einen Moment gegeben, wo wir uns – sehr nah waren ...«

»Und du dich abgewandt hast.« Plötzlich war ihre Stimme sanft und traurig. »Vielleicht wäre es das beste gewesen, mir da alles zu erzählen – das hätte die Sache auch nicht mehr verschlimmert.«

»Ich war erschüttert und verwirrt. Ich begann gerade zu verstehen, was Antonias verborgene Anwesenheit für dich bedeutet haben mußte.«

»Wie hast du sie erkannt?«

»Sie nannte mich bei dem Namen, den ich in der anderen Welt hatte.« Ich zuckte die Achseln. »Tarani, welchen Zweck hat dieses ganze Diskutieren?«

»Es hat den Zweck ...«, begann sie aufgebracht und brach dann ab. »Rikardon, ich habe Angst. Ich glaube, ich kann mir die anderen Male, bei denen die, die Antonia genannt wird, mit dir gesprochen hat, genau vorstellen. Das waren Augenblicke der Leidenschaft, Worte der Liebe, als wir miteinander schliefen, nicht wahr?«

Ich nickte.

»Jetzt, wo ich von ihr weiß, verstehe ich vieles besser.« Sie trat näher zur Bank hin. »Ich weiß jetzt, daß ich auch *ihre* Enttäuschung, auch *ihre* Verluste, auch *ihre* Verzweiflung ausgedrückt habe, als ich vor Thagorn mit aller Kraft *meine* Enttäuschung, *meine* Verluste und *meine* Verzweiflung aus mir herausgeschrien habe.«

Sie deutete auf das Schwert. »Ich wünsche mir auch die Einheit, die, wie du sagst, mir dieses Schwert *vielleicht* geben wird. Ich wünsche mir sehr ein Ende der Unsicherheit darüber, was die Berührung des Schwertes *tatsächlich* bewirken wird. Aber bevor ich mich dieser Veränderung, wie sie auch aussehen mag, aussetze, muß ich noch eine Sache genau wissen.«

»Nur zu!«

»Die Gefühle, die wir füreinander empfunden haben, du und ich. Bezieht sich irgend etwas davon wahrhaftig auf mich?«

»Alles. Ich gebe zu, daß ich eine Weile selbst unsicher gewesen bin, was diesen Punkt betrifft. Aber jetzt bin ich sicher.« Ich ging um die Bank herum, um ihr nah zu sein. Ich berührte ihr Gesicht, das sich mit meinem fast auf gleicher Höhe befand. »Wenn du und Antonia euch, egal bis zu welchem Grad, miteinander verbindet, wirst du *wissen,* daß ich dich liebe, Tarani – weil sie es weiß. Ich kann es dir nur sagen, und ob du es glaubst oder nicht, hängt davon ab, ob ich dein Vertrauen in mich völlig zerstört habe.«

Sie kam in meine Arme, hielt mich einen Moment lang ganz fest und preßte ihr Gesicht an meine Schulter. Dann wich sie von mir zurück.

»Ich glaube dir, Rikardon. Und ich denke jetzt etwas freundlicher über deine Freundin, weil die Person, die du liebst, nicht existieren würde, wären da nicht die Veränderungen gewesen, die sie in mein Leben gebracht hat. Würdest du ...«

Ihre Stimme versagte, und sie deutete mit zitternder Hand auf das Schwert. Ich nahm es bei der Klinge und bot ihr das Heft dar. Sie nahm es in beide Hände.

Ein Schock durchlief ihren Körper und rührte die Erinnerung an die sonderbare Empfindung wieder auf, als Thanasset mir Rika gegeben hatte, und ich in einem einzigen, überwältigenden Augenblick alles über Markasset erfahren hatte. Sie taumelte ein paar Schritte zurück, die Hände fest um den Schwertgriff gepreßt. Dann fiel sie auf die Knie, ließ die Spitze des Schwertes auf das Pflaster fallen, beugte sich nach vorn und begann zu schluchzen.

Ich kniete mich neben sie und legte meinen Arm ganz sanft um sie. Sie schien mich nicht zur Kenntnis zu nehmen, und ich wartete lediglich ab, bis sich ihr Atem normalisierte. Schließlich hob sie den Kopf und sah mich an.

Ich suchte in ihrem Gesicht nach einer Veränderung und konnte keine entdecken. Sie lächelte, ein weiches, unsicheres Verziehen ihrer Lippen, und bewegte die Beine. Ich half ihr aufzustehen; sie sackte gegen mich, und meine Besorgnis wuchs.

»Setz dich hier hin!« sagte ich zärtlich und führte sie zur Bank. »Ich hol den Wassersack und etwas zu essen.«

Ihre Hand auf meinem Arm hielt mich zurück.

»Das wird etwas später ganz sicher das Richtige sein«, sagte sie. »Wir haben nach unserem Besuch im All-Geist die Bedürfnisse unseres Körpers vernachlässigt.

Aber mach doch nicht so ein verzweifeltes Gesicht, Rikardon – es ist nur die Erschöpfung, die mir zusetzt.«

Ich konnte mit der Frage nicht länger zurückhalten. »Wer bist du?«

»Ich bin Tarani. Antonia hat mich verlassen, aber sie hat ihre Erinnerungen und das Verständnis deiner Welt zurückgelassen – *Ricardo Carillo!*«

Ich ergriff ihre Hand. »Diese Person existiert *nur noch* in der Erinnerung. Ich bin jetzt Rikardon.«

»Ihre Erinnerungen sind zu zahlreich und zu fremd, als daß ich sie jetzt einer näheren Betrachtung unterziehen könnte«, sagte Tarani.

Ich nickte. »So war es auch bei mir. Markasset ist in mancherlei Hinsicht immer noch ein Fremder für mich.«

Tarani lehnte ihren Kopf an meine Schulter. »Für einen kurzen Augenblick bin ich Antonia begegnet. Ich vermute, daß das ihr Wunsch war, weil sie wollte, daß ich verstehe. Sie wollte ausdrücken, daß sie die Notwendigkeit ihres Verschwindens nicht bedauert. Sie hat dich aufrichtig geliebt, Rikardon, ganz und gar und völlig unabhängig von meinen Gefühlen. Und doch ist sie nicht verbittert darüber gewesen, daß ich deine Liebe errungen habe – nur die besten Wünsche für unser Glück.«

Ich legte meine Arme fest um sie, gerührt von der Wehmut und der Verwunderung in ihrer Stimme – gerührt auch von der grundsätzlichen Güte, die ich während meines kurzen Umgangs mit Antonia erfahren hatte, die jetzt für uns beide verloren war.

»Ich würde in Traurigkeit und Dankbarkeit um sie weinen, wenn das möglich wäre«, sagte Tarani. Dann hob sie den Kopf und lächelte mit mehr Energie und einer Spur Übermut. »Aber in Raithskar gibt es eine große Katze, die von mir erwartet, daß ich mit ihren Kleinen spiele.«

Wir lachten beide, dann wurde sie wieder ernst und betrachtete das Schwert in ihrer Hand.

»In Eddarta ist eine Gefahr, die es zu bekämpfen gilt.«

Die nachdenkliche Stimmung fiel schnell wieder von ihr ab.

»In der Aufnehmerschule hat man sich hinter vorgehaltener Hand erzählt, daß der berüchtigte Somil eine ziemlich unorthodoxe Methode benutzt, um seine Energien nach einer Sitzung wieder aufzufrischen«, sagte sie leichthin. »Ist das wahr?«

»Ich kann es nicht auf Grund persönlicher Erfahrung bestätigen, aber es erscheint mir sehr wahrscheinlich. Ich glaube, was du wirklich fragen willst«, fügte ich hinzu, indem ich ihr das Schwert aus der Hand nahm und es zurück auf die Bank legte, »ist, ob seine Methode auch effektiv ist.

Wollen wir sie ausprobieren?«

ABSCHLIESSENDE MASSNAHMEN: EINGABE-SITZUNG FÜNF

– Ich habe unsere Geister aus dem All-Geist zurückgezogen … und jetzt ziehe ich meinen von deinem zurück … war die Sitzung so schmerzlich, wie du angenommen hast?

– Ja. Aber ich glaube, ich habe mich durch diesen Teil der Eingabe endlich von dem Schuldgefühl befreit, das ich empfunden habe, weil ich Tarani getäuscht hatte.

– Tröste dich durch ihre Aussage, daß sie ohne die Anwesenheit deiner Freundin nicht das geworden wäre, was sie ist.

– Für uns alle trifft zu, glaube ich, daß wir durch unsere Entscheidungen und durch die Umstände geformt werden.

– Du bist traurig. Warum?

– Antonia.

– Dein Kummer ehrt sie. Aber jetzt mußt du dich ausruhen. Du wirst am Ende des Festes gebraucht werden. Wenn die Zeit es uns gestattet, werden wir die Eingabe fortsetzen.